L'ÉTERNITÉ
DE XAVIER DUPONT DE LIGONNÈS

DU MÊME AUTEUR

Dieu n'est même pas mort,
roman, Julliard, 2012

Une semaine sur deux et la moitié des vacances scolaires,
roman, Julliard, 2014

Désir d'IKEA,
coll. « Nouvelles Mythologies », essai, Robert Laffont, 2017

SAMUEL DOUX

L'ÉTERNITÉ DE XAVIER DUPONT DE LIGONNÈS

roman

Julliard

ISBN 978-2-260-05472-6
Dépôt légal : novembre 2020
Éditions Julliard – 92, avenue de France 75013 Paris

Je veux remercier les accompagnatrices
fidèles de ce voyage turbulent :
Betty, Vanessa et Fanny.
Mes véritables protectrices...

« Pendant plus de deux mois, j'ai eu la certitude que l'Esprit saint, à savoir Dieu, me pilotait, et en un sens, c'est la vérité ; tout est une question de sémantique. Il fut un temps où nous n'aurions pas eu d'autres mots pour exprimer la chose ; on aurait alors parlé de révélation divine et ainsi de suite. Ce que je crois à présent, c'est qu'il existe désormais une formulation moderne qui s'applique mieux au phénomène ; l'avenir est plus cohérent que le présent, davantage doué de vie et d'intention, et en un sens plus avisé. Il en *sait* plus, et une partie de ce savoir nous est retransmise via ce qui semble être un phénomène purement naturel. Nous sommes la cible d'un discours émanant d'une Entité extrêmement informée : la totalité de la création telle qu'elle se déploie devant nous dans le temps. »

Philip K. Dick, *L'Exégèse*

Avant-propos

11 octobre 2019, 21 h 30. Je lance un nouvel épisode de *Mindhunter* sur Netflix lorsque mon téléphone se met à vibrer. C'est Eduardo Castillo, âme bienveillante de la littérature française, qui m'alerte par SMS : « Tu es au courant ? »

Xavier Dupont de Ligonnès vient d'être retrouvé à Glasgow. C'est sûr, c'est lui. Les empreintes, la tête, tout, c'est lui ! Je n'ai pas le temps de vérifier la nouvelle qu'à nouveau mon téléphone s'agite comme un taré, d'autres messages, des amis, puis un premier appel…

— Bonjour, je suis journaliste à LCI. Vous êtes au courant ? Nous sommes en direct, nous voudrions vous passer dans quinze minutes et vous envoyer un taxi pour que vous interveniez en plateau, c'est bon pour vous ?

Je laisse passer un long silence. Parler de ce livre sur une chaîne d'information en continu ne m'enchante pas. Ce livre est une enquête sur un mystère, une rédemption, des morts et de multiples résurrections, mais je ne suis pas journaliste, je ne détiens pas d'autre vérité que la mienne. La jeune femme s'impatiente un peu :

— Alors ? Nous pouvons compter sur vous ?

— Oui, pas de problème, je peux venir !

— Très bien, merci, on vous rappelle, vous avez de la batterie ?

— Oui, je suis chargé à bloc.

Je raccroche. À ma droite, la table sur laquelle j'ai écrit le livre deux ans auparavant, dans cet appartement de quarante-trois mètres carrés où nous vivons à quatre au sixième étage. Une seule pensée occupe tout l'espace embrouillé de mon cerveau : Xavier vient d'être retrouvé ; si c'est lui, je veux qu'il me voie à la télévision, je veux qu'il me remarque, peut-être acceptera-t-il ensuite de me rencontrer…

Je me rhabille, téléphone coincé entre l'épaule et l'oreille, je parle, je passe en direct, 200 000 téléspectateurs, paraît-il, je prends le taxi, je parle, je passe au maquillage, j'attends quelques instants, j'arrive sur le plateau, lumière aveuglante, je parle, je m'ajoute au flot continu de l'information, je joue mon rôle, pourvu que Xavier me regarde.

En fin de soirée, vers 23 h 30, les doutes sur l'identité du suspect sont déjà connus. Un journaliste du *Parisien* rassure tout le monde : l'information est sûre, de nombreuses sources policières la confirment ! Ok, on continue. À 00 h 30, dans les couloirs de la chaîne, j'accepte de parler encore pour une pastille qui sera diffusée le lendemain, c'était super, merci beaucoup.

Xavier Dupont de Ligonnès, ce soir-là, était portugais et il habitait Limay, un village situé à quelques kilomètres de là où j'ai grandi. Je ne le rencontrerai jamais. Quelques mois plus tard, des Américains penseront l'avoir vu à Chicago, nouvelle enquête. Le magazine *Society*, fort de son accès au dossier judiciaire, publiera un reportage complet, fera un carton.

On retrouvera Xavier Dupont de Ligonnès, on ne le retrouvera pas, ça n'a aucune importance. Ce qui importe, c'est son immortalité. Son grand dessein, c'est sa disparition. Sa plus grande réussite, ce n'est pas d'avoir échappé à la police depuis plus de huit ans, mais d'être parvenu à organiser cette *éternité*.

En juin 2016, lorsque je compose ce roman, c'est l'idée qui m'obsède. Xavier a disparu depuis cinq ans et il est encore partout. Des milliers de gens parlent de lui sur les réseaux sociaux. Ils se sont constitués en groupe de recherche. Des journalistes enquêtent. Je parle avec le hacker qui a pénétré les disques durs de Xavier. Sa famille expose ses souvenirs en ligne dans un blog complet, photos, lettres, témoignages. Xavier a déjà refait surface dans de multiples endroits, parfois sous forme d'ossements, d'autres fois vivant, dans un hôtel, un restaurant. J'ai écrit le roman de sa vie à partir des lambeaux numériques qu'il a laissés. Déjà, il n'appartenait plus à un simple fait divers, mais à une histoire collective, intime, une histoire de famille à l'échelle d'un pays. Xavier nous regarde, sans cesse ressuscité par les voies médiatiques. Je voulais percer son mystère, m'approcher du diable pour apprendre à le connaître. Il nous ressemble plus qu'on ne le voudrait. Voilà son *Éternité* qui sort à nouveau. C'est un roman, un récit, l'autofiction d'un autre, à la recherche de ce qui manque toujours : une explication nous laissant moins seuls face à l'horreur.

Avertissement

Ce texte est fondé sur des faits réels. Afin de préserver l'anonymat d'une partie des protagonistes, certains noms ont été modifiés. Xavier Dupont de Ligonnès reste à ce jour introuvable. Il bénéficie toujours de la présomption d'innocence.

Le prophète

On peut y croire ou pas, J.-C. ne demande rien. Il connaît le passé et l'avenir. Le temps, pour lui, est relatif. Il se penche sur mon dos, y pose ses mains. Il réconcilie le corps avec son héritage. Il touche. Une amie m'avait dit : « Tu as mal partout, moi je suis mal partout, tu vas aller voir J.-C. et moi un psy. » C'est ce qu'on a fait. Quatre années plus tard, j'y suis encore.

Ses mains accompagnent le flux de la moelle épinière, le gonflement d'un rein, la colère d'un aïeul. Ses paumes sur mon crâne remettent les os en place. Ici, rue Vézelay, à deux pas du parc Monceau, J.-C. est ostéopathe, énergéticien. Dans un village du Poitou, il serait probablement rebouteux, et il y a plusieurs siècles, prophète ou sorcier. Je ferme les yeux. Ma nuque est détendue. Il tourne sèchement ma tête. Mes os craquent, mais ce n'est pas d'eux qu'il est question. Une circulation reprend brutalement. Je vois noir quelques secondes et puis tout est plus clair.

Jusque-là réticent aux psychothérapeutes, je me suis vautré à demi nu sur la table chauffante de J.-C., le laissant me manipuler le corps et l'esprit. Autre chose existe, il faut y croire, sans quoi inutile de pousser sa porte. Ici le monde tangible vacille, réinscription possible dans un grand tout. *Pourquoi y a-t-il quelque chose plutôt que rien ?* Avec sa coupe de cheveux impeccable, sa taille de guêpe et son visage lisse comme celui d'un enfant, J.-C. voyage aux confins des limbes. Concentré, il n'en a pas fini avec mon crâne. Détente surprenante, mon corps se déploie. Il pose peu de questions. Tout ce qu'il dit compte. Il parle du passé, il envisage l'avenir.

— Qu'est-ce que tu fais en ce moment ? demande-t-il.

— J'ai commencé un nouveau roman à partir d'un fait divers.

Ses mains glissent sur mon front. Je ménage mon effet et dévoile le sujet : quintuple meurtre dans l'affaire Xavier Dupont de Ligonnès. J.-C. recule brutalement. S'il avait mis les doigts dans une prise, ça aurait été pareil. Je crois en lui. Je m'inquiète. Je rougis un peu sans savoir pourquoi. Mes bras ne pèsent plus rien. J.-C. regarde fixement l'espace apparemment vide de la pièce.

— Ils sont venus, dit-il. Deux des enfants du père. Quand ils sont morts, ils sont venus. Il y avait beaucoup de sang.

Il ne ment pas. Ça se voit, quelqu'un qui raconte des histoires. Ce n'est pas le cas. Ça ne veut pas dire que des fantômes sont venus le voir. Ça veut dire qu'il a vu quelque chose. Après tout, ça peut bien être des spectres, après tout, pâles et hésitants, venus chercher du réconfort avant de se laisser glisser dans la grande faille. J.-C. se frotte les mains pour retrouver de l'énergie. Il me met en garde :

— Tu dois faire attention, ce n'est pas rien, ce sujet.

— Tu penses que je dois arrêter ?

J.-C. ne répond pas tout de suite. Je comble le silence de peur qu'il acquiesce :

— Tu vois, cette histoire, c'est du Dostoïevski. Ça ressasse du profane et du sacré…

Silence. J.-C. n'accorde aucune importance à mes ambitions littéraires. Il pose ses deux mains sur mon ventre. De minuscules mouvements forcent l'invisible à agir. Il me sourit, comme traversé par l'évidence.

— Non, tu peux écrire, ne t'arrête pas, mais tu dois te protéger. Tu poses la Bible, le Talmud ou n'importe quoi de ce genre près de toi. Tu ne dois pas rester seul. Tu ne peux pas affronter cette histoire sans mettre une frontière.

C'est terminé. Je me rhabille. Il va se laver les mains et rapporte deux minuscules tasses de thé. Il me regarde, choisit ses temps, ses respirations. Il est tout à fait calme maintenant et poursuit sa mise en garde. Il ne prononce pas le mot, pourtant je l'entends : si j'écris cette histoire, je vais devoir me protéger du Démon.

— Mais tu vas bien, Samuel. Tu vas bien, tu es en place.

Il est confiant, précis, rapide. Un canal est ouvert entre nous. Il me donne quelques prescriptions. Je les reçois directement sur mon téléphone. Tout est connecté. Je ne me souviens presque jamais de ce que je dis dans son cabinet, pourtant lorsque je sors d'ici des mots tournent en moi. C'est un jeu de cube immense, aux faces multiples. Des dessins se forment, je comprends de quoi je suis fait et puis tout se renverse à nouveau.

J.-C. me raccompagne à la porte. Une douce lumière baigne l'endroit. Huiles essentielles. Son chien, Théo, aboie au fond du cabinet. Avant de nous quitter, il me rappelle que je dois me protéger, avec la Bible, la Torah, ce que je veux, mais je dois y penser. On n'écrit pas impunément.

Je descends une rue en pente. Il fait un peu froid. Après les séances de J.-C., je m'accommode toujours mieux du décor. Ici il n'y a pas grand-chose pour détourner l'attention. En bas, près des boulevards et du métro, j'aperçois l'église Saint-Augustin. Chaque fois elle est là. Habituellement je ne fais que passer devant, trop occupé à regrouper corps et esprit.

Aujourd'hui, je m'arrête. À ma droite il y a un square où des femmes noires, indiennes et arabes promènent les enfants du quartier qui, eux, ne sont ni noirs, ni indiens, ni arabes. Mon esprit s'accroche aux flèches de Saint-Augustin. Je regarde l'église. En primaire, j'avais été exclu du cours de catéchisme au prétexte que je connaissais déjà toutes les histoires et que je ne cessais d'interrompre l'aumônier de mon école privée catholique, dans laquelle ma mère m'avait inscrit pour la simple raison qu'elle était la meilleure de la région et qu'elle voulait le meilleur pour son fils. *Adonaï est dans la tempête, sa voie est dans le tourbillon, le nuage est la poussière de ses pieds.* Déjà, j'étais fasciné par ces mots que je ne comprenais pas, par le sacré de la fiction. J'aimais l'idée de Jésus, sa résurrection. Ça me plaisait de ne pas être seul. À dix ans je craignais de fermer mes volets de peur qu'un étranger puisse me tirer par les bras et m'enlever. Chaque soir je murmurais : « Jésus, protège-moi » et Jésus me protégeait.

L'église enfin, plus grande que je l'imaginais, en sale état. À l'extérieur, des statues immenses et naïves saluent sa façade. Les apôtres et Jésus-Christ sont représentés en son milieu. *Les portes des fleuves sont ouvertes, et le temple s'évanouit.* Dès l'entrée surgit une structure en acier et en pierre d'influence byzantine, romane et contemporaine. Il y a du profane dans ce sacré, une science maligne qui défie autant qu'elle se met au service de ce Dieu dont c'est la maison. L'architecte a retenu la leçon de Babel. Il explose, il utilise toutes les langues. Par un fascicule distribué à l'entrée, j'apprends que l'édifice a été bâti il y a deux siècles, sur les ruines du quartier polonais de Paris. Les grandes avenues et les beaux immeubles ont eu raison des Polaks réduits désormais à une armée de fantômes dont surgissent mes aïeux. Invasion de gosses de riches. Les Polonais étaient bons pour la mine, ou pire. L'église est venue ensuite.

J'avance vers le chœur. Le son change. Ici nos actions résonnent. Marcher, tousser, déplacer un banc, faire tomber une obole, pas feutrés sous la voûte céleste. L'écho ramène étrangement à soi. Ébloui quelques instants par l'obscurité et le calme, je perds l'équilibre. Je trouve une place près d'une colonne froide. J'ouvre les yeux. En face, à une dizaine de mètres, un Christ immense observe impuissant la foule des pécheurs. Il nous pardonne pour l'éternité. Sur un des murs, au creux d'une alcôve, j'aperçois sa mère qui me regarde, auréolée d'or, elle est au désespoir. La peinture est belle. Je n'ai jamais vu une Vierge si triste. Elle a perdu *son* enfant, et pas seulement le sauveur de l'humanité.

Assis au creux de ce bâtiment dont les murs, la pierre, l'espace et l'air tout entier aspirent la lumière, je cherche protection. Je me souviens d'avoir parlé à des fantômes dans une église arlésienne. Je pouvais les sentir. Ils se débattaient, ils riaient, nous pleurions. Je porte l'incandescence des fictions qui composent mon histoire. Je cherche protection. J.-C. me l'a demandé. Il est question d'âme et d'invisible. Je ne suis pas seul. Je le sais depuis longtemps. Avant même la mort de ma mère. Notre monde n'est pas sûr. Je respire, l'esprit doit atteindre le corps et circuler. *Nul n'est saint comme Adonaï ; nul n'existe hors de toi ! Nul n'est puissant comme notre Dieu.*

Mais ce Dieu, qui est-il ?
Je cherche sa protection.

Le Démon

Il n'est pas mort. Il parle encore. D'une certaine manière, il est là. Il est aussi heureux que possible. Je dirai ce qui est arrivé. J'expliquerai tout. Xavier s'est effacé. Il est allé trop loin. Nous n'étions pas prêts. Cette sidération marque le début du basculement qui arrive. *N'ayez pas peur.*

Pour le voir apparaître, il suffit d'écrire son nom. Il est là. Milliers de pages, écrans bruyants, articles, journalistes, témoins, revues, numéros spéciaux, interviews, photos, déclarations, articles, dossiers, blogs, émissions spéciales, discussions virtuelles, notes retrouvées, forums religieux et sociaux, partout les mots s'accumulent, racontent, creusent, recomposent, inventent, magma d'informations réfugiées au cœur d'un monde virtuel, Internet, cimetière numérique de souvenirs globalisés.

Avant personne ne connaissait l'existence de Xavier et de sa famille, aujourd'hui leur intimité est partout. L'homme est augmenté par ses avatars indélébiles. Photos de famille, joyeuses et figées, enterrement du père, mines sombres et graviers, Nantes, maison, rue calme, enfants, mère, sœur, vendeur de pizzas, scooter, tuerie, aucune trace de sang, adoption, expériences sexuelles à deux, à trois, policiers, crémation, disparition totale. Cette profusion n'empêche pas le morcellement. Bien au contraire, elle le favorise.

Tout est là. J'entends poindre sa voix. Ce n'est pas si difficile. Il en appelle à sa résurrection. Il nous a laissé ce qu'il faut pour le suivre. Xavier parle encore. Il faut l'écouter et ramener lentement à la surface du réel les fictions qui le composent. « Maintenant, j'appartiens à tout le monde », semblent répéter à l'infini les échos numériques de l'affaire. Que faire de ces profils qui nous survivent ? Mausolées virtuels… enfin l'immortalité ! pourrait-on se féliciter. On peut oublier nos morts, ils existent et pour toujours. Ils voyagent par la fibre optique.

Qu'on le veuille ou non, nous sommes ce meurtrier, nous sommes cette famille, nous sommes leurs voisins, les badauds qui regardent la maison, les enseignants des enfants, les parents d'élèves, le notaire, l'agent immobilier, le spectateur du journal télévisé. Qu'on le veuille ou non, nous sommes des personnages de cette tragédie. Xavier a disparu. Suspense intenable qui creuse en nous, comme une terreur nocturne laisse parfois une trace indélébile. Nous attendons, chœur désirant, figés au milieu de la scène, nous devons achever la représentation.

En quoi Dieu a-t-il besoin, ou envie, qu'on lui offre la mort d'une bête, d'un enfant, d'un homme… De son fils ? écrit Xavier sur un forum catholique. *Si Dieu ne demande pas de sacrifices humains, il les AGRÉE de toute façon. Le concept de sacrifice, sanglant ou non, humain ou animal, est intrinsèquement lié à toutes les religions, et surtout à la nôtre.*

Arthur, Thomas, Anne et Benoît sont morts. Ils étaient les enfants de Xavier. Agnès est morte. Elle était sa femme. Ils ont pris un nombre différent de balles dans la tête et dans le cœur. Ce sont des faits, mais les faits ne sont pas toute la vérité. Xavier m'a parlé. Ne le cherchez plus, je l'ai retrouvé. Il m'a raconté. Tout est dans mon ordinateur. Voyage brutal au cœur de ses pensées. Sa voix, je peux l'entendre, maintenant, forte et claire. Les deux chiens noirs, morts eux aussi, le temps pris pour mener à bien sa mission, sa mère, chamane chrétienne, la maladie de son père qui l'amputait petit à petit de ses membres, le divorce de ses parents, les sœurs, l'intelligence supérieure, les affaires, l'Amérique, les hôtels, l'argent. Le voilà tapi dans l'ombre de mon salon. On ignore tout ou partie de ce réel, mais immanquablement on se souvient d'une chose : cet homme a tué sa famille, l'a enterrée sous sa terrasse puis s'est dérobé à nos regards. Impossible pourtant de l'affirmer en toute impunité. Sa mère et sa sœur ne seraient pas d'accord. Les deux femmes, dans un sourire bienveillant, diraient que Xavier n'est certainement pas coupable. Il n'est pas celui que nous croyons. Il ne reparaîtra sans doute pas, disent-elles. Il a ses raisons.

Couverture en toile, bleue et épaisse. Éditions Les Belles Lettres. Helena Montei, notre concierge portugaise et pieuse, a déposé la sainte parole devant la porte de mon appartement ce matin. Elle était emballée avec soin dans un colis marron. Je suis étrangement heureux de la recevoir. Je pose le livre saint sur la table en bois du salon. Je m'installe. Fanny est sortie pour retrouver ses élèves à l'université de Saint-Denis. Elle ne mangera pas. Elle enchaînera ses deux cours. J'ai encore le souvenir de son irrésistible rouge à lèvres. Elle a essayé deux jeans et trois pulls avant de quitter l'appartement. Elle est de ces génies peu sûrs de leur image et toujours surpris d'être doués. Elle aurait pu suffire à me protéger puisqu'elle me protège de tout. Mais elle a déjà assez à faire. La maison est vide en apparence bien que l'air s'y déplace encore. Je passe ma main sur la couverture. La Bible, la Torah, Nevihim, Ketuvim, c'est écrit dessus en lettres d'or et en hébreu. Je n'en avais jamais eu avant.

Tout le monde le sait. Les anciens aussi. Ce livre est la plus grande fiction de tous les temps. Elle méritait d'être vraie. Ils y ont cru également. Elle protégeait ceux qu'ils aimaient. J'ouvre le livre en son milieu. Bruit sourd des milliers de pages qui s'écroulent. Le papier est fin. Samuel 26, 3 : *Saül s'écria : Je suis coupable ! Reviens, David, mon fils, je ne te ferai plus de mal, puisque cette nuit tu as respecté ma vie. Je me suis conduit comme un insensé, je me suis lourdement trompé.* Nous sommes là. Le papier craque comme les premières feuilles de l'automne. Les mots s'égrènent. Mes yeux ne s'arrêtent plus. D'où vient ce sentiment qu'ici gisent des morceaux du monde ?

Je laisse la Torah ouverte sur deux larges pages, pleines de symboles et de liens hypertextes, la Bible est le premier réseau mondial. Partout dans le monde on la trouve. Elle relie des êtres par leur foi. Une énergie les traverse comme les données traversent nos ordinateurs. J'ai compilé des centaines d'articles, des documents, des commentaires, des mots anodins qui se transformeront en scène majeure. Sur Internet tout existe et rien ne meurt. Portrait numérique d'un homme qui tua toute sa famille, peut-être. Il a disparu. Le procès est ouvert. Je suis protégé. La Torah à gauche, *Lecture de l'Apocalypse* de Jean Grosjean et la Bible de Jérusalem à droite. Le Démon peut se montrer maintenant.

Toute ressemblance avec des personnages réels ayant trait à cette histoire serait un hasard malheureux. Comme toujours, il n'y a que l'imaginaire. J'écris. Il est partout. Je commence par le nommer : Xavier Dupont de Ligonnès. Il n'est pas mort, je l'ai rencontré.

La mère

Cheveux impeccables, visage pâle et lisse, col blanc parfait, chaîne dorée très fine avec une simple croix, pull bleu marine, une femme belle, de ces beautés figées par le regard des autres, marmonne les yeux fermés et l'âme tendue vers l'éternité.

Pater noster, qui es in caelis sanctificetur nomen tuum adveniat regnum tuum fiat voluntas tua sicut in caelo et in terra…

Geneviève Thérèse Marie Dupont de Ligonnès née Maître, mère de Xavier, connaît ses prières en latin, clef de voûte familiale. Naissance au début des années trente. Famille pieuse. Recueillement matin et soir. Catéchisme par cœur. Le dogme comme une colonne vertébrale. Ses parents prennent soin de lover deux saintes au creux de son nom : Thérèse et Marie. Deux consciences silencieuses, mères supérieures du couvent intérieur de la jeune femme. Elles la guideront sans doute sur son chemin mystique.

Thérèse incarne la passion douloureuse pour le Christ et son Père. Elle est décidée à se livrer corps et âme. Elle veut aimer cet amant crucifié. Qu'elle soit trop jeune lui importe peu. L'Église la repousse. Elle sourit. Elle revient au combat. Jésus est son seul amour. Devant ses coups de boutoir répétés le couvent finit par lui ouvrir ses portes. Recluse, elle passe des années emplie d'une prière salvatrice et intense. Puis, brusquement, le vide l'étreint. Elle a peur. Sainte Thérèse entre dans sa « nuit de la foi ». Du fond de sa cellule du carmel de Lisieux elle implore une réponse :

— Dieu… dis-moi que tu es là.

Torture intérieure insoutenable, une voix dans sa tête ricane : « Qu'elle est orgueilleuse, celle-là ! » Thérèse veut être sainte. Elle implore et prie. Il ne l'entend plus. Il avait promis pourtant : *Ce que vous demanderez en mon nom je l'exaucerai*. Thérèse n'est-elle pas digne d'être récompensée ? Mourir jeune et pour rien la terrifie. Pas à pas, elle retrouvera le chemin, la lumière. La foi revient mais trop tard peut-être. Rompue, elle s'éteint, victime d'une pneumonie qui lui coupe le souffle. Sainte elle le sera, mais dans sa mort, cette vie nouvelle.

Marie, c'est le rêve absolu, l'être ultime, vierge et mère, celle à qui Dieu donne son enfant à porter, à surveiller. Premiers gestes, premières paroles, premiers pas incertains du Messie. Les sourires d'un enfant qui va changer le monde. Les premières paroles de celui qui va déclencher guerres, tortures, égorgements, scarifications, flagellations, amour, attention, providence, générosité, bonheur, extase. Marie, la mère, comme plus tard Geneviève avec Xavier. Qui se souvient encore des nuits sans sommeil de sainte Marie mère de Dieu ? Qui se rappelle les douleurs de l'allaitement lorsque Jésus mordait trop fort le téton béni ? Combien de fois a-t-elle pansé les blessures de son fils qui se croûtait dans les caniveaux de Bethléem ? Qui pense encore à sa tristesse au moment de son départ pour devenir le fils de Dieu avant d'être le sien ? Qui pense à l'indifférence sidérale de ce fils qui a décidé de s'occuper du monde et non plus de sa mère ? Et Marie, une sainte, qui l'aime authentiquement, davantage encore au cours des années, et incommensurablement lorsqu'elle comprend qu'il est ce vaisseau entre deux mondes, qu'il ne s'appartient pas. Son Père, Dieu, amant de Marie, passe avant tout.

Enfin il reste le nom d'usage, Geneviève. Ses proches la nomment ainsi lorsqu'on ne lui donne pas du « madame » ou lorsque ses enfants ne l'appellent pas « maman ». Dans le calendrier, Geneviève est déjà une sainte. On dit qu'elle protégea Lutèce. Elle était de ces guerrières qui défient l'ordre des hommes parce qu'elle obéit à un plus grand, plus fort, plus incontestable. Elle s'opposa à Attila, puis à Childéric. Rusée, elle ne prenait pas les armes, mais usait de stratagèmes pour arriver à ses fins. Elle ne voulait pas que Lutèce soit pillée, détruite, possédée par les hérétiques, les impies, les barbares. Parmi les mortels, ses préférés étaient Clovis et Clotilde, sa femme. Elle les a guidés vers Dieu et sera même enterrée avec eux. Geneviève est avec les rois, elle les précède, les instruit et les sauve. Aujourd'hui, elle a sa montagne dans Paris, peuplée de restaurants grecs et de librairies oubliées. On le verra, cet endroit a une importance dans ce récit. Ces noms sont des histoires, forces telluriques que nous devons dompter.

Geneviève, Thérèse, Marie est nommée. Elle ne fut pas enfant. À peine adolescente. Ses yeux coupent son visage, ils brillent d'un secret mis au silence à jamais. Elle fut cette femme offerte à la foi. Je l'imagine, fille d'une mère pieuse, candidate à l'ultime appel. Je veux la voir, je cherche des images. Elle n'apparaît pas si facilement, unique interview sur une chaîne à grande audience. Accroché à la Torah, je contourne les restrictions. Finalement elle surgit au centre de mon écran. Elle est droite et distante, complètement en elle-même. Très jeune, elle a certainement dû se poser la question d'aimer Dieu et le Christ exclusivement. Candidate honnête pour les ordres. Sa famille y a peut-être pensé. C'était une époque où cela comptait encore d'avoir une fille derrière les grilles de Dieu. Ses années de jeunesse passent, en suspension. Elle attend un signe. L'Esprit saint en décide autrement. Il ne souffle pas sur sa protégée. Geneviève née Maître a été conduite vers un autre destin. Elle sera Marie plutôt que Thérèse. Des deux saintes, c'est celle qui a vécu le plus longtemps. Le Seigneur dans son infinie sagesse ne la fait pas sœur pour qu'elle devienne mère.

Dans le salon de famille les murmures courent sur le papier peint aux motifs sombres. « Mais que fera-t-elle ? » disent-ils. Un mariage. Un beau mariage avec une famille digne de sa foi. Geneviève a confiance, elle sera guidée. Les portes du couvent s'éloignent. Elle a dix-sept ans. Elle rayonne d'une beauté insolente qui ne connaîtra jamais le plaisir profane. Sa grâce, ses yeux clairs, son corps souple seront autant de sacrifices offerts au Seigneur. À genoux dans sa chambre, la porte fermée sur l'humanité au-dehors, son regard est rivé au petit crucifix qui orne, seul, l'un des murs. Elle se réfugie auprès du Père et de son fils. Elle servira de la façon qu'ils choisiront. Elle accepte d'être au monde et déjà imagine ses enfants, deux filles et un garçon.

Le fruit de ses entrailles

Bernard-Hubert Dupont de Ligonnès, propriétaire du nom, descend de la meilleure famille possible. Châteaux. Armoiries. Père et grand-père tour à tour prélat, capitaine d'armée, maire, bâtisseur de cette France des plus beaux villages. On trouve leur demeure facilement, murs épais et hautes tours, elle fait partie de notre patrimoine. Élevé dans la tradition, Bernard-Hubert en connaît les codes, les obligations. Aristocrate et conscient de son rang, il veut pourtant éprouver sa liberté. Il ne reste pas collé à sa terre, le Gévaudan. Le monde l'attend.

Il prend un train. Direction la capitale païenne de la France, Paris. Impossible de savoir à l'issue de quelles discussions il réussit à s'extirper de l'étau familial. Gare Montparnasse, l'atterrissage ne se fait pas dans les faubourgs. Paris, pour un comte, c'est forcément Versailles. Un départ mais pour les grandes eaux : il s'installe tout près de l'avenue du Maréchal-Foch. Là, il retrouve possiblement de la famille, des appuis dans les réseaux de la noblesse ou des amis peut-être. On se reconnaît, on s'apprécie, on s'aide, Bernard-Hubert sait y faire. On le dit avenant, intelligent, séduisant. Il n'est pas oisif, il monte sa première affaire rapidement. Il veut travailler pour voyager, import-export.

Combien de temps a-t-il fallu pour qu'il croise Geneviève dans la ville royale ? Ils étaient parfaits. Elle roturière et fervente croyante, lui aristocrate, bel homme, chaleureux, aventurier, charismatique. Je veux croire à de l'amour entre eux. Ils se voient. Ils se frôlent. Goûters, dîners, promenades bucoliques et chastes dans le parc de Versailles. Sourires et prières, les cœurs chavirent. Bernard-Hubert demande Geneviève en mariage. Leur union scelle l'avenir.

13 juillet 1955. Geneviève a vingt-trois ou vingt-cinq ans. Bernard-Hubert la regarde et d'une voix ferme affirme :

— Oui, je le veux.

Pour le meilleur et pour le pire. Geneviève est désormais Dupont de Ligonnès. Ils prêtent serment en l'église Sainte-Jeanne-d'Arc. Leurs voix résonnent. Celle du prêtre plus encore. L'endroit est immense. La fresque peinte par Henriette Lebon-Delore paraît animer une seconde l'extatique vie de Jeanne d'Arc, bergère, guerrière au service du Seigneur et de son pays, qui sauva la France avant d'être brûlée. Dans l'église, l'orgue s'envole et envahit les courbes de l'abside. Geneviève et Bernard-Hubert sont désormais unis par les liens du mariage.

Dehors il fait chaud. Dans l'assemblée où les familles sont réunies, rien ne transparaît d'autre que de la joie, pas de bonheur, pas d'amertume. La fête ne se termine pas au bout de la nuit. Ils mangeront bien. Ils boiront ce qui se fait de mieux. Bernard-Hubert se laisse aller plus que Geneviève. Cette nuit, tout va changer. Les corps sont désormais sacrés par l'union. Plaisir immense d'aimer son homme, mécanique des fluides, effleurement, délicatesse, étreinte, les draps protègent et enveloppent dans une délicieuse pudeur. Au matin tout sera parfait.

Tandis que Jésus parlait, une femme, élevant la voix du milieu de la foule, lui dit : Heureux le sein qui t'a porté ! Heureuses les mamelles qui t'ont allaité ! Jésus répondit : Heureux plutôt ceux qui écoutent la parole de Dieu, et qui la gardent !

Treize années avant ma naissance, avant les souffrances de ma mère qui sans péridurale me met au monde, en sueur, accrochée aux draps de son lit, Geneviève hurle. Elle écarte les jambes. Elle pousse. Elle doit réveiller des muscles oubliés. Madame, il faut faire un effort. Elle retient sa respiration. Elle ferme les yeux. Pousse encore. La tête apparaît. Mélange de sang et de liquide épais. Deux mains saisissent une petite tête violette presque entièrement sortie. Oui, quart de tour, coup sec, soulagement, souffle, deux bras, deux jambes, un sexe, c'est un garçon, rouge, yeux fermés et bouche grande ouverte. 9 janvier 1961 : Xavier Dupont de Ligonnès vient de naître. Geneviève prie. Son nouveau-né est là. On peut prévenir le père. Draps blancs. La mère reçoit l'enfant. Une force les unit. Rien, jamais, ne pourra rompre l'amour qu'ils se portent, pas même l'absence.

Deux sœurs suivent. Christine, qui porte le Seigneur en son nom, et Véronique, qui lui tend son voile sur le chemin de croix. La famille est au complet. La vie s'organise à la cour du roi. Geneviève, aidée de sa mère, s'occupe des enfants. Linge, marché aux légumes, et aux poissons le vendredi, trajets, prières et l'église, chaque jour, au moins une fois. Ils s'y rendent en famille. Les enfants trottent, bien habillés. Le père suit. Il est d'accord en tout point avec sa femme. Les petits doivent être éduqués. Aux yeux de Bernard-Hubert l'enjeu consiste à sauvegarder sa liberté. Il connaît les usages. Il est de ces familles qui ont élevé le geste religieux au rang de réflexe. Aller aux toilettes, se laver, s'habiller, prier. Ils se signent comme on se mouche. Haut, bas, gauche, droite. Bernard-Hubert, lui, travaille. Il n'a pas de temps pour le ménager. C'est un réflexe, ça aussi. Il négocie. Il importe. Il exporte. Et surtout il voyage.

Il a fait son devoir après tout, trois enfants.

Vatican II

1962-1965. Depuis quatre années, ça murmure. Chez les Dupont de Ligonnès, mère et grand-mère, aux côtés du prêtre de leur paroisse, suivent avec attention les nouvelles pontificales. Un concile est en cours. Événement considérable dans l'Église. À Rome, le Pape, tête ronde, nez droit et long, oreilles immenses, mène la danse. Ça changera, Jean XXIII mourra bientôt et Paul VI lui succédera sans désavouer le mouvement conciliaire. Tous les évêques du monde sont à la basilique Saint-Pierre. Photo impressionnante : milliers de taches blanches et rouges sous les voûtes infinies. De cette image figée on peut entendre le bruit. L'Église catholique doit entrer dans la modernité ! Voilà le mot d'ordre. Il faut rénover, et de fond en comble. Liturgie, communication de masse, rite oriental, nature de la révélation…

Pour Geneviève, pour de nombreux chrétiens, les nouvelles qui arrivent du Saint-Siège ne sont pas bonnes. Un tremblement de terre se prépare. Des prêtres et des fidèles analysent les décisions du concile. À Versailles un groupe de croyants se réunit, leur foi ébranlée et leurs cœurs troublés les rendent émouvants. Geneviève en est, sa mère également. Petite salle, lieu tranquille, loin du tumulte de la ville, meubles en bois, livres pieux, bougies éteintes. L'endroit, peut-être une sacristie, est à peine chauffé. De la buée sort des bouches, mourir de froid ne fait que les rapprocher de Jésus qui a tant souffert pour eux. Les mots et les prières rassurent. Hommes et femmes partagent leurs peurs, leurs convictions et leur foi en Dieu, en Jésus et dans le Saint-Esprit. Amen.

— Et il faudra faire la messe face à l'assemblée et non plus face à Dieu !

— C'est insupportable ! Que m'importe si je ne vois pas le visage du prêtre ?

— Cela efface toute différence entre le Créateur et sa créature…

— Attendez ! Ce n'est pas fini… Le concile veut imposer le français à la place du latin pour la messe…

— C'est le retour de Babel, la désunion de l'Église, des milliers de langues différentes dans la maison de notre Dieu.

— Deux mille ans balayés d'un revers de manche !

— On ne pourra plus rien maîtriser, chaque prêtre dans chaque village dans chaque pays pourra apporter sa touche personnelle à une liturgie pourtant immuable, ironise une femme tendue et sincèrement émue.

— Notre Église ne saurait être temporelle !

— Deux siècles plus tard, les révolutionnaires gagnent définitivement, voilà tout. Ils nous enlèvent le verbe, c'est la fin du Syllabus, affirme fermement le prêtre de la communauté.

— Et la reconnaissance des cultes ? Pourquoi en passer par là ? Si Jésus n'est pas Vérité, alors que sommes-nous ?

— L'Église catholique est l'unique religion vraie, nous sommes la seule voie pour le salut éternel, lâche un petit homme rond qui porte des lunettes et un pardessus.

— Mais qui va croire cela ? Quel vrai catholique pourra suivre ces décisions ?

— Le concile sera voté. Il ne faut pas en douter, et on ne pourra rien contre ça, dit le prêtre, la mine grave.

— Rome ne pourra pourtant pas changer ce que nous avons dans le cœur.

— Il y aura un schisme…

— Seuls les conciliaires en seront responsables.

Cela ne s'arrête pas là. Une rumeur plus sombre enfle de jour en jour. Certains savants de l'Église livrent leurs interprétations. Quelque chose serait à l'œuvre au Saint-Siège. Que se passe-t-il exactement ? On le murmure, on le dit, on le constate. Ce concile n'est pas la volonté de Dieu. Les événements traversés, les mots employés ont des correspondances avec le texte de l'Apocalypse. C'est impossible ! Si, bien sûr… Vatican II ne serait pas le fruit du hasard mais celui du Diable. Comment le croire ? Il suffit de lire la Bible. Apocalypse 17, 1-18, 1 à 5. Le doute, désormais, n'est plus permis, l'Église n'est plus à Rome.

Viens, je te montrerai le jugement de la grande prostituée qui est assise sur des eaux immenses. C'est avec elle qu'ont forniqué les rois de la terre, et ses habitants se sont saoulés du vin de la prostitution. (…) Cette femme est assise sur une bête carmin, pleine de noms blasphématoires, portant sept têtes et dix cornes. Elle est vêtue de pourpre et d'écarlate, d'or, de pierres précieuses et de perles. Elle tient à la main une coupe étincelante pleine d'abominations et de souillures de sa prostitution. Sur son front est écrit un nom, un mystère. (…) Cette femme se saoule du sang des saints et du sang des martyrs de Jésus. (…) Les sept têtes ce sont sept collines, sur lesquelles cette femme est assise. (…) Et cette femme-là, c'est la grande cité, celle qui règne sur les rois de la terre. (…) Elle est devenue une habitation de démons, un repaire de tout esprit impur (…) parce que les rois de la terre se sont prostitués avec elle, et que les marchands de la terre se sont enrichis par la puissance de son luxe. (…) Sortez, ô mon peuple, quittez-la de peur que, solidaires de ses fautes, vous n'ayez à pâtir de ses plaies ! Car ses péchés se sont amoncelés jusqu'au ciel, et Dieu s'est souvenu de ses forfaits.

Vatican II, Apocalypse, ces deux mots suffisent à faire surgir d'Internet un déferlement d'interprétations. Le XXIe siècle sera spirituel, mais aussi numérique. Cette prostituée, dont parle le texte, c'est Rome et le Vatican et le Pape et les cardinaux soumis à ce concile impur. C'est la vérité. D'un site Internet à l'autre les analyses se répondent, se confirment, le texte de l'Apocalypse est passé au peigne fin. Il est interdit de ne voir dans ces mots que de simples injonctions poétiques : *têtes en pagaille, cornes acérées, dorures, pierres précieuses, robes rouges, stupre, sept collines*, oui, comme celle de la cité antique, cette fureur démoniaque relâchée sur notre terre c'est le concile et ses lois scélérates ! Dans le texte de l'Apocalypse tout est signifiant, mort et résurrection d'un monde corrompu. Face à ce déferlement d'impuretés prévues par la Bible elle-même, l'Église véritable doit résister. Mais où est-elle ?

C'est inévitable, une division s'opère. Une mer rougie par les robes des cardinaux se referme. La séparation est profonde. Geneviève et les traditionalistes sont sur une rive, Rome et son gouvernement ecclésiastique sur une autre. Ils brûlent désormais dans les braises du Démon. Comme beaucoup d'autres, Geneviève prie pour trouver la lumière dans cette obscurité surgie du Saint-Siège. Elle attend un signe. Sa foi se fait diamant brut et coupant. Elle n'appartient plus seulement à notre monde. Elle se radicalise, pourrait-on dire. Il y a une beauté hypnotique dans l'accession à un tel degré de ferveur. Les fidèles s'enhardissent et, de croyants touchés au cœur de leur ferveur, ils deviennent chevaliers sur la route des croisades. Ils résistent. Ensemble ils sont la seule Église véritable, îlot chrétien minoritaire contre les centaines de cardinaux qui suivent la voie de la papauté.

Geneviève est de ces catholiques-là, réfugiés dans le maquis pour démasquer le Malin. Ils se retrouvent, se soutiennent, solidaires dans l'adversité. À Versailles, la nuit venue après de longues discussions théologiques et d'intenses prières, ils se séparent, quittant appartement, église, café discret ou lieu de culte. On dirait des conspirateurs. Dehors les enfants jouent et font un peu trop de bruit. La mère de Geneviève les rappelle à l'ordre. Ils reviennent vite, les joues roses et le nez morveux. Xavier s'est blessé au genou mais il n'a pas mal, sa mère remet en place une de ses mèches, il a quatre ans. Que va devenir son âme au cœur de cette tempête qui s'annonce ?

La loi divine

1967-1969. La sainte Trinité règne sur la vie des Dupont de Ligonnès. Xavier et ses deux sœurs vivent au quotidien les déchirements provoqués par Vatican II, discussions, questionnements, débats animés aux repas. Lorsque certains bloquent la France pour tenter de voir la plage sous les pavés, Geneviève et ses amis se réunissent pour rêver d'une issue à cette guerre dont leurs âmes sont les enjeux. N'est-ce pas autrement plus essentiel ?

Années, mois, semaines et dimanches, les enfants écoutent des milliers d'imprécations psalmodiées par des prêtres habités. Ils vivent avec l'espoir du Paradis et la crainte de l'Enfer. Des milliers de fois, Xavier pousse les lourdes portes d'églises choisies par sa mère, sa grand-mère. Il baisse la tête devant des hommes officiant en soutane noire au milieu de dorures sombres. Il respire l'odeur de l'encens jusqu'à l'étourdissement. Il entend l'écho des crissements de bois sur les pierres froides et séculaires, les murmures qui s'élèvent en direction des ogives et plus haut : « Le Seigneur vous observe et vous entend ! Ne croyez pas qu'il vous ignore. » Assis par ordre de taille, sur des bancs trop durs, Xavier, Christine et Véronique observent dans l'obscurité fraîche les dentelles de pierre qui s'envolent vers les cieux, les vitraux jamais assez grands pour faire entrer toute la lumière, les trous dans les paumes et le sang qui coule sur le visage du Christ transpercé par les épines de sa couronne et par les flèches des soldats romains. Images impressionnantes du Seigneur en souffrance, pour nous sa souffrance, pour que Dieu le Père nous pardonne.

Ce ne sont pas des souvenirs qui resteront à Xavier mais des stigmates. Cette fiction faite de sagesse devient pour lui un réel irréfutable. Il fait ses premiers pas dans ce monde de lumière et de ténèbres, riche de monstres et de saints. Comment ne pas être fasciné ? Quel enfant refuserait que les fées et les êtres merveilleux existent pour de vrai ? Xavier a moins de dix ans, il vit dans un univers constitué de lois ancestrales, de secrets bien gardés, de trésors enfouis et, tout au bout, d'une immortalité de l'âme garantie en cas de conduite immaculée. Ce monde n'est pas créé par sa mère, bien sûr, mais c'est elle qui en garde les clefs. La porte se referme derrière lui. Elle restera close des années durant.

En 2011, après cinq morts et une disparition, des centaines d'articles, de commentaires, d'échanges sur les réseaux sociaux évoquent cette vie religieuse et ses conséquences potentiellement macabres. Biographie numérique d'un fantôme que nous voudrions tellement comprendre. Les titres, sous-titres, grosses lignes en gras s'accumulent, il faut capturer le lecteur : « Soupçonné du meurtre de sa famille, Xavier Dupont de Ligonnès aurait participé, jusqu'en 1995, à de curieuses pratiques religieuses » ; « Dupont de Ligonnès : les enquêteurs sur la piste mystique » ; « La mère de Xavier Dupont de Ligonnès, gourou d'une secte ? » ; « Dupont de Ligonnès : des délires et des dieux » ; « L'étrange groupe de prière de la mère de Dupont de Ligonnès »… Tout le monde s'est jeté sur cette enfance comme sur un exemplaire de presse people dans la salle d'attente d'un dentiste. Sans doute par attachement aux fondements chrétiens de notre monde moderne. On admire les peintures religieuses, on arrête de travailler le dimanche, on fête la naissance du Fils sans sourciller, on baptise au cas où, on laisse une grand-mère offrir un pendentif en forme de croix, on regarde *Les Dix Commandements*, qu'on le veuille ou non, nous transpirons tous un peu du sang du Christ.

De leur côté, Christine et Geneviève réfutent les allégations douteuses de la presse et des commentateurs. Elles ont créé un blog pour expliquer leurs convictions, retracer la chronologie et donner leur point de vue. Les deux femmes paraissent d'une honnêteté irréprochable. Elles en appellent à la vérité, à la modération. Elles veulent du conditionnel. Geneviève comprend les spectateurs de sa tragédie. Elle n'accuse qu'occasionnellement, mais refuse l'étiquette de chrétienne autoritaire et intégriste. Elle relativise toujours.

Le climat familial n'a jamais été étouffant, fermé, anxiogène, comme d'aucuns l'affirment sur la base illusoire de « on-dit », raconte Christine sur le blog. *Xavier n'a jamais, non plus, subi un véritable endoctrinement de la part de notre mère. Nous avons reçu une éducation catholique traditionnelle, rien de plus, rien de moins.*

Pourtant, une autre voix vient contredire ces propos. Xavier Dupont de Ligonnès surgit du langage binaire, 0 1 0 0 1, il a vécu les choses différemment, question de point de vue sans doute. Les souvenirs distordus de l'enfance recèlent parfois des vérités plus nettes. Xavier, entre 2005 et 2011, a écrit des centaines de textes sur un forum de discussion chrétien nommé Cité catholique.

À 8 ans (1969 donc) *se lever à 6 heures au lieu de 7 heures pour aller à la messe avant d'aller à l'école,* écrit-il, *faire des retraites dans des abbayes, connaître par cœur sa messe aussi bien en latin qu'en français (…) et prier tous les matins et tous les soirs, en s'adressant à des « personnes » et non pas à des « concepts ». (…) Tout cela signifiait-il que j'avais la foi ?*

Cette voix, il a voulu qu'on l'entende. Xavier est dans nos ordinateurs. Il a quelque chose à dire, testament troublant, crypté au milieu de cette forêt numérique. Il s'oppose à sa mère et à sa sœur, divines prêtresses de ce monde fait d'anges et de démons, de miracles et de résurrections.

Bernard-Hubert

1970. Durant cette décennie, Bernard-Hubert Dupont de Ligonnès sera la figure incertaine de ce monde clos, un berger en transhumance, celui qui traverse le grand appartement versaillais sans s'y arrêter vraiment. Égoïste, séducteur, intelligent, entreprenant, curieux, il n'est pas en désaccord avec son épouse sur ce qui relève du fait religieux. Il prie, il paye les baptêmes, les communions, les écoles privées, il respecte sa femme et ses messages d'amour. Y croit-il ? Sans doute. S'y intéresse-t-il ? Certainement pas.

Son rêve est toujours ailleurs, dans la maison à côté de la sienne, loin de ses origines et de sa famille, loin des ornements sociaux imposés par le statut qu'exige son nom : de Ligonnès. Il préfère le jeu, l'argent. Tout au long de l'année, il se contente de quelques actes de présence bienséants, effets de manche, magicien familial, père céleste dosant ses apparitions et ses disparitions. Le voilà ! Il ouvre la porte pour un anniversaire, pour Noël, aux réunions de famille, ses enfants s'approchent et l'embrassent. Xavier l'aime, il est le fils unique. Ils se comprennent sans trop savoir pourquoi. Bernard-Hubert se manifeste quelques jours, quelques mois et puis repart, revient, reste. Le dîner est prêt, tout le monde passe à table.

À Geneviève, sa femme, Bernard-Hubert Dupont de Ligonnès a donné son nom, sa particule, son ascendance. Il est de ces familles qui ont connu l'époque où l'Église et l'État ne faisaient qu'un. Dans le salon de l'appartement versaillais, propriété de sa belle-mère et que Geneviève occupe encore aujourd'hui, Bernard-Hubert, les jambes agitées par l'impatience, projette une évasion. J'imagine. Suspense familial : Geneviève le dévisage par-dessus la longue table du dîner. Haricots verts, rôti, carafe de vin et d'eau, lampes orangées qui peinent à éclairer les vastes pièces de l'appartement. Crucifix, images pieuses et autres statues de la Vierge peuplent les murs, tandis que Bernard-Hubert recule lentement pour disparaître dans la pénombre. Geneviève mène le bénédicité.

Les yeux de tous se lèvent avec espoir vers toi, Seigneur, et tu leur donnes la nourriture en temps voulu. Tu ouvres ta main généreuse, et tu combles tout être vivant de ta bienveillance. Protège cette famille et toutes celles dans le besoin. Notre Père, qui êtes aux cieux, que ton nom soit sanctifié, que ton règne vienne, que ta volonté soit faite, sur la terre comme au ciel. Donne-nous aujourd'hui notre pain substantiel, remets-nous nos dettes comme nous aussi les remettons à nos débiteurs. Et ne nous laisse pas entrer dans l'épreuve, mais délivre-nous du Malin. Amen.

Tout le monde plante sa fourchette, légumes grillés à la poêle dans du beurre, tendreté de la viande encore rouge en son cœur. Les enfants mangent en peu de mots. Bernard-Hubert ne commente pas. Il rompt le pain et en distribue autour de lui. Sa belle-mère termine son assiette dignement. Geneviève a compris que son mari n'était pas fait pour rester attaché à cette table. Redoute-t-elle secrètement un départ et le tragique déshonneur qui s'ensuivrait ? Un divorce n'est pas envisageable.

Mon mari, je l'avoue, déclare Geneviève à un journal à grand tirage, *n'était pas un modèle de sainteté ! Je n'ai jamais voulu savoir. Je me suis plongée avec beaucoup de ferveur dans la religion pour oublier, en quelque sorte, ses incartades. Mais j'ai toujours gardé la tête haute devant mes enfants. Jamais de coups d'éclat entre nous. Je ne les ai pas élevés dans la haine de leur père.*

Quelle souffrance ! Geneviève est sans doute prête à l'accueillir comme une pénitence envoyée ici-bas pour mettre son âme à l'épreuve. Comment atteindre le Seigneur autrement ? Le cilice comme viatique vers Dieu. Lui prouver sa capacité à l'élévation, non pas vaniteuse mais miséricordieuse. Bernard-Hubert Dupont de Ligonnès connaît d'autres femmes. Distance presque respectueuse de son épouse, révélatrice de sa puissance et de la grâce qui la touche.

À la table du dîner le repas est terminé. Bernard-Hubert se lève, il doit retourner au bureau, des affaires l'y attendent. Son travail d'import-export avec l'étranger, l'Afrique sans doute, l'oblige à jongler avec les fuseaux horaires. Il ne demande aucune autorisation, son statut le lui permet. Peut-être même qu'en silence Geneviève se lève et va lui chercher son manteau. Elle esquisse un geste tendre. Il fait un peu froid. La porte de l'appartement se referme. Bernard-Hubert prend les escaliers. Le silence revient. L'absence se fait sentir.

La nuit est tombée. La famille s'est égaillée, chacun à sa tâche. Xavier déambule dans le grand appartement en quête d'une odeur masculine. Il a dix ans et le corps souple, il passe d'une pièce à une autre, on dirait un chat. Il caresse son menton lisse en y cherchant une barbe encore invisible. Plus loin, mère et grand-mère rangent le repas tandis que les sœurs devisent dans leur chambre, Xavier se faufile dans le placard de son père pour y enfiler en secret une veste trop grande, passer une cravate impossible à nouer et se glisser dans des Church à peine usées. Les errances paternelles n'entament pas son amour filial. À son doigt restera vissée jusqu'au bout la chevalière de la famille Dupont de Ligonnès : un blason où trônent fièrement un heaume et trois étoiles d'argent.

Silence dans le gynécée versaillais, Xavier est le seul homme de cette maison, pas uniquement parce que son père s'évade régulièrement, mais aussi parce que sa mère n'en cherchera pas d'autre. Les seuls représentants masculins qui hantent ce monde portent une soutane ou bien sont à moitié nus et cloués sur une croix. L'avantage c'est que, les uns comme les autres, Xavier doit les appeler « mon père ». Celui qui est aux cieux ou celui qui officie. Bernard-Hubert a réussi son coup : même absent, il est éternel.

La voix

Miracle ! Le signe ! Le signe !
Bouleversement dans la maison.
Geneviève, mère de Xavier, entend !
Toute son âme vibre.
Comment le croire ?
Comment accepter ce don ?
Une voix parle en elle.
Elle a été pénétrée.
Signes, ligne directe, révélation privée.
Les mots s'égrènent sans qu'elle soit obligée d'y penser.
Ils viennent d'ailleurs.
Jésus-Christ est vivant, il est en son sein.
Amen.

Les larmes

Geneviève se recueille chez elle, calme absolu, profondeur de la foi. L'appartement est en suspension. Xavier est à l'école, comme ses sœurs. Le père est ailleurs. La grand-mère discrète. Concentration et amour extrêmes, Geneviève prie, Vierge Marie, sainte Trinité. Sa ferveur est sans limites, désir immense de repentance, de proximité avec le Christ. Quelque chose advient : un trouble d'abord, une élévation, une chaleur au centre de la poitrine. Une présence est descendue. Geneviève n'est pas seule. Cette vérité est une ombre qui disparaît avec la lumière. Quarante ans plus tard, après le drame, les journalistes s'en délectent : Geneviève a reçu des révélations ! Dans les articles les mots diffèrent. Le résultat est le même : Jésus lui parle.

Geneviève se tient seule, troublée, priant à voix haute, puis silencieuse, ramassée en elle-même, absente bientôt, humble réceptacle qui ne demande rien que d'être entendu par ceux qui le souhaitent. Elle-même ne pose pas de nom sur cette présence, Jésus-Christ, peut-être, comment en être certaine ? Dans sa tête, sur son corps, à l'intérieur, des mots se forment. Un message s'imprime. Transmission automatique à l'écriture, le stylo court sur une feuille. Geneviève couche les paroles du Seigneur dans un calme désincarné, c'est-à-dire hors de sa chair. On retrouve facilement ces messages, avec leurs dates, ils ont été publiés sur du papier puis sur la Toile, stockés dans des disques durs, au fond de serveurs numériques alignés près de la frontière australe.

27 octobre 1972. Message de Christ reçu par Geneviève.

Voici venu le moment où Je vais renouveler pour vous cette mort qui vous a valu le Pardon de votre Dieu. Voici l'heure, et Je vous demande de bien comprendre que c'est par vos fautes que Je subis de nouveau cette douloureuse Passion Mystique. Oui, Je désire que vous compreniez la grandeur et la gravité des événements que vous vivez, et que vous sachiez que Je vous ai choisie de toute éternité afin de vous avoir auprès de Moi, vous qui savez aimer.

9 novembre 1972. Message de Christ reçu par Geneviève.

Soyez auprès de Moi au moment où J'offrirai à Mon Père le Sacrifice de Ma Mort Mystique. Je prie pour que vous sachiez demeurer à Mes Côtés en ces moments où tous M'abandonnent.

Le stylo retombe sur la feuille blanche. Geneviève relit les mots qu'elle vient de tracer. Le lien est au présent. Elle peut encore le sentir. Le message est net. Jésus a parlé en elle. Il souffre de l'impiété de ses serviteurs. Si le Christ intervient aussi directement, il y a de quoi s'inquiéter. Geneviève ne bouge plus, ce qu'elle vient de vivre est incommensurable.

Être en lien avec le Seigneur est une responsabilité, elle doit être guidée, conseillée, soutenue. Geneviève ne doit pas garder ces messages pour elle. Ils ne sont pas faits pour ça. Elle en parle et le réseau des résistants chrétiens s'active. Bientôt un homme se présente à sa porte. Roi mage d'une nouvelle génération de saintes, le chanoine Ridolfi entre dans la vie de Geneviève. Il sera son guide spirituel. Venu de Corse, il croit en elle et en ses paroles.

Il est ce qu'on pourrait appeler une « conscience ». Quelqu'un qui siège au plus profond. Geneviève lui demande conseil. Ils étudient ensemble. Ils prient. Ils luttent contre les forces maléfiques. *Au commencement était le Verbe.* Le chanoine est accoudé à une table, une main proche du menton, la tête légèrement penchée en arrière. Il regarde tantôt le chignon de Geneviève qui se reflète dans le miroir biseauté accroché au mur sur sa droite, tantôt le visage pâle et décidé de cette femme en prière. Sèche et directe, elle parle et sa voix résonne un peu. Elle ne veut pas être orgueilleuse. Elle ne veut pas ou ne peut pas dire ce qu'elle a à dire. Le chanoine la regarde. Laisse passer un de ces silences qui ouvrent la possibilité de la confession. Geneviève lui tend ses notes. Il les parcourt avec attention. Il respire précautionneusement. Les feuilles glissent les unes sur les autres. Bruits de frottement dans cet univers où nul son du monde extérieur ne semble pénétrer. L'Église protège la pièce qui donne sur un jardin arboré. Le rouge monte aux joues de Geneviève. Elle est belle, intimidée, émouvante. Comment ne pas l'être lorsqu'on est possédé par une conviction d'amour si profonde ? Jésus lui parle ! Le chanoine revient au début. Il murmure, visiblement intrigué, touché. Il prend son temps. C'est un moment grave et tendu comme seuls les chrétiens savent les mettre en scène.

16 novembre 1972. Message de Christ reçu par Geneviève.

Je suis à l'Agonie. Que vous compreniez que la mesure est comble et que Je ne Me ferai plus connaître qu'à ceux qui désirent Me trouver et M'aimer, car voici l'heure et Je vous offre de nouveau ce Sacrifice afin que le Monde soit sauvé.

23 novembre 1972. Message de Christ reçu par Geneviève.

Vous devez comprendre dans quel état de délaissement et d'abandon est laissé le Fils de l'Homme… Je suis arrivé à la limite de ce que Je peux endurer de votre part car, ouvertement, le Monde a crucifié de nouveau le Fils de Dieu fait Homme par Amour, crucifié de nouveau par la haine de ceux qui ne veulent pas Le reconnaître et crucifié plus encore par l'indifférence de ceux qui Le connaissent et qui Le trahissent.

Maintenant le chanoine pleure, de ces larmes pieuses qui ne touchent jamais le sol. C'est un pouvoir surnaturel, une sublimation du réel. Cette voix que Geneviève entend, c'est littéralement une fiction qui prend corps. On peut se moquer. On peut y croire. Pour ceux qui possèdent la foi, recevoir ces messages valide en un être biologique l'existence d'un invisible. Sans être un miracle, c'est une preuve de son existence. Bien qu'humble, ou parce que… Geneviève est une élue. Elle entend le Seigneur, elle a été choisie. C'est dans l'ordre des choses.

Christ est suspendu dans la maison de Xavier, Geneviève entend, le chanoine sourit, la résistance s'organise. L'enfant ne doit pas faire de bruit. Il regarde sa mère par l'embrasure de la porte du salon. Il sait quelles lattes de parquet il faut éviter. Il veut voir, lui aussi. À quelques mètres, Geneviève est assise à un petit secrétaire Napoléon III, les paumes tendues vers le ciel. C'est un peu comme surveiller l'arrivée du Père Noël. Attention, la voix de Jésus approche, un murmure d'abord, puis une caresse. Elle parcourt le corps de Geneviève. Xavier ne voit rien que du silence. Il imagine, lui aussi. Nous avons cela en commun. Il est fasciné. Il a un peu peur. Geneviève prend son stylo et écrit. Elle n'est pas possédée. Elle ne se roule pas au sol. Elle ne parle pas de langues ignorées. Elle ne crache pas des mots divins. Ça ne se passe pas ainsi. La parole de Jésus se trace avec souplesse. Il s'agit d'une communion, de l'aboutissement d'un chemin de ferveur. Xavier ne comprend pas mais il sent, lui aussi, la présence. C'est trop d'émotions... Il court jusqu'à sa chambre et se lance comme un fou sur son lit. Il a bravé l'interdit. Désormais, il est à une personne du Christ lui-même. Théorie des degrés de séparation réduite à son minimum. Quel effet ! Peut-être perçoit-il sa mère comme une sorte de super-héroïne. Ce lien incroyable auquel il assiste, c'est le tour de magie parfait. Comment se remettre d'une mère capable d'entendre Dieu ?

À partir de 1972 (11 ans), je suis persuadé, écrit Xavier, *COMME TOUT BON CATHOLIQUE QUI SE RESPECTE, que le Christ va revenir pour le « Règne du Christ-Roi », période juste avant la Fin du Monde :*

C'est dans tous les textes CATHOLIQUES (Apocalypse de St Jean, prophéties diverses et variées...).

Sauf que, dans mon cas, je crois que c'est imminent **car ma propre mère** *est censée apporter la parole de Dieu (ce qui n'a rien de différent des autres « messagers » de Dieu).*

Quoi de plus normal pour un enfant, fervent croyant, et ayant une foi à toute épreuve, baigné dans les miracles et apparitions enseignées par l'Église elle-même, que de croire en un miracle de plus...???

Message d'Amour

Difficile de savoir ce que Geneviève autorisait ou laissait à la porte de son appartement. Avaient-ils une télévision ? Qu'écoutaient-ils à la radio ? Elvis s'est frayé un chemin, l'Amérique, le rêve, peu de journaux sans doute, et certainement pas Genet, Sartre, Camus, etc. Quant à l'actualité ? Mai 68, démission de Charles de Gaulle, élection puis mort de Pompidou, etc. Xavier en entend-il seulement parler ?

Progressivement, une frontière est tracée entre ce monde et l'autre, le nôtre, le mien. À cette époque-là, celle de la préadolescence, Xavier considère tout ce que disent les prêtres, la Bible et sa mère comme littéralement vrai. Et si rien de temporel ne les effraie, désormais le Diable guette à Rome et partout, il s'est rapproché, cherchant sur terre ceux qu'il pourra mâcher en Enfer, torturés par d'autres démons, des succubes malfaisants. Pour Xavier, ces dangers ne sont pas des mythes, des idées, des récits, une fiction qu'on raconte aux enfants pour faire peur. Il n'y a pas d'interprétation à en faire. Rien à voir avec la poésie ou la philosophie. La Bible n'est pas une fable, mais un livre d'histoire. Pour Xavier et sa mère Dieu et le Christ sont des êtres réels, Lazare revenu d'entre les morts une personne en chair et en os, avant comme après sa résurrection, la multiplication des pains un véritable prodige, l'aveugle qui voit un authentique miracle, Adam et Ève nos ancêtres, et Noé le sauveur de l'humanité.

Chaque jour Xavier parle à son ange gardien. Son « ami intime », comme il l'appelle sur le forum catholique où il échange sous pseudonyme. L'ange veille sur Xavier, même s'il est invisible. Peines, colères, questions, aspirations, dans l'obscurité de sa chambre, dans les rues de Versailles, dans la chapelle de son école, Xavier se confie à lui. Il ne répond pas, évidemment. Xavier n'entend pas de voix, lui. Il se divise. Il est à la fois celui qui demande et celui qui trouve une solution. À l'aube, au pied de son lit, il murmure dans l'air gris et frais de Versailles :

— Ami, voudrais-tu m'aider pour la composition de demain ? J'aimerais parler à cette fille de la classe d'histoire, comment faire ? Mais peut-être que ce sont de mauvaises pensées, qu'en dis-tu ? Parfois mes sœurs m'énervent, je te demande pardon pour elles, mais comment faire le bien dans le monde ? Comment aimer mon prochain plus que moi-même ? Aide-moi à tendre l'autre joue.

Au milieu de sa chambre propre et bien rangée, assis sur un coussin, Xavier baigne dans le sacré. Jésus, Marie, Joseph. Que des morts. Collection de cadavres bénis, figés dans les plus belles peintures du monde. Le Seigneur crucifié et ressuscité, voilà qu'il parle maintenant à sa mère. Les fantômes et les esprits existent donc. L'arrêt cardiaque n'est que transitoire. Au plus loin, dans ses gouffres intimes, là où se croisent les démons, Xavier Dupont de Ligonnès n'a jamais eu besoin d'accepter la disparition, la fin, l'obscurité comme un état définitif, une absence sans retour.

Moi que cette fatalité effraie parfois, j'essaie de me représenter le rapport à la mort d'un être qui n'y croit pas. Quelle insouciance pour Xavier qui n'a pas à l'intégrer comme une des grandes données du monde ! Quelle joie ! *N'ayez pas peur !* Il y a un avant et un après, deux états, deux façons de vivre, deux consciences, ce n'est pas une fin, c'est un voyage… Ce que Xavier redoute, en revanche, ce sont les punitions du Père. Son seul devoir sera donc de ne pas transgresser. Et encore ! Il y a toujours confesse. Sa grand-mère y veille sûrement, une fois par semaine, dans la petite cabane en bois ciré et travaillé au fond de l'église, derrière le rideau et la grille, près de l'oreille d'un prêtre bon et attentionné pour l'enfant.

7 décembre 1972. Message de Christ reçu par Geneviève.

Je suis Mort par Amour. Dans très peu de temps Je renouvellerai ce Sacrifice et Je désire que ceux qui savent aimer soient à Mon Grand Bonheur présents à Mon Chevet et que ceux qui ont su Me demeurer fidèles aient part à Ma Gloire.

8 décembre 1972. Message de Christ reçu par Geneviève.

Devenez ces donnés à Mon Père afin que Celui-ci vous place auprès de Moi en ces heures de grande affliction, et que vous sachiez vous montrer dignes de ce que, dans Mon Amour, J'attends de chacun d'entre vous. Alors vous aurez su donner à votre Dieu à l'Agonie ce témoignage de votre amour, et vous demeurerez en Ma Présence dans ce drame qui se prépare, où beaucoup se donneront à Satan pour avoir négligé de se fortifier en ayant recours à Moi qui suis donné en Sacrifice.

Dans l'appartement de Versailles, le repas peut reprendre. J'imagine que la famille en général et les enfants en particulier sont les auditeurs privilégiés de cette radio céleste. L'ambiance du repas n'est ni lourde ni chaleureuse, nouvelles du jour, du temps et de la tribu.

Xavier est bien sûr le seul garçon. Enfant dessinait-il sa mère aux côtés de son ange gardien, sa mère comme un soleil incontestable, ses sœurs et lui au pied d'une croix et son père en aventurier sur un continent lointain ?

18 janvier 1973. Message de Christ reçu par Geneviève.

Sous peu Je serai Mort. Vous devez vous tourner vers Ma Très Sainte Mère qui vous gardera en Sa Protection toute spéciale.

Ces dizaines de révélations faites à Geneviève doivent être diffusées. Ses proches l'y encouragent, le chanoine Ridolfi aussi. Elles seront réunies en un recueil et publiées. Le fascicule s'intitule *Message d'Amour et de Miséricorde – Œuvre de rédemption.* Mille exemplaires sont tirés. Dix mille quelques années plus tard. Il circule aujourd'hui sur le réseau virtuel. Dans les années soixante-dix, sa diffusion provoque un remous. Des prêtres se manifestent pour encourager l'heureuse élue. Le père Lelong, dominicain et chroniqueur au quotidien *L'Aurore*, en fait un vibrant éloge. Le père Georges, prédicateur connu des retraites de Saint-Ignace, valide ces textes d'un point de vue théologique. Peut-être même se pressent-ils tous dans l'appartement de Versailles, comment savoir ?

Xavier, dans ce brouillard fait de ferveur intense, écoute les nouvelles du ciel. Il entend tout. Lorsqu'il se cache derrière les piliers des églises, goûte en cachette le sang du Christ dans un calice en aluminium, sert la messe comme enfant de chœur, martyrise un peu ses sœurs, lance un regard innocent, espère une attention de sa mère, refuse de manger ses épinards ou son foie de veau, déchire son pantalon au genou. Il comprend tout, il craint, il espère. D'un coin du salon, il regarde sa mère. Elle est posée. Ses yeux aspirent à la profondeur, à la sagesse. Elle est pleine du pardon céleste. Tranchante aussi, comme la foudre menaçante des cieux ouverts. C'est la passion du fils. La mère nourrit ses enfants par son lait, elle est nourrie à son tour par les mots de Dieu, circulation de la parole sainte. Xavier la croit au plus profond de lui. Il ne remet pas en question l'existence de ces révélations privées du Seigneur à sa mère. Il est un enfant et il l'aime. Le fils unique et adoré ne peut imaginer sa mère autrement qu'en sainte.

L'amour qu'il devait lui porter !

Philadelphie

Au fil du temps, Geneviève se retrouve entourée d'amis fidèles. Ils ont entendu le *Message d'Amour*, ils sont touchés par les révélations dont elle est le réceptacle. Ils partagent une conscience, une ferveur, une aspiration. Polis et attentionnés, ils entrent dans l'appartement austère, apportent des gâteaux, des boissons, une bouteille de vin, le sang du Christ. Les enfants dont Xavier sont là, à hauteur de jambes. Ils ne dérangent pas. Ils volent un morceau de chocolat. Tous s'assoient dans un sourire. Tous attendent, par la bouche de Geneviève, que le Seigneur parle. Quel événement incroyable ! Ils se sentent élus, un peu comme s'ils devenaient les amis d'une star de cinéma. Ces réunions sont d'abord informelles et puis une régularité s'installe. Un groupe de prière se crée, nommé Philadelphie.

Les membres se donnent des noms de fleurs. Ils se reconnaissent et s'unissent. Ils sont le « jardin de Dieu ». Geneviève devient Violette. Faire partie de Philadelphie n'implique pas de vivre en communauté ou de vider ses comptes au profit d'un gourou. Les fidèles se retrouvent pour prier, discuter dans des salons, à l'église dans la sacristie, dans la salle de catéchisme de la paroisse. Un crucifix bienveillant les surveille. Ils sont protégés en tous lieux. Ils prennent des notes. Ils rient ensemble. Il y a de la vie. Ils croient tous aux forces démoniaques, à la Vierge Marie, aux apparitions, au Paradis et à l'Enfer, à la virginité jusqu'au mariage sacré par Dieu, à l'interdiction de l'interruption volontaire de grossesse, à l'ignominie de l'école publique et laïque, à l'homosexualité considérée comme un trouble à l'ordre naturel, à l'importance de la charité, au Dieu unique et chrétien, au caractère impie des autres cultes. Ils discutent. Ils se recueillent. Leur souffle trouve un écho profond en chacun d'eux. Non par une intimité terrestre mais par leur foi devenue lien, anneau. Ils forment un cercle. Leurs prières sont indestructibles. Geneviève n'est peut-être pas un chef au milieu de ses amis, mais sans aucun doute est-elle la pierre angulaire de ces rencontres. Comment en serait-il autrement ? Puisque au-delà de Rome et de ses faux prophètes issus du concile, ses mots composent les armes de leur guerre sans merci.

Philadelphie n'existe pas. Il n'y a jamais eu de groupe, tout au plus des amis qui partagent le même courant de pensée, affirme Geneviève avec force sur le blog de la famille. Elle réfute, réfute, réfute. *Tout ça n'est que pure invention !* Pourtant, dans un texte retrouvé sur un réseau social, Xavier contredit à nouveau sa propre mère : *Entre douze et trente-cinq ans, j'ai cru que les plans de Dieu, annoncés dans la Bible et les Évangiles (auxquels les Chrétiens sont tenus de croire pour mériter leur nom), allaient se réaliser prochainement, et que, par le fait du hasard d'être né fils de ma mère, j'allais y avoir un rôle (… minuscule, au même titre que Gabriel, et Agnès, entre autres).*

Dans l'appartement versaillais le jour décline. Murmures, sourires, jupes longues, couleurs sombres, les membres de Philadelphie sont réunis. Ils sont bien. L'un d'eux discute près d'une fenêtre avec Xavier. Un homme simple au visage clair, les cheveux légèrement dégarnis. Il explique à l'enfant d'où vient ce nom : Philadelphie. C'est une référence à l'une des sept églises sauvées par le Seigneur, dit-il, c'est écrit dans le texte de l'Apocalypse. Xavier le sait déjà. Sa mère ou sa grand-mère le lui ont expliqué. Elles sont là toutes les deux, un peu plus loin, calmes et sereines. L'apocalypse est au centre des préoccupations depuis l'avènement du concile de Vatican II. Conscience de la fin du monde, accomplie ou en train de s'accomplir, épicentre du séisme à Rome, répliques partout où se déroulent guerres, famines, marées noires, et en ce début des années soixante-dix les événements diaboliques ne manquent pas.

Dans le groupe, entre adultes, ils en parlent, c'est long et laborieux, ça ne peut pas être résumé en un gros titre. Chaque jour leur âme est en jeu. Ça ne prête pas à la moquerie, on peut imaginer la force de leurs convictions et les conséquences que cela engendre. Cette obsession apocalyptique mène inévitablement sur la piste millénariste. Le groupe Philadelphie aurait développé ce genre d'idées. Après le massacre de Nantes, de nombreux journalistes l'affirmeront, la fin du monde fait vendre. Des témoins, soi-disant sortis du groupe, multiplieront les détails, les révélations, comment ils étaient malheureux et manipulés. C'est possible, ce n'est pas certain.

Le texte de l'Apocalypse ne se livre pas facilement. *C'est le dévoilement obscur d'un univers différent de celui que nous croyons voir*, écrit Jean Grosjean, prêtre, écrivain, traducteur puis homme marié retourné dans le monde civil, mais toujours épris d'une quête de l'indicible. Il poursuit : *Les apocalypses ne peuvent être colportées qu'à mots couverts. Leurs ambiguïtés les font passer pour du rêve et les font tolérer comme des exécutoires.* Les mots du plus crypté, du plus mystérieux des textes bibliques courent partout sur les murs des églises et en particulier celles qui s'opposent à Rome. Combien de fois ont-ils circulé entre les deux oreilles de Xavier ? Combien de fois les membres du groupe les ont-ils lus à haute voix et commentés ? Et le texte a de quoi marquer un enfant : visions hallucinées, vieillards décharnés, humains aux têtes d'animaux et yeux innombrables, parfums, lumières, musiques assourdissantes, agneau égorgé qui rompt sept sceaux pour libérer quatre cavaliers de l'apocalypse ! Extermination par l'épée, la faim, la peste et les fauves de tous ceux qui ne se repentent pas. Et toi, Xavier, t'es-tu repenti ? Oui, mais de quoi ? Tremblements de terre, soleil noir, lune pleine de sang, étoiles, boules de feu, disparition du ciel, arrachement des montagnes et des îles. Une demi-heure de silence environ, et puis cinq trompettes annoncent de nouvelles horreurs. Éclairs, grêle, feu mêlés de sang. Le tiers de toute la terre consumé, brûlé, ensanglanté. Des sauterelles au poison de scorpion jetées parmi les hommes pour leur faire souffrir d'insupportables tourments.

Voilà ce que dit l'Apocalypse. Voilà de quoi étaient abreuvés les rêves d'enfant de Xavier Dupont de Ligonnès. On peut l'entendre comme une lecture sans conséquence, d'autres catholiques ont parcouru, étudié, analysé les mêmes mots sans devenir des meurtriers. C'est vrai. Ce n'est qu'une pierre sur le chemin du présumé innocent. Cependant je le dis, je le crois, ces mots marquent l'imaginaire de qui les pense véridiques. La colère de Dieu, c'est la colère du Père, tout faire pour ne pas la mériter ! Pour lui, l'Apocalypse et ses monstres, c'est le réel. J'insiste. Xavier s'attend à voir apparaître un jour ces sauterelles aux couronnes d'or, visages humains, cheveux de femme, dents de lion, cuirasse de fer, ailes bruyantes comme des chars de guerre, queue de scorpion munie d'un dard chargé de poison. Et puis, quatre anges, deux cents millions de cavaliers, chevaux à tête de lion, ils crachent feu, fumée, soufre. Extermination d'un tiers des hommes ! Seuls sont récompensés les serviteurs, les prophètes, les saints et ceux qui, petits et grands, craignent le nom de Dieu. Geneviève et les membres de Philadelphie en sont. Xavier prie de toute sa peur pour en être lui aussi. Serpents, dragon, éclairs, bêtes à cornes, torture, yeux en nombre sur des faces hideuses, ténèbres, lac de feu, prostituée, sang des saints, etc. Il faut être prudent lorsque tant de mots appellent tant de symboles ancrés profondément dans nos fantasmes et notre culture.

On imagine les messes noires et les rituels obscurs.
C'est idiot.
Les fantasmes ne révèlent rien d'autre que des obsessions.
La réalité est mieux.
Que ferions-nous des légendes si elles n'en étaient pas ?

L'enfance de Xavier s'achève. Désormais la foi est vissée en lui. Sa mère brille. Autour d'elle le groupe prie. Philadelphie, Apocalypse, deux piliers étranges et noirs pour s'accrocher et se construire. La révélation est accomplie. Xavier, comme le Seigneur, est le fils. Il sera sauvé, bien sûr. On le lui répète. Quelle mère ne voudrait pas ça pour son enfant ? Un monde nouveau arrive. Au fond, cette voix d'homme qui résonne à l'intérieur de Geneviève, c'est comme avoir le Père à l'intérieur de la mère. Deux voix en une seule qui assure à l'enfant une vie éternelle. Promesse d'avènement pour la nouvelle Jérusalem.

C'en est fait. Je suis l'Alpha et l'Oméga, le Principe et la Fin ; celui qui a soif, moi je lui donnerai de la source de vie, gratuitement. Telle sera la part du vainqueur et je serai son Dieu et il sera mon fils. Mais les lâches, les renégats, les dépravés, les assassins, les impurs, les sorciers, les idolâtres, bref tous les hommes de mensonge, leur lot se trouve dans l'étang brûlant de feu et de soufre : c'est la seconde mort.

La vérité

Ma table est vide. Les livres ont été rangés. J'écris pourtant et croise le Démon à chaque mot. L'apocalypse est proche. Elle se moque des verrous à ma porte. Dans l'appartement, tout le monde dort, écriture nocturne, fenêtres ouvertes, cris intempestifs. Un papillon de nuit frappe de ses grandes ailes noires le plafond blanc. Je ne crains pas de voir apparaître Xavier, je crains les pouvoirs de ceux qui sont persuadés d'en posséder. Je me lève et empile la Bible de Jérusalem, la Torah et un livre de recettes juives. De retour à la table, je forme un mur infranchissable avec ces quelques milliers de pages. Je peux sentir l'incandescence de cette histoire et l'encens parfois. Je me glisse pourtant avec douceur auprès de lui. Les démons aussi ont une enfance.

Je te conjure, Satan, ennemi du salut des hommes, reconnais la justice et la bonté de Dieu le Père, qui par son juste jugement a condamné ton orgueil et ton envie ; quitte ce lieu, je te conjure, Satan, retire-toi de cet appartement, je te conjure, Satan, Dieu, par l'onction spirituelle, a fait de cette place un temple sacré. Retire-toi donc, Satan ! Au nom du Père, du Fils et du Saint-Esprit, retire-toi par la foi et la prière de l'Église ; retire-toi par le signe de la sainte croix de notre Seigneur Jésus-Christ, qui vit et règne pour les siècles des siècles.

Cette prière d'exorcisme se trouve sur le grand réseau. Pour peu, je pourrais me faire ordonner prêtre *on line* et bénir ensuite tout ce que je veux et être protégé pour l'éternité. Voilà un grand renversement : pouvoir tout faire, avant même de l'avoir voulu. Je cherche et je trouve. Toutes nos histoires, tous les souvenirs du monde sont en ligne. L'archéologie numérique est sans pitié. Les réseaux sont des icebergs profonds. Comme si, grâce à cette vaste étendue de 0 et de 1, la vérité ne pouvait plus jamais disparaître. C'est une illusion, elle échappe, elle fuit dans ce monde parallèle, inversé, fantasmatique. Il ressemble au nôtre, il est plus beau, plus noir, vaste purgatoire. Je m'y suis promené, la Bible pour bouclier, c'est peuplé de monstres et rien n'y est clair. Je me suis approché de tueurs virtuels, de journalistes sans scrupule, d'enquêteurs de salon, aucun d'eux n'existait. Tous portaient leur vérité comme des étendards dans leur croisade absurde. Illusion d'optique. La vérité échappe invariablement. Ça vaut pour moi, ma vie et celle de Xavier, ça vaut pour chaque chose et c'est épuisant. Cette vérité ne peut être qu'une infinie juxtaposition de points de vue.

Moi, je suis la résurrection. Qui croit en moi, même s'il meurt, vivra ; et quiconque vit et croit en moi ne mourra jamais. Le crois-tu ?

(...) Jésus frémit en son esprit et se troubla. Il se rend au tombeau. Enlevez la pierre ! Marthe la sœur du mort lui dit : Seigneur, il sent déjà : c'est le quatrième jour. Jésus lui dit : Ne t'ai-je pas dit que si tu crois, tu verras la gloire de Dieu ?

(...) On enleva donc la pierre. Père, je te rends grâce de m'avoir écouté. Je savais que tu m'écoutes toujours ; mais c'est à cause de

la foule qui m'entoure que j'ai parlé, afin qu'ils croient que tu m'as envoyé.

Cela dit Jésus s'écria d'une voix forte : Lazare, viens dehors ! Le mort sortit, les pieds et les mains liés de bandelettes et son visage était enveloppé dans un suaire. Déliez-le et laissez-le aller.

Le dehors

1975. Xavier a quatorze ans. La loi autorisant l'interruption volontaire de grossesse est promulguée en janvier. La maison des Dupont de Ligonnès est sans doute secouée par cette nouvelle. L'Église officielle ne se prononce pas contre l'avortement, son silence pèse lourd. Les milieux religieux fervents se questionnent et se mobilisent. Après Vatican II voilà qu'on autorise les femmes à tuer leurs enfants ! Ils imaginent des poubelles ensanglantées, des arrière-cours d'hôpitaux où s'entassent des cadavres à peine formés, aux cœurs palpitants de leurs derniers instants. Geneviève, mère de Xavier, ne peut pas soutenir cette Église rénovée dont la soudaine aphasie autorise la création de centaines d'*avortoirs*. Rome a perdu la tête, le Diable s'est emparé des cardinaux et du Pape. La possession, voilà la seule explication. Après tout, Geneviève n'entend-elle pas le Seigneur en elle-même ? Le Diable peut donc bien s'immiscer dans la tête du Saint-Père.

5 heures 30-6 heures du matin. À l'adolescence, c'est un horaire pénible. Xavier doit concilier le corps et la foi. Au pied de son lit ou à côté, même à quinze ans, il prie : « Notre Père qui êtes aux cieux, donnez-moi la force d'entrer dans cette journée et de rester dans vos

pas. » Xavier a l'âge du *dehors*. Sa mère ne l'encourage pas à sortir. Elle ne le retient pas non plus. Elle a assez à faire. Philadelphie et ses auditeurs l'occupent. Réveil, douche, eau chaude, céramique blanche, savon. Le matin Xavier se frotte au gant de toilette. Il veut sentir bon. L'hygiène c'est important. La salle de bains est impeccable, il aime cette immense baignoire en émail ancien. Marques de pied sur le sol carrelé. Gouttes d'eau microscopiques en suspension. Xavier se tient face au miroir. Il essuie la buée accumulée. Il se regarde. Serviette autour de la taille, il est pudique. Il se trouve beau puisqu'il plaît aux filles.

— Tu n'as pas encore terminé ?! hurle une de ses sœurs.
— Xavier, dépêche, toi, sors de la salle de bains ! crie l'autre.
— On est deux et on n'est pas encore lavées !
— Il est pire qu'une fille !

Dans la salle d'eau encore moite des températures tropicales de sa douche, Xavier essaye plusieurs coiffures, plusieurs dispositions de mèche. Il enfile sa chemise. Col relevé. Col baissé. Col négligé. Il hésite. Il sort. Bruit de pas affolés, il faut se dépêcher, ça râle encore. Couloir, porte en bois, Xavier ferme derrière lui pour ne pas être dérangé. Dans sa chambre il termine de s'habiller. La serviette glisse à ses pieds. Brusquement son sexe apparaît. Il pend sous le tissu tendu et immaculé de sa chemise. Ce sera col relevé.

La sexualité, peu de chances pour que Geneviève en ait parlé à Xavier. Son père absent n'a pas dû en dire grand-chose non plus. Chez les Dupont de Ligonnès certaines conversations restent muettes, inconscientes, hertziennes. Du sexe dans cette famille, il ne reste que les aventures du père. On le sait, il couche. Il brûlera pour ça. Il se consumera. La justice viendra en son temps et le temps n'est pas terrestre. Le père croque cette pomme à l'infini et à l'infini il sera expulsé du Paradis que tente d'atteindre Geneviève, prête à tous les sacrifices.

Je sais la sexualité affleurante des couples au bord de l'implosion. Ces pulsions qui rendent tout possible, la maîtresse de passage comme le retour en grâce de la femme délaissée. Je l'ai vécu, enfant. Nous sommes des milliers. Sans doute Xavier imaginait, comme nous, son père prenant d'autres femmes dans des positions plus ou moins suggestives. Durant ces années de collège et de lycée il parlera peu de son père. Comment dire la trahison et l'amour en même temps ? Pour lui, Bernard-Hubert Dupont de Ligonnès est devenu un totem. Une figure païenne et sacrée, un ange noir qui aurait pu le sauver mais qui s'est enfui, laissant le couple fils-mère s'épanouir au-delà des espérances freudiennes.

« Mon père couche avec d'autres femmes et tout le temps. Je suis un garçon moi aussi, j'ai un sexe moi aussi. Que devrai-je en faire le moment venu ? » À coup sûr, entre dix et quinze ans, Xavier découvre la masturbation. C'est toujours comme ça. Ce genre de plaisir peut être coupable, il n'en reste pas moins une drogue fulgurante et gratuite. Alors, seul dans les toilettes, tard dans son lit, enfermé dans la salle de bains ou coulé au fond de la baignoire, pourquoi s'en priver ? C'est important. Se masturber fait advenir au monde. Fini l'enfance, on éjacule et c'est bon. Louis-Marie, un camarade de classe de mon école très catholique et très élitiste de Verneuil-sur-Seine, pratiquait ardemment. Parents croyants, vivant dans un château, Louis-Marie était sale mais en chemise-bermuda toute l'année et une croix en bois clouée sur sa poitrine prépubère. Il parlait exclusivement de « bite », de « chatte », de « baiser », de « sucer », etc. Dans le même temps, il allait à Rome rencontrer le Pape. Il participait aux JMJ à Lyon, faisait sa confirmation, priait chaque jour et se masturbait copieusement dans les toilettes glaciales de notre école. Il a grandi et la religion a gagné sur l'onanisme. Il a reproduit, il s'est reproduit. Il vit en Bretagne, dirige une petite biscuiterie locale, il aime les sports nautiques. Ils vont à la messe en famille. La masturbation n'est plus qu'un vieux souvenir qu'il ne racontera pas à ses enfants.

La femme ne dispose pas de son corps, mais le mari. Pareillement le mari ne dispose pas de son corps mais la femme. Ne vous refusez pas l'un à l'autre, si ce n'est d'un commun accord, pour un temps, afin de vaquer à la prière ; et de nouveau soyez ensemble, de peur que Satan ne profite, pour vous tenter, de votre incontinence. (...)
Je dis toutefois aux célibataires et aux veuves qu'il leur est bon de demeurer comme moi. Mais s'ils ne peuvent se contenir, qu'ils se marient : mieux vaut se marier que de BRÛLER.

Dans le miroir, Xavier jette un dernier regard à son sexe sous sa chemise. Des poils apparaissent çà et là. Il attrape un slip en coton blanc rangé dans une armoire à côté de ses tricots de peau, blancs eux aussi. Il l'enfile. Fin de la tentation.

Se masturbait-il réellement ? Un adolescent peut-il résister ? Pris dans un paradoxe conscient (se toucher ou non) et inconscient (obéir à sa mère-Dieu ou s'individuer), il a dû, pour survivre, construire un haut mur de défense entre le monde de Jésus et celui de ses désirs, entre la loi intérieure et le monde extérieur, entre la morale et ses pulsions. Là commence le décompte d'une bombe à retardement qui prend tout son temps.

Dans sa chambre il termine de s'habiller, pantalon, chaussettes, chaussures en cuir enfilées à l'aide d'un chausse-pied en métal doré.

Il fait son lit au plus vite. Il n'est pas soigneux pour tout. De la main droite il prend son sac de classe et de la gauche il attrape une boule de linge sale. Porte, couloir, buanderie, il jette ses affaires de la veille puis disparaît, derrière lui une chaussette rebondit sur le bord du panier en osier et termine sa course sous un gros radiateur en fonte.

En 2011, dans le grand vortex numérique et médiatique qui a suivi la tuerie rien sur d'éventuels « gens de maison ». On voudrait pourtant imaginer les Dupont de Ligonnès flanqués de domestiques. Ils ont une particule et un château, pourquoi pas des soubrettes, du personnel. Cette histoire est aussi une histoire de classe sociale et de révolution, d'implosion, un retournement de violence contre soi qui trahit cruellement nos impossibles vies économiques. Faillite personnelle. Un aristocrate devient tueur en série exterminant sa famille, le grand incendie se propage dangereusement.

Devant la porte d'entrée de l'appartement familial, les chaussures cirées et le col relevé, Xavier est prêt. Il part au lycée. Sac, sacoche, cartable d'adolescent. Il s'apprête à passer d'un monde à un autre. Son mur intérieur est percé de portes étanches. Xavier vit dans deux réalités à la fois.

Il repassera par là

Il a tiré, il disparaît. Il nous tient suspendus. Une société tout entière attend désormais le messie, l'élu des médias. Il hante silencieusement nos pensées et ressurgit entre deux oublis. Xavier aura sa place au panthéon de l'incompréhensible, du fascinant. Il deviendra un des marronniers médiatiques de l'horreur. Pour preuve, des milliers de personnes se manifestent chaque année. Elles pensent à lui. Elles l'ont vu. Toutes témoignent. Plus de huit cents signalements ont déjà été faits. Les chiffres ne sont jamais les mêmes et ils augmentent. On le voit apparaître partout en Europe.

À bord d'un train à Soulac-sur-Mer, dans un restaurant à Turin, à Bastia dans la rue, dans un hôtel à Dieppe, etc. Regard dubitatif du badaud surpris, impossible, non, et si… Vérification de la ressemblance sur les réseaux informatiques, surgissement du trombinoscope familial des Dupont de Ligonnès, étonnement, silence puis décision du témoin : il faut faire quelque chose. Cependant, à Dieppe, le patron de l'hôtel aurait été plus avisé de signaler la ressemblance avant le départ du suspect qui n'avait pas réglé le prix de sa chambre, observe le policier qui enregistre le témoignage.

— En êtes-vous certain ? Reconnaissez-vous vraiment Xavier Dupont de Ligonnès ? Ça n'aurait pas à voir avec le manque à gagner, l'assurance ? Plusieurs nuits non payées c'est un problème, non ?

— Non, je suis formel, il y a une ressemblance.

Plus le policier exprime ses doutes, plus l'homme est sûr de lui. Un peu à contrecœur l'agent décroche le téléphone de son bureau. Il suffit de quelques mots pour lancer l'alerte. Toute une équipe d'enquêteurs se déplace : Nantes-Dieppe, huit cent quatre-vingt-huit kilomètres d'autoroute aller-retour, de l'essence, du diesel, de la pollution, des péages. Dans l'hôtel, la chambre est restée close. Les inspecteurs nantais sont fatigués d'explorer ces pistes qui n'en sont pas. Ils restent affables. Ils interrogent le patron à nouveau. L'homme raconte ses souvenirs comme s'ils étaient vrais. Il regarde de temps en temps sa femme venue au spectacle. Ses mots ne disent pas le réel, ils évoquent une impression, une sensation, une fiction dans laquelle ils sont entrés. Il a cru voir. Il pense que c'est possible. Cet homme de passage qui n'a pas réglé sa chambre ressemblait à M. Dupont de Ligonnès. Les temps sont durs. La police scientifique ratisse la moquette de la chambre. Les poils sous le lit et dans le lit. Les empreintes partout jusqu'à la découverte d'un coton-tige oublié, sale donc et qui permettra une recherche ADN. Les enquêteurs peuvent rentrer chez eux. Dans quelques jours ils sauront. La traque de Xavier Dupont de Ligonnès est microscopique. À Dieppe aucun de ses atomes n'y était.

Xavier a disparu. La catharsis a été stoppée. Certaines photos laissent voir la silhouette des morts sous leurs linceuls médicaux. On a les détails pour imaginer le pire, mais pas de coupable pour se soulager. Aucune condamnation. On peut donc tuer ses proches et disparaître impunément. C'est un trait de génie. Nous sommes hypnotisés. Les journalistes parlent à l'infini et les images nous plongent dans un état de fascination, comme à chaque événement terrifiant, impossible de se détourner car dans cette quasi-transe se libèrent les affects refoulés. Merci, Xavier, je n'aurai pas à tuer mes enfants, quelqu'un d'autre l'a fait pour moi.

Attention, présomption d'innocence ! La juge en charge de l'affaire ne veut pas condamner Xavier par contumace. Si c'était le cas, l'enquête serait classée, plus personne ne le chercherait. À la place, on laisse ouvert. On attend et on oublie. Mais ça ne passe pas. C'est une marque de plus gravée à l'intérieur de nous. Une marque dont on ne se défait pas. Curiosité malsaine comme guide de notre désir. Nous ne sommes pas soignés de ces morts et de combien d'autres. Nous les ignorons, au mieux, les collectionnons, au pire.

Aujourd'hui seuls un ou deux policiers travaillent encore à retrouver Xavier.

Bruno

— Tiens, Ligonnès ! Eh bien… si vous attachiez autant d'importance à vos études qu'à vos tenues, ce serait parfait !

Septembre 1976. M. Jean Rouart, directeur du lycée privé Saint-Exupéry, sourit de son propre trait d'humour. Xavier, impeccable, le regarde. Il ne répond pas. Il respecte les adultes. Il n'a pas la rébellion dans le sang. Il le sait, il vaut mieux que cette remarque. Sur Internet je trouve des traces de ce directeur. D'anciens élèves commentent. Excellent professeur de latin pour certains, monstre qui fouettait les enfants pour d'autres. On ne le remerciera jamais assez d'avoir créé cette école privée catholique. Son établissement prospérera, mais au moment où Xavier le fréquente, c'est une boîte à bac médiocre.

Dans la cour de récréation, Xavier est attentif à l'effet que produisent son allure, sa démarche, sa coupe de cheveux. C'est le début d'année. Il ne faut pas se rater. Il aime plaire, bien que maladroit à ce jeu. Il est de ces adolescents intelligents, bien éduqués mais clivés. Lorsqu'il est au contact de ses camarades, le monde religieux qui l'habite reste tapi au fond de lui. Il salue ses amis.

— Ça va ?
— Ça va…
— C'est aujourd'hui, le cours d'espagnol ?
— Ouais…
— Merde ! J'ai oublié mon livre…
— Pas grave.
— C'est le premier cours, on va pas vraiment travailler !
— Vous venez ? Les autres attendent là-bas.
— Pablo, il est pas là ? Il a pas pris espagnol ?
— Sûr qu'il a dû prendre espagnol, sa mère elle vient de là-bas…
— La grosse feignasse…
— Elle fait des ménages, il paraît…
— Qui ?
— Sa mère…
— Qui est une grosse feignasse ?
— Pablo ! Il parle déjà espagnol, il va rien foutre de l'année…

Classe de quatrième, les couloirs du collège se succèdent, grandes fenêtres, murmures sympathiques des élèves. Xavier n'est pas asocial, plutôt le contraire. Tous les témoins le rapportent. Nulle part il n'est dépeint comme un adolescent prostré et solitaire. Il sourit. Il est à l'aise. Ici les élèves sont peu préoccupés par leur avenir. Il en est ainsi de ceux qui sont assurés d'en avoir un. Certains disent que Xavier était un étudiant médiocre. Sa sœur, Christine, réfute : c'était un élève moyen. Pour Xavier l'école importe peu. Il attend. Un autre destin s'offrira à lui. Sa mère le promet, après les trois jours de ténèbres tout changera. Que pourrait signifier d'être premier de la classe face à l'apocalypse annoncée par la sainte Bible ? Le système ne place aucun espoir en Xavier, sa mère s'en charge pour lui.

— Salut !
— Salut !
— Je m'appelle Bruno...
— Moi, c'est Xavier...

En cours d'espagnol, Xavier s'est assis plus ou moins au hasard. Il a repéré un garçon à mèche comme lui, sourire ironique, sans aucun doute plus à l'aise. Ils se tiennent droits, coiffés, décoiffés, ils se jaugent. Ils se reconnaissent. Le même geste discret pour vérifier le col de leur chemise. Ils sont concentrés. Un peu nonchalants, Bruno surtout. Xavier est absorbé par ses pensées. Insondables pour ses camarades.

À quelques mètres le professeur d'espagnol marche de long en large, il parle très fort, dans une langue que personne ne comprend encore. L'homme est fin, un peu efféminé, cheveux blonds, yeux globuleux, lèvres sans cesse mouillées qui projettent régulièrement d'énormes postillons sur le premier rang. Tiens, en voilà un qui prend son envol ! Vingt-huit paires d'yeux le suivent. Atterrissage sur la trousse d'Églantine. Regard paniqué de la jeune fille. Le professeur poursuit, il n'a rien vu ou fait semblant de ne rien voir. À l'arrière, ça glousse. L'homme ne parlera jamais en français, dit-il, il emploiera des mots simples. Il parle vite, toujours souriant. Le mitraillage continue. Bruno et Xavier scrutent un à un les missiles blancs, lourds, humides qui avancent comme une marée gluante et malodorante. Ils éclatent de rire. Le professeur ne comprend pas et demande le silence. Bien élevés, les deux garçons tentent de se contenir. La classe entière est maintenant en alerte. Les cahiers et les livres se dressent un à un tels des boucliers. Bruno et Xavier, au fond à droite près des fenêtres, ne craignent rien.

— T'es déjà allé en Espagne ?

Bruno a lâché la question avec un sourire ravageur, comme si d'emblée il proposait à Xavier un pacte d'amitié. Quelque chose comme : « Je te parle donc tu vas être mon pote, je suis exceptionnel, tu seras exceptionnel. » Xavier n'est jamais allé en Espagne, ou peut-être à Garabandal, lieu d'apparition de la Vierge et de l'archange Gabriel vus par au moins quatre adolescentes. Ces visions furent dénoncées avec fermeté par l'Église officielle quelques années plus tard, mais qu'importe. Si Xaviery est allé, il n'en parlera pas à Bruno. Ce monde-là est protégé, caché, précieux. Les deux garçons continuent de chuchoter. Ils n'écoutent plus le professeur. Le temps passe vite lorsqu'on s'aime. Sonnerie stridente, sortie des cours, ils parlent encore, se découvrent voisins dans la ville du roi, un heureux hasard.

— *¡Les deseo un buen día !* lance le professeur en les voyant quitter la salle.

Indifférence généralisée, Xavier et Bruno tournent le dos à la péninsule Ibérique pour dériver à nouveau dans l'enceinte du collège, escaliers, cour de récréation, ils ne font attention à personne. Ils sont en plein débat. Quelle est la meilleure chanson des Beach Boys, « Wouldn't It Be Nice » ou « God Only Knows » ? Fans tous les deux, la discussion est tendue. Xavier est convaincant, Bruno écoute avec un sourire celui qui va devenir son ami. Et « Good Vibrations » ? Xavier aime aussi, naturellement. Bruno fait ce mouvement d'épaules souple, il plie légèrement les genoux et il sourit avant de se redresser spontanément. Ils doivent se séparer… Bruno se dirige vers d'autres cours. Ils se retrouveront au déjeuner, sans faute. Main sur l'épaule. Main sur le bras. Hésitation adolescente pour exprimer leurs émotions.

Près de trente ans plus tard, après le massacre et la disparition de Xavier, Bruno parle aux médias. Entre-temps il est devenu un personnage public, un acteur du paysage audiovisuel. Scénariste, chroniqueur, auteur et musicien, il est connu et de confiance. Les journaux se sont ouverts devant lui comme la mer Rouge devant les Hébreux. À Paris, tout le monde possède son numéro de téléphone. Sidéré, il raconte ce qu'il sait. Comment se taire lorsqu'un ami, même d'adolescence, est accusé d'avoir tué toute sa famille et de l'avoir cimentée sous la terrasse ? On trouve facilement des dizaines d'interviews de Bruno, papiers numériques, vidéos dans un appartement cossu. Il partage son avis, ses émotions sincères.

Des années plus tard, de là où il se trouve, Xavier se délecte-t-il de ce grand bruissement qui n'oublie pas ? Il a ses fans : des apprentis détectives aux détraqués qui prennent en otages des enfants dans les trains… Ce n'est pas terminé. Son fait divers ne se tient plus qu'à quelques centimètres du mythe. Effacement total ou inscription en lettres d'or sur les pavés d'Hollywood Boulevard ? D'une manière ou d'une autre, il y est déjà. Lui qui, sans doute, aspire désormais à la pénitence éternelle. Xavier mérite bien qu'on ne l'oublie pas. Il s'est donné du mal pour ça. Lorsqu'on écrit son nom dans un moteur de recherche, trente-sept mille résultats apparaissent en 0,66 seconde. De quoi composer cette biographie numérique, partielle et partiale, propice à la fiction. Une fiction toujours plus vraie que le réel, imparfait et décevant.

Xavier, Dieu vengeur d'on ne sait quoi, perdu dans les limbes, agissant sans haine mais par devoir, sacrifiant l'agneau pour le Père. Quintuple meurtre de Nantes. Pourvu qu'on ne le retrouve jamais.

Rallye

1977. Versailles, avenue du Roi. Bruno, Xavier et un certain Gabriel ont rendez-vous. Ils ont décidé de sortir dans un rallye. Ils doivent y retrouver leurs amis, rencontrer des filles, boire de l'alcool, fumer des cigarettes.

Les rallyes : organisation bon enfant qui permet aux filles et aux garçons d'un même milieu, souvent catholiques, souvent d'origine plus ou moins aristocratique, souvent aisés, de se rencontrer, de danser, de faire la fête. Les familles considèrent ces rencontres comme inoffensives. Les adolescents les transforment en moments de débauche dont les parents n'ont aucune idée. C'est ce que me rapportait David de Saint-Just, avec qui j'ai lié une amitié en classe de seconde dans mon école privée catholique Notre-Dame Les Oiseaux à Verneuil-sur-Seine. Je n'appréciais pas particulièrement David, mais il était grand, beau et il avait une incontestable aura auprès des filles. J'avais, par conséquent, un irrépressible désir de porter, comme lui, des vestes de costume, la mienne était verte et empruntée à mon beau-père, des richelieux aux pieds, en cuir bon marché, achetés à la plus grande surprise de ma mère, et des chemises blanches que je rentrais dans mon jean. L'idée était d'appartenir à un autre monde. Je voulais en être. Dans le parc de mon école, dans les couloirs, en classe, face aux professeurs, ces élèves, les aristocrates pour faire court, bien que ne portant pas tous de particule, avaient tellement d'assurance, rien ne pouvait les déstabiliser. Ils se reconnaissaient entre eux, c'était un milieu solide, chrétien, avec des règles et la certitude du pouvoir, quel qu'il soit. Xavier a vécu là.

Dans ma banlieue privilégiée comme à Versailles, deux zones éloignées d'à peine quelques kilomètres, les clichés sont des échos à peine déformés de la vérité. Dans les jardins et les rues de ces villes, hommes en loden, lecteurs du *Figaro* ou de *Famille chrétienne*, ribambelle d'enfants en bermuda quel que soit le temps, croix en bois pendue au cou, vacances chez les scouts, messe le dimanche, mère au foyer, père au travail, désintérêt pour l'argent, goût de la pierre, de la terre, de l'enracinement, de la particule. Les banques n'intéressent guère, on laisse ça aux juifs, ces lointains cousins faciles à incriminer en cas de problème. Ce qui compte c'est posséder une maison de vacances, un château, un manoir familial, même usé, même fatigué, mais que pour rien au monde il ne s'agirait de vendre. Il faut être bien vu, savoir vivre, rester discret sauf si la position sociale permet d'occuper une place remarquable. On s'invite, on se connaît, on navigue dans les mêmes eaux.

Dans cette ville aux codes tacites mais bien réels, Xavier, Bruno et Gabriel marchent le long d'un mur en pierre de France un peu noirci par la pollution nouvelle. Allée du Roi, boulevard de la Reine, avenue de Paris, leur amitié s'épanouit à l'ombre de cette vieille France éternelle, rassurante et familière. Bruno et Xavier sont voisins. Gabriel c'est plus flou. On trouve trace de lui un peu partout. Son prénom surgit suivi de la lettre T. Gabriel T., l'ami de toujours. Ce genre d'amis qui ne déclenchent pas de passion, pas comme Bruno. Un ami avec qui on révise, avec qui on part en vacances, qu'on ne perd jamais. Au chapitre « Philadelphie » de ce livre, il était question d'un mot écrit par Xavier. Il y disait que Gabriel, Agnès, sa future femme, et lui devaient avoir un rôle dans les projections apocalyptiques de Geneviève. Si l'on en croit cette note, Gabriel est donc un très proche. Ce soir-là, Xavier a décidé de l'embarquer pour une folle soirée versaillaise.

Dans les journaux, sur les réseaux, Bruno raconte qu'ils y sont allés, sûr, dans ces soirées. Xavier aimait faire la fête, pas cul béni pour deux sous. Il ajoute même que Geneviève était une femme gentille, mais assez rigide, qu'elle était très croyante et que Xavier s'en fichait.

Lorsqu'on allait à la messe le dimanche, c'était pour draguer les filles, raconte Bruno. *Je m'étonne de lire que Xavier a grandi dans le cocon de la religion, et qu'il aurait reçu une éducation catholique intégriste. Je ne vois absolument pas en quoi. Oui, les Dupont de Ligonnès étaient catholiques pratiquants, mais comme l'immense majorité des Versaillais de l'époque.*

Xavier avait-il seulement le droit de parler du groupe de prière ? Et de la voix qui guidait la main de Geneviève ? Xavier ne ment pas, il est double, à la fois celui qui croit sa mère sur parole et celui qui sort faire la fête avec ses amis. Cette dualité composera son monde pendant des années.

Les trois camarades marchent en riant et en parlant sans arrêt. Bruno est bruyant, drôle, séduisant, Xavier veut lui plaire, il l'imite, surenchérit. Ce soir-là il est heureux. Au loin une église sonne 20 heures. Bruno est surpris. Il regarde sa montre. Gabriel précise qu'ils ont changé d'heure la veille. Incompréhension de Bruno, précision de Gabriel : à cause de la crise pétrolière. Bruno avait oublié ou n'était pas au courant. Xavier n'entend pas. Il est soudainement ailleurs. Les voix de ses camarades ne parviennent plus jusqu'à lui. Il écoute les coups sombres du marteau sur la fonte de la cloche. Il pense à l'église, à la prière, il imagine le sacristain qui tire sur la corde, à moins que cela soit déjà automatisé. Xavier regarde Bruno qui se déplace comme au ralenti. Il sourit. Les autres ne remarquent rien. Mains dans les poches de son *flight jacket* US marron…

— Xav !

Bruno claque des doigts devant le visage de son ami. Xavier revient à lui. Gabriel reprend son histoire de crise et de changement d'heure. Il n'a pas l'élégance facile des deux autres, ses vêtements font sérieux au lieu de faire habillé. Ça se voit, il n'appartient pas tout à fait à ce monde, un roturier certainement. Peut-être même qu'on pourrait l'effacer de cette scène. Je ne sais pas si Bruno et lui se connaissaient. Mais voilà, ils avaient en commun leur amitié avec Xavier Dupont de Ligonnès, meurtrier présumé et disparu pour tout le monde. Alors, protégé par la Torah et une statuette inca que j'ai retrouvée au fond d'une boîte à chaussures, je les réunis ici. Ce ne serait pas si difficile de découvrir qui connaissait qui, mais de là où me parle Xavier, ça n'a pas d'importance.

— Et Tatiana ? demande Bruno à Xavier.

— Qui ?

— L'Irlandaise, visage lisse, cheveux roux, pieuse un truc de fou ! Elle était à la messe dimanche dernier…

— Ah oui…

— Évidemment, oui ! T'es allé je sais pas où avec elle…

— Elle est sympa…

— Elle est sympa ! le coupe Bruno. Me dis pas que tu ne l'as pas touchée !

— Non, mais non ! Mais pourquoi j'aurais fait ça ?

— Oh… Tu me scies !

— Je t'ai dit, vieux… je veux pas coucher avant le mariage. J'ai eu que deux copines jusque-là, c'est tout. Et en plus, je te promets, à chaque fois je me disais que je pourrais me marier avec elle un jour.

— Je peux pas te croire ! lâche Bruno en s'arrêtant devant Xavier.

— Je déconne pas. Je ne coucherai pas avant d'être marié.

— Mais tu l'as trouvé, rassure-moi ?

— Quoi ?

— Ta bite, ton sexe ? Ton jonc, tu l'as trouvé ?

— Ce que tu peux être con. Parce que toi c'est fait, peut-être, t'as couché ?

— Moi, c'est pas fait, mais si j'ai une ouverture je vais pas attendre de lui offrir une bague pour l'emmener dans mon lit. Et toi, Gab ?

— Moi non plus, c'est pas fait, mais bon j'ai une copine depuis six mois, alors c'est peut-être pour bientôt…

— Et elle est où, là ?

— J'ai pas dit que j'étais exclusif.

— Ah ! Merde, tu me plais, toi… Lui au moins il se cache pas derrière le crucifix ! Moi en tous les cas, si ça se présente ce soir, je suis équipé, alors n'hésitez pas à venir voir papa, tranche Bruno en sortant de sa poche intérieure une poignée de capotes.

— Chez les Salone ça m'étonnerait que tu conclues…

— Sauf si Marie-Liesse a quitté son connard de saint-cyrien !

— Tu serais bien emmerdé de te retrouver au lit avec elle…
— Sabre en avant, mon pote ! J'irais sabre en avant !

Les trois garçons éclatent de rire à nouveau. Xavier tire sur sa cigarette. Bruno la lui prend. Gabriel les suit. Xavier se retourne et lui sourit. Ils ont encore une trotte à faire pour arriver à la maison de cette vieille famille versaillaise, les Salone. La soirée s'annonce égale aux autres. Une fête jusqu'au petit matin, du rock'n'roll dansé dans les règles de l'art, de l'alcool volé au chef de famille et des discussions à n'en plus finir. Bien entendu, *on parle d'un milieu versaillais traditionnel, où la notion d'« éclate » était différente d'aujourd'hui. Les sorties étaient plus tenues, les règles plus strictes*, précise Bruno à un journaliste qui l'interroge trente ans plus tard…

Les trois acolytes finissent par entrer dans un immeuble à cariatides. Cour intérieure, grilles aux pointes dorées. Au fond à droite, un genre d'hôtel particulier se révèle, pierres parfaitement blanches, feuilles de vigne qui courent le long du mur, petite terrasse entretenue. Ils frappent. Une jeune fille ouvre la porte, elle est jolie.
— Liz ! Je savais pas que tu serais ici ! s'exclame Bruno.
— Tu voulais que je sois où ? Marie-Liesse c'est ma cousine.
— Tu connais Xavier ?
— Oui, bien sûr…
— Et Gabriel, un pote de Xavier.
— Ça te dérange pas, il était tout seul, perdu, alors je l'ai amené…, ajoute Xavier.
— Non, pas du tout, répond Liz.
— Les garçons, je vous présente Élisabeth, la cousine donc ! Et la plus jolie, à n'en pas douter, de cette soirée qui s'annonce définitivement pleine de surprises…

Les quatre adolescents pénètrent dans la maison, il y a foule, tout le monde porte bien, costumes, cravates, robes de soirée, demi-talons… Ça parle fort et la musique est à fond. Ce soir il ne sera pas question de religion, pourtant tout le monde ici est baptisé, a fait sa première communion, sa confirmation et pas seulement pour les cadeaux. Toutes ces âmes qui s'agitent au gré d'une musique vaguement pop sont déjà sauvées. Toutes pensent qu'il existe un autre monde, un Paradis pour ceux qui savent endurer, prier, aimer le Christ. Pourquoi souffrir puisque ici-bas tout est facile et qu'une place les attend là-haut ? Alléluia !

Bruno sert à Xavier un whisky volé comme prévu dans la cave personnelle de M. Salone qui de toute façon n'en boit pas, affirme Liz, la cousine, toujours collée à Bruno qui semble avoir changé d'objectif, d'autant que le petit ami de Marie-Liesse est bien là et en uniforme ! Tout à coup la jeune fille se lève. Elle veut danser. Elle prend la main de Bruno qui termine son whisky, prêt pour une expérience rythmique. Ils s'évanouissent dans la nuée de ces gens heureux. La robe de Liz s'agite, son col arrondi ne bouge pas, ses seins se déplacent avec délicatesse sous son pull moulant aux manches courtes. Bruno sait danser le rock, comme tout le monde ici. Mais il n'est pas content. La musique n'est pas à son goût. Il saisit Liz par la taille, lui dépose un baiser dans le cou et fonce vers la platine. Il va, bien sûr, faire le disc-jockey. Ils sont cinquante, plus maintenant, et ils veulent faire la fête. Xavier croise le regard de Bruno, hilare, qui attrape une pochette de disque et la tend au-dessus de sa tête : les Beach Boys ! Xavier lève le pouce. Une jeune fille à côté de lui se retourne. Elle adore cet album ! Elle sourit, ils se connaissent, c'est Catherine. Xavier rougit instantanément.

— Tu veux toujours aller en Californie ? lui demande la jeune fille.

Ils se sont rencontrés sur l'île de Bréhat. La famille Dupont de Ligonnès y a une maison, achetée en 1961, l'année de naissance de Xavier. Ils s'y sont vus quelques fois et ont même eu une brève histoire ensemble. Xavier est ému de la retrouver là.

— Et toi, demande-t-il, tu y es allée ?

— Non, pas encore, mais c'est dans mon carnet secret.

— Tu connais qui pour te retrouver ici ?

— Je suis une copine de Fantine de Malandrin.

Catherine pointe une jeune fille plus loin qui danse comme une folle avec un grand sourire et un collier de perles s'agitant dans tous les sens. Elle porte un rouge à lèvres prononcé et paraît bien décidée à se saouler. La musique est assourdissante. Bruno enchaîne les morceaux de rock. Xavier et Catherine se rapprochent pour s'entendre.

— Elle est folle, Fantine, je l'adore ! dit-elle en se rapprochant de l'oreille de Xavier.

— C'est bien de te revoir ici.

— Oui ! Je viens jamais à Versailles, mais là, c'était l'occasion...

— Avoue, tu savais que je serais là !

— C'est réussi en tout cas...

— Quoi ?

— La soirée ! Tu viens souvent dans ce genre de trucs, toi ?

— Ça m'arrive, surtout avec Bruno. (Xavier indique le DJ toujours aux platines sous le regard enamouré de Liz.) Alors, avoue, tu es venue pour me revoir, non ?

— Tu prends tes rêves pour des réalités ! répond Catherine avec un grand sourire qui laisse apparaître de jolies dents blanches parfaitement alignées.

— Pourquoi, tu n'as pas aimé mes baisers ?

— Je te ferai pas le plaisir de te le dire...

— Ça, ça veut dire que tu les as aimés !

— Ça veut rien dire du tout, j'en ai connu d'autres, il faudrait que je réfléchisse, que je fasse un classement.

— T'es perverse ! Tu veux que je sois ta victime…

— Victime de quoi ?

— De tes yeux !

Plus tard, après l'alcool, les cigarettes et les chemises ouvertes, à moitié trempées de sueur ou par des verres renversés, il y a de ces baisers où les odeurs se retrouvent en couches géologiques. Salives onctueuses mêlées de champagne, de vin, de whisky, rarement bon marché, fond de tabac américain, lointain goût de dentifrice une archéologie buccale qui n'empêche pas l'excitation. On reprend sa respiration, on y retourne, langue contre langue, bouches grandes ouvertes, les yeux fermés, les corps enlacés et les mains qui trouvent lentement leur chemin sous les pulls trop serrés. Les filles se laissent faire et les garçons peinent à se retenir. Demain, il y aura celles qui sont allées trop loin et seront méprisées. Les réinvitera-t-on ? Tout dépend du pouvoir de la famille. Et puis il y a les garçons qui auront réussi à obtenir un peu plus de leurs proies et seront traités, eux, en héros. Xavier et Catherine se sont embrassés et comme prévu Bruno n'a pas laissé Liz s'échapper. Quant à Gabriel, Xavier l'a perdu de vue, il a fini par partir. Xavier en nourrit une petite culpabilité. Il devra se rattraper.

Bruno et Gabriel : les deux amis dont on retrouve le plus de traces dans le grand filet numérique. Deux faces de Xavier, qui en compte bien d'autres. D'un côté Bruno, le flambeur, brillant, charmeur, irrésistible, qui cherche la reconnaissance partout, être admiré, aimé, avoir un destin qui vaille le coup, et de l'autre, Gabriel, l'ami simple, direct, terrien, gentil, loyal, à qui Xavier pourra tout demander et à qui il demandera tout. Le premier, il le perdra de vue et le second restera son ami jusqu'au bout, jusqu'à la fin, mandataire des dernières volontés avant disparition. Plusieurs fois interrogé par la police, grand témoin de cette fin ensanglantée.

Le roi en son royaume

Véronique et Christine, en jupe bleu marine, dévalent les escaliers de leur immeuble bourgeois. La porte de l'appartement claque. Xavier reste seul, en compagnie des moulures et des boiseries anciennes. Ça peut être n'importe quand dans sa scolarité. Disons au lycée, peu de temps avant le baccalauréat. Il a prétexté un mal de tête. Geneviève laisse faire. Ses filles sont-elles jalouses de ce frère trop facilement excusé ? Ont-elles le droit de l'être ? Se confesseront-elles ?

Xavier reste à la maison. Il déambule d'une pièce à l'autre, en suspension. Il est ce « roi en son royaume » dont Bruno parle avec un sourire caché. Xavier a été élevé avec des femmes, vénéré, le mot n'est pas trop fort. Il était l'élu, le garçon, celui qui aurait un avenir tout tracé. Jésus y pourvoirait. Xavier n'a pas de problème à l'école. Il aura son bac avec un an d'avance. Ensuite il suivra le chemin que dessine sa mère et, à travers elle, le Révélé. C'est facile. Il n'a pas besoin de penser à son avenir, construire, imaginer, s'intégrer au monde, devenir l'un de nous. Il est en Christ, heureux. Ceux qui ne reconnaîtront pas le Royaume de Dieu périront, les autres se réorganiseront autour du Seigneur, ils auront une vie pleine d'amour et de paix avec les créatures terrestres, l'harmonie sera retrouvée et les besoins des hommes satisfaits comme au premier jour de la Création.

Véronique et Christine marchent maintenant vers leur école de filles. Elles y entrent et disparaissent. Coincées entre ce frère au destin d'élu et cette mère qui reçoit les volontés christiques, l'une et l'autre tenteront de se frayer un chemin, Christine en marchant avec précaution dans les pas de sa mère, Véronique en prenant la fuite. Les deux sœurs rejoignent maintenant la cour de récréation. De loin on a l'impression que toutes ces adolescentes se ressemblent. Cardigan, serre-tête, cheveux mi-longs. Le soir venu, peut-être pourraient-elles échanger leurs maisons sans que les parents se rendent compte de rien ?

L'immeuble versaillais est calme maintenant, les hommes sont partis au travail, les enfants à l'école. La rue est silencieuse. Xavier, encore en pyjama, avance sans bruit. Il flotte au milieu du silence. Encore un peu et on pourrait le croire irisé d'une lumière angélique. Dans sa tête les choses sont un peu brouillées. Depuis l'enfance, il vit entre fiction et réalité sans jamais distinguer l'une de l'autre. Le monde de la mère est un prisme pour voir le nôtre. Réel et fantastique coexistent simultanément. Xavier est étouffé par ces deux serpents dont l'union est impossible. Il est devenu une sorte de monstre baroque, étrange et attachant. Despote dans le réel, soumis à sa fiction, il passe son temps à vouloir réunir ces deux reptiles à tête d'homme qui cherchent à l'étouffer.

Xavier murmure des phrases entières de la Bible en glissant lentement dans le couloir. Il sourit, ces mots l'amusent ou l'intriguent. C'est un jeu. Geneviève range le petit déjeuner dans la cuisine, beurre, confiture, tartines, rien d'extravagant. Elle pense au Seigneur. C'est un compagnon. Geneviève et les membres de Philadelphie aiment plus que de raison ce Dieu qui attend l'heure de son avènement terrestre. Ils sont fans de Jésus et de son Père. Prêts à tout pour lui. Leur méthode pourtant ne nécessite aucune kalachnikov, bombe artisanale ou détournement d'avion. Ils n'aiment pas l'action ostentatoire. À l'explosion ils préfèrent l'implosion, familiale, sociale, politique. C'est ainsi qu'ils veulent éliminer leurs ennemis, par assimilation, digestion, fusion forcée, prosélytisme sous toutes ses formes, déluge divin, arche salvatrice. Geneviève fait la vaisselle. Le parquet craque. Elle redresse la tête. Tel un Sioux, Xavier ne bouge plus. Il cherche les lattes qui grincent le moins. Il veut effrayer sa mère. Bien que déjà homme, Xavier est un peu immature. Il se glisse jusqu'à la porte de la cuisine. L'office est au fond de l'appartement, presque caché. La mère y est de dos. Des témoignages rapportent son teint frais. Aujourd'hui âgée, elle garde une prestance indéniable. Geneviève ne se maquille pas. Elle s'habille sobrement. Xavier est à quelques mètres d'elle, il n'existe pas, un fantôme sur le carrelage froid, il avance sans bruit jusqu'à sa mère. Geneviève est concentrée sur sa tâche. Ils sont aussi grands l'un que l'autre. La mère ne se doute pas que son fils se trouve juste là. Xavier ouvre grand les yeux, sourire étrange aux lèvres. Il peut sentir le parfum sec du savon maternel, observer la courbe de sa nuque, sa peau blanche et lisse, presque transparente, ses cheveux remontés en chignon qui se perdent en un tourbillon impeccable, et ses épaules droites formant une croix avec sa tête sombre et son buste solide.

Xavier hurle. Geneviève sursaute. Elle lâche un verre qui s'écrase sur le carrelage. Des éclats partout. Elle retient un cri et respire. Elle essaye de calmer les battements de son cœur. À quelques centimètres d'elle, Xavier éclate de rire, il ne sait pas s'il a bien fait. Geneviève se reprend. C'est du verre blanc, ça n'a pas d'importance. Elle ne rit pas. Il est désolé mais hilare. Geneviève le trouve assez en forme pour un malade… Xavier joue la comédie. Il mime le souffreteux. Sa mère n'insiste pas. Elle aime son fils comme une preuve. Xavier fait un pas de côté. L'expression sur son visage change brutalement. Un morceau de verre vient de lui entrer dans le pied. Geneviève voit tout de suite que quelque chose ne va pas. Du sang coule sur le carrelage blanc. La douleur s'estompe. Xavier pâlit, il s'assoit. Geneviève intervient sans un mot. Le sang ne l'impressionne pas. Boîte en fer, désinfectant, coton immaculé. Elle pose le pied de Xavier sur ses genoux. La blessure est large, fente rouge sous la plante cireuse. Geneviève retire le morceau tranchant et regarde s'il ne reste rien dans la plaie. Ce n'est pas grave mais ça ne doit pas s'infecter. Ils sont seuls. Xavier aime sa mère aussi tendrement que possible. Fiction et réalité, cette scène, bien sûr, je l'invente.

Pansement au pied, Xavier s'éloigne. Il clopine jusqu'à sa chambre et se laisse tomber en travers de son lit. Face à lui une fenêtre donne sur le ciel blafard des Yvelines. Il m'a toujours semblé qu'un air particulier, légèrement piquant et écœurant, s'était emparé de ce département. Je connais bien Versailles, enfant j'y allais avec ma famille, plus exactement au Chesnay, pour visiter une tante qui habitait là dans une tour plutôt chic. C'était les années quatre-vingt, il y avait des Renault Fuego dans les rues. Cette tante, vendeuse de prêt-à-porter, me disait toujours de ne pas faire de grimace : « Si un coup de vent vient à passer, tu resteras difforme pour le reste de ta vie. » Je ne la croyais pas, mais je ne gardais pas la pose longtemps. Cette femme toujours impeccable et qui fumait beaucoup, d'origine juive, finirait des années plus tard avec une balle dans la tête, comme son mari et son chien, double suicide. Du sang partout dans le petit pavillon neuf de Cissé, près de Neuville-de-Poitou. Oncle et tante n'étaient intéressés par rien d'autre que la télévision, les maquettes de bateaux, et les casinos. Pourtant, c'est bien lui qui m'a fait marcher pour la première fois, dans un jardin à Nantes en 1977, et plus tard m'a fait tenir une carabine 22 long rifle, souvenir conservé d'une guerre quelconque.

Dans la chambre de Xavier, à sa gauche, il y a un grand miroir au cadre doré posé sur le rebord de la cheminée. On peut le voir encore aujourd'hui. Une chaîne de télévision française a pu le filmer. À quelques centimètres se dresse une armoire dans laquelle la plupart de ses vêtements sont rangés. Au-dessus du lit trône une photo en noir et blanc des rues de Paris. Seule une couverture de laine rêche recouvre ses draps amidonnés. Son corps glabre bouge à peine à chaque respiration. Il va s'ennuyer ferme aujourd'hui. Il aurait dû finalement retrouver Bruno au lycée. Quelque part dans l'appartement, Geneviève vaque à ses occupations, à moins qu'elle ne soit sortie. Les yeux perdus dans le frémissement du voilage, Xavier divague. Il tend le bras et, dans un effort lent, surhumain, glisse une cassette dans un poste. La bande défile sur les têtes de lecture, psssssss, puis s'échappe une mélodie, Elvis Presley. Xavier chante sur la voix du King mais prononce toutes les paroles en français.

« Comme la neige vole par un froid et gris matin de Chicago un pauvre petit bébé est né dans le ghetto et sa maman pleure parce que s'il y a bien une chose dont elle n'a pas besoin c'est d'une autre bouche à nourrir. Sommes-nous trop aveugles pour le voir ? *In the ghetto, in the ghetto !* La faim le tenaille et il commence à traîner dans les rues la nuit et il apprend à voler et il apprend à se battre. Puis un soir, empli de désespoir, le jeune homme sort, il achète un revolver, vole une voiture, mais il ne va pas loin et sa mère est en larmes au moment où la foule s'attroupe autour du jeune homme plein de rancœurs, le visage à terre, un pistolet à la main. *In the ghetto, in the ghetto !* »

Je regarde Elvis chanter cette chanson sur mon ordinateur. L'enregistrement en noir et blanc date de 1969. Elvis porte un col immense qui retombe sur sa veste immaculée. La guitare égrène ses notes comme les flocons qui ensevelissent l'enfant mort dans le ghetto. Voix profonde, troublante, irrésistible, il porte une chevalière. Il est là. Combien de fois, adulte, Xavier a regardé ces images en se rappelant son enfance ? Les gestes du King sont précis : génuflexion suivie d'un mouvement de bras, arrêt brutal et déhanché. La musique s'éteint. Je voudrais reprendre l'écriture. C'est trouble et je suis soudainement ému. Je pose une main sur la Torah toute proche. Je caresse le velours bleu. Je me lève et je vais regarder par la fenêtre. C'est ce que je fais pour chasser les émotions gênantes. Chargement lacrymal maximum, frustration, sentiment d'écriture inédit. Je déambule. Je respire. Je m'allonge sur notre grand lit gondolé. Fanny et les enfants sont partis. Je suis cloué à Paris par ce travail. Je regarde le plafond lorsque dans le salon l'écran de l'ordinateur s'illumine brusquement. La musique reprend et troue le silence de l'appartement. Des photos étrangères défilent, trop loin pour que je les voie. YouTube envoie de l'image en ruban. *You were always on my mind.* Ça ne s'arrêtera pas. Je regarde ma chaise à quelques mètres, comme si j'y étais encore en train d'écrire. Étendu sur le lit, j'écoute les titres d'Elvis défiler. Pssss… Une flemme adolescente s'empare de moi, je ne travaillerai plus aujourd'hui, le jour décline déjà mais la chaleur reste étouffante, la rue s'agite, je l'entends, je fais ce que je veux, je rejoindrai donc cette soirée où l'on me presse d'aller, je dois arrêter d'être sauvage et apprendre à concilier l'ici et l'ailleurs. Je me redresse et j'avise une chemise blanche presque repassée…

Princesse égyptienne

Tout le monde parle et fume. Je ne vois qu'elle. Je pense à la position de mes mains, de mon torse, de mes jambes. Si je les croise serrées, ça fait fille. Les croiser écartées fait plus viril mais je n'arrive pas à garder longtemps la pose. Je me tiens droit, nonchalant quand même. Je pense à cacher ma maigreur, à paraître distant. Je voudrais être musclé et sûr de moi. Je suis malingre et je n'ai que l'assurance des rusés. Je l'ai vue et j'ai tout oublié. Son physique n'appartient pas à Versailles et à son aristocratie, elle n'est pas empruntée, pas comme Catherine. Catherine, je l'oublie. Mon cœur s'en désintéresse instantanément. Il ne reste que ce visage ovale et doux. Elle s'appelle Agnès Abbas-Hodanger. C'est une princesse égyptienne, une vraie. Elle habite Versailles, elle vient de Bourgogne. Ses parents sont médecins, elle est en filière gestion. Infos balancées par Luc qui n'a d'yeux que pour elle. Je ne dois pas la regarder. Je ne dois pas avouer mon intérêt. Je voudrais l'embrasser.

Je ne suis pas aguerri en technique de séduction, pourtant j'ai senti qu'elle me remarquait. Ça m'a cloué sur place. Je sirote un verre de whisky-Coca. Ce n'est pas bon. Tout le monde boit ça. Je ne veux pas être saoul, mais ça aidera certainement. Je ne suis pas jaloux des autres qui l'accaparent pour le moment. Je ne pourrais l'expliquer, notre lien est si clair qu'il ne me reste qu'à attendre mon tour. Elle bouge délicatement, sa tête tourne et dégage la courbe de sa nuque. Elle veut plaire. Son menton pointe vers le plafond, elle sourit et ouvre sa poitrine, peau mate. J'imagine ma main courant sur son corps. Je voudrais caresser le galbe de ses cuisses. Je ressens ce frisson, une tension. Elle me plaît. On pourrait appeler ça de l'amour. C'est un élan. Mon souffle ralentit ou s'accélère. Je m'agite pour attirer son regard. Elle me dévisage un instant. Je feins de ne pas la voir. Son attention se dissipe. Luc ne lâche pas le morceau. Elle rit à un secret qu'il vient de lui murmurer à l'oreille. Elle lui touche le genou. Je me redresse. L'idée qu'elle fasse ça pour m'agacer me traverse l'esprit. Je décide de la regarder ostensiblement. Ce sera préférable à ces œillades par en dessous qui restent peu efficaces. Je dessine sur mes lèvres un sourire assuré. J'adopte la position la plus masculine possible, yeux légèrement plissés, une épaule plus haute que l'autre, main souple qui porte le verre à mes lèvres, chaque gorgée m'étourdit, je ressemble de plus en plus à l'image que je veux projeter.

Mince ! Elle est de ces beautés à couper le souffle, étrange aussi, impossible à éviter. Nous ferions un beau couple. Elle voudra de moi parce qu'elle n'est pas si intelligente. Je suis inespéré pour elle. L'amour est une passion raisonnée. Son chemisier se tend et laisse entrevoir des seins pleins. Il n'est pas seulement question de sexe. Je fais la différence. D'autres camarades, des filles, ont des formes et font envie. Agnès, c'est autre chose, des sentiments, peut-être. Si nous nous mettions ensemble, il faudrait que je me marie pour lui faire l'amour. C'est une éventualité. J'y pense, comme à beaucoup de choses à son propos. Brusquement, Luc se lève et emmène avec lui son ami, qui s'appelle Thierry, je crois. Ils proposent à Agnès de les accompagner au salon. Elle refuse. Une amie assise à côté d'elle prend le prétexte de se rendre aux toilettes pour ne pas rester comme une cruche sur le canapé. Agnès ne se lève pas. J'interprète ça comme un signal. Je dois me porter à son secours. Elle prend ce risque-là : se retrouver seule pour que je puisse l'approcher. Je me penche en avant et fais glisser mon verre sur la table en bois ciré. Elle tourne la tête. Je viens m'asseoir à ses côtés. Je souris, elle aussi. On ne parle pas tout de suite. Je lui tends mon verre. Elle accepte d'en boire une gorgée. Les yeux dans le vide, je me lance sur un ton ironique :

— Il faut nous fiancer, nous devons nous aimer et pour la vie. Un prêtre nous unira. Nous serons ensemble, pas encore dans le mariage, mais sous le signe de Dieu. Ma mère sera d'accord, je pense.

Agnès dépose le verre dans ma main. Son geste est délicat. Elle est douée avec son corps. Mon programme lui va très bien. Je ne discerne pas la même ironie chez elle. Elle n'a pas besoin de grand discours pour savoir ce qu'elle veut. Elle est en âge de choisir et d'aimer pour la vie. Elle croit. Elle veut des enfants. Elle souhaite se marier, ne pas être seule. La vie ne l'intéresse qu'en couple. Elle connaît ma famille. Je suis surpris. Elle s'est renseignée auprès de Luc. Agnès mange une olive. Ses lèvres épousent le contour de ce fruit rond et brillant d'huile. Sans se tourner vers moi, elle continue de me parler.

— Ce n'est pas encore fait, mais tu me plais et bientôt je vais tomber folle amoureuse de toi. Tu entends ? Je ne plaisante pas. Tu me dis les choses comme tu les vois, je fais pareil. Et si je suis folle amoureuse de toi, tu n'auras plus moyen de t'en sortir.

Elle est aussi incroyable que je pouvais l'imaginer. Elle est courageuse. Si ça se trouve elle dit juste ce qui lui passe par la tête, qu'importe. Nous nous regardons. Je glisse ma main derrière sa nuque. J'ai vu faire ça quelque part. Elle s'abandonne tout de suite. Elle ferme les yeux avant même que je m'approche. Ça me trouble. J'hésite une seconde. Ça ressemble à l'éternité. Quelque chose ne va pas. Brusquement je ne veux plus l'embrasser. Je vois au loin toute cette vie qui nous attend. Je n'en veux pas. Je voudrais rebrousser le chemin du temps. Ne pas passer ma main derrière sa nuque, ne pas m'approcher, ne pas me lever, rester dans le fantasme d'avant. Son abandon me fait peur. Elle est à moi entièrement. C'est trop. Je sens un piège. Que faire ? Je ne peux pas reculer, je ne suis pas de cette trempe. J'assume. Le temps reprend son cours. Nos lèvres se touchent. J'oublie instantanément mon hésitation. Sa bouche est comme du velours.

Lorsque nous reprenons notre respiration, nous restons côte à côte sans plus rien nous dire. Les regards des autres me flattent. Je bois une nouvelle gorgée de whisky, puis elle prend mon verre et le termine. Elle croise ses jambes longues et fines.

— Folle amoureuse, je te dis !

Sœur Marie du Christ-Roi

Jeudi 3 février 1927. À Paris dans un couvent de la rive gauche, tout près de la montagne Sainte-Geneviève, une sœur s'éveille dans son lit. Sa nuit comme à l'habitude fut excellente. Elle ne dort jamais mal et elle est heureuse de son état. Pas comme toutes ses congénères qui pour certaines ont subi la loi familiale et dû prendre l'habit sans conviction. Pour elle, c'est différent. Les yeux encore fermés, sœur Olive écoute le carillon sonner 6 heures du matin. Le clocher égrène chaque seconde. « Bientôt les vêpres, pense-t-elle. Quelle joie de parler à nouveau à mon amoureux ! » Elle voudrait se glisser le plus près possible de Jésus-Christ. Elle glousse et murmure, ses joues rougissent. Des sentiments trop violents font battre ses tempes, elle invoque son Seigneur au plus profond d'elle-même. Relation charnelle à l'invisible. Le corps est une prison transcendante. Olive fait partie de ces filles dont la passion pour le Christ est bien un amour vibrant, un amour qui laisse sans le souffle et dont on redoute qu'il ne se tarisse un jour.

Elle ouvre brusquement les yeux. Comme si elle avait eu un pressentiment. Elle est saisie par une grande chaleur. Dans l'obscurité de sa chambre monacale une lumière inhabituelle est apparue. Des rayons lumineux descendent du ciel de son lit. Sœur Olive y découvre une hostie irisée, flottant dans les airs. Elle croit sans réserve à cette présence. Miracle ! Elle est visitée. Elle ne pense pas qu'elle rêve, ni même qu'elle serait mal réveillée. Elle joint les mains et prie sans quitter des yeux ce mince cercle blanc suspendu au-dessus de son visage. Son souffle s'arrête : au centre de l'hostie un cœur rouge vient de faire son apparition. Elle pourrait appeler, mais ses mots restent au fond de son âme. Elle veut garder pour elle son Dieu, son Seigneur et Maître. Petit à petit, la vision se précise. Sœur Olive distingue maintenant une croix dessinée d'où partent les rayons lumineux qui indiquent autant de directions que d'âmes à sauver, que d'âmes pour lesquelles prier. Sœur Olive ne bouge pas, extatique. Lorsqu'une goutte de sang se forme à la pointe du cœur, elle tend la main. Nosferatu chrétien, ne craignant plus le crucifix, la goutte n'a pas le temps de tomber sur ses draps ou sur sa main qu'Olive est debout. C'en est trop, il lui faut un témoin. Seule, elle ne pourra jamais convaincre qu'il est venu. Elle appelle la mère supérieure. C'est elle l'autorité. Mais dès le bruissement de sa chasuble, l'hostie disparaît « comme une étoile filante merveilleuse », dit sœur Olive au moment où la mère supérieure pénètre dans la pièce.

Pour sœur Olive cette apparition est un bonheur immense mais ce n'est pas une surprise. Elle est accompagnée par Jésus depuis son plus jeune âge. Pauvres, son père et sa mère travaillaient sans discontinuer. Elle était constamment livrée à elle-même, cloîtrée dans une solitude permanente. Lorsqu'elle avait cinq ans, un petit garçon habillé de blanc et entouré d'une lueur intense s'est présenté à elle. Olive n'a pas eu peur. Durant les longues journées d'absence de ses parents, elle n'était plus seule. Il lui donnait des jouets, l'accompagnait, la faisait prier. La petite fille a fini par s'en ouvrir à sa mère, qui ne fut pas impressionnée. Ce petit garçon avait des pouvoirs. Elle le connaissait. Elle savait qui il était. La mère s'est alors tournée vers sa fille en déclarant solennellement :

— Tu ne m'appartiens plus désormais. Tu appartiens au Seigneur.

Olive Danzé a par la suite reçu la visite de Jésus, puis de sa mère, la Vierge Marie, à de nombreuses reprises et à différents âges. Avec le concours de la sainte famille, elle est parvenue à entrer au couvent des bénédictines. C'est ainsi qu'elle est arrivée à Paris, sur la montagne Sainte-Geneviève. Comme il est de coutume, à l'entrée dans les ordres, on lui attribua un nouveau nom. Elle devint sœur Marie du Christ-Roi, en l'honneur de la fête religieuse que le pape Pie XI venait de créer afin de posséder une arme spirituelle supplémentaire contre les forces de destruction à l'œuvre dans le monde. Le Vatican redoutait la montée de l'athéisme et souhaitait que Jésus ne soit plus seulement Roi au sens figuratif, mais que son règne s'incarne aussi sur terre.

— Je viens en ce jour, parce que j'ai besoin de toi. Je souffre, dit Jésus à sœur Marie du Christ-Roi lors de l'une de ses visites matinales. Toi qui portes mon nom ressens mieux que quiconque les atrocités qui secouent le monde. Les hommes s'égarent, ils deviennent méchants et vils et pécheurs. Les nations sombres se croyant indépendantes de mon pouvoir et de celui de mon Père, nous devons revenir sur terre et il faut préparer ce retour, les méchants seront punis. Ma petite femme, tu demanderas qu'un sanctuaire soit construit sur cette montagne où tu habites avec mes autres femmes. Un sanctuaire dédié à la conquête, un sanctuaire dédié à Christ-Roi, Prince de la paix et Maître des nations. Fais, je te le demande.

Sœur Marie du Christ-Roi s'exécutera, sans faute. Le sanctuaire réclamé par Jésus lui-même sera construit. Là un courant religieux fougueux se met en place. Tout le monde le dit, Jésus prépare ses armes en vue de futures attaques. Mais dès les années quarante, des forces religieuses contraires se font jour. Une lutte interne à l'Église s'engage et mènera jusqu'au concile scélérat de Vatican II. Ainsi, le sanctuaire établi sur la montagne Sainte-Geneviève, je passe sur le hasard qui donnera le même nom à la mère de Xavier, est vendu à des promoteurs immobiliers. Il fallait s'y attendre, le capitalisme est une religion coriace et l'Église, à cette époque, n'y voit pas le mal. Le sanctuaire du Christ-Roi, Prince de la paix et Maître des nations, doit être rasé. Sa fondatrice, la jeune Olive Danzé, renvoyée depuis longtemps en Bretagne, sombre dans un silence mortel. Heureusement, quelques fidèles, attentifs à entretenir la survivance du Christ-Roi, pénètrent une nuit entre les murs du sanctuaire pour en extraire clandestinement toutes les reliques et les statues. Cachées à l'arrière de voitures, elles quittent bientôt le 5ᵉ arrondissement pour des lieux secrets et protégés. Parmi ces objets, une statue de Jésus se balance mollement à l'arrière d'une Renault 12, une statue vénérée par sœur Olive Danzé, Marie du Christ-Roi elle-même, et qui bientôt croisera le chemin de la famille Dupont de Ligonnès.

Des larmes de sang

1979. Déflagration, le père s'en va définitivement. Geneviève l'a-t-elle sommé de clarifier sa situation ? A-t-il rencontré une autre femme ? Celle-ci serait-elle enceinte ?

Bernard-Hubert Dupont de Ligonnès rompt l'union avec Geneviève. Il a pris une porte dérobée. Il quitte son épouse mais ne divorce pas. Devant Dieu et devant l'état civil, ils sont mari et femme. Après les meurtres, lorsque les journalistes se jettent sur la famille Dupont de Ligonnès, les conclusions sont vite tirées. Bernard-Hubert est parti parce qu'il ne supportait plus les positions religieuses de Geneviève. Maelström d'informations où tout se percute. Mais le mari n'était pas fatigué ou angoissé par les obsessions de sa femme. À cette date, ce serait un revirement surprenant et finalement un prétexte. Au moment de la séparation, Geneviève reçoit Jésus en elle-même depuis plus de cinq ans. Ses textes réunis dans le *Message d'Amour et de Miséricorde* ont déjà été publiés. Sa foi est ancienne, son engagement remonte aux années soixante. Peu probable qu'un élément religieux particulier soit venu mettre brusquement un terme à cette relation consacrée devant Dieu.

Les raisons de ce départ sont plus prosaïques. Christine, la sœur de Xavier, l'écrit dans les pages de son journal public et numérique : *Mon père, fils et petit-fils de militaires, est parti en Afrique en 1979. Cette séparation ne s'est pas faite pour des désaccords religieux : il avait une double vie. Xavier avait 18 ans, et rien ne montre qu'il ait mal vécu ce départ.* Rien ne laisse non plus supposer le contraire. Insatisfaction familiale, sociale, véritable histoire d'amour dans la corne de l'Afrique, désir de soleil et de mer tumultueuse, plutôt que de dorures et d'appartement silencieux. Quelques années plus tard, Bernard-Hubert aura un nouvel enfant. Peut-être avec cet amour qu'il est allé rejoindre. Un nouveau frère pour Xavier, qu'il rencontrera. Ce frère, qui porte sans doute lui aussi le nom de Dupont de Ligonnès, pour peu que Bernard-Hubert l'ait reconnu, ne fera pour autant jamais partie de la famille. Preuve, s'il en fallait, que celle-ci se constitue autour de la mère.

Xavier a dix-huit ans, il a eu son bac, son père fait ses valises. Pour un jeune adulte comme lui, le divorce de ses parents ce n'est quand même pas si grave. C'est une fissure. Le constat que tout ne dure pas éternellement. Sa mère, digne, reste silencieuse, assise dans la cuisine. Les filles accusent le coup. Le père parti, que reste-t-il ? Dans la pénombre de la maison les « fleurs » du groupe Philadelphie se font plus discrètes, bien que toujours présentes. Et puis il y a le chanoine Ridolfi. Il a toute latitude. Dans l'office, on pourrait presque ne pas le voir. Il est dans l'ombre du garde-manger, muet mais indéfectiblement aux côtés de Geneviève. Ils prient. Puis, dans un silence tendu, il s'approche de la femme en deuil, il ne la touche pas. Il a quelque chose à lui dire :

— Geneviève, je sais la nuit que vous traversez, mais je vous apporte un peu de lumière.

Le chanoine marque une longue pause avant de reprendre :

— Je reviens de province, j'y suis allé visiter une statue du Christ-Roi. Je vous le dis, Geneviève, ce que j'ai vu là-bas est un miracle : la statue pleure des larmes de sang !

Le chanoine se tait, essoufflé. Il revient de Saint-Christ-Briost. Il a pris plusieurs trains. Il y est resté quelques jours. Il reprend ses esprits et, sans même qu'il le demande, Geneviève lui sert un verre d'eau. Entre eux règne une complicité profonde. Xavier est là, Christine, Véronique peut-être, la nouvelle est d'importance. La chronologie n'est pas facile à retrouver. On voudrait pouvoir dire : « Bernard-Hubert a quitté la famille et juste après le Christ a pleuré des larmes de sang. » Si l'un et l'autre sont vrais, j'ignore pour autant dans quel ordre ces événements se sont déroulés.

— Ce qui se passe là-bas est au-delà de l'espérance, poursuit le chanoine Ridolfi. Une ligne se trace et il faudrait être aveugle pour ne pas la voir. Cela vient de sœur Marie du Christ-Roi, Olive Danzé, vous vous souvenez ?

Geneviève se souvient.

— C'est une histoire très complexe, murmure le chanoine, il y a quantité de « coïncidences ». La statue qui pleure des larmes de sang est une de celles provenant de la basilique du Christ-Roi à Paris, celle qui était sur la montagne Sainte-Geneviève… Depuis deux années, la statue a été déplacée dans ce village de l'est de la Somme, et il y a quelques jours, comme je vous le disais, elle s'est réveillée.

Long silence dans la pièce, bruits émanant des appartements alentour et de la rue. Personne n'ose bouger. Le chanoine explique :

— D'abord une hostie est apparue sur sa poitrine, comme celle qu'Olive Danzé voyait dans le ciel de son lit. L'hostie n'avait jamais été vue avant. Personne n'a accès à la statue. C'est le père Guigon qui m'a immédiatement prévenu. Les similitudes avec les apparitions de Kerizinen sont troublantes également. Mais je vois aussi de nombreux liens avec vos propres révélations, Geneviève ! Avec les vôtres ! C'est peut-être le signe que nous devons voir. Le Christ-Roi nous envoie un nouveau message. Là-bas, depuis plusieurs semaines, les théophanies se succèdent au rythme des fêtes, j'ai tout pris en note. Du sang est apparu sur la tête de la statue, sur ses mains, le Seigneur a été frappé, son visage est recouvert d'ecchymoses. Il souffre, Geneviève, notre Seigneur souffre comme jamais !

Le chanoine arrête son récit comme s'il était épuisé par ce qu'il raconte. Il étouffe une émotion qui l'étreint sincèrement et reprend :

— C'est important pour nous, Christ-Roi nous guide. Et dans ce moment pénible que vous traversez tous, c'est un espoir qui renaît. Cela confirme que vos révélations, Geneviève, font partie d'un dessein plus grand. Christ-Roi nous annonce son retour.

Tout aussi bien pourrait-il y avoir un coup de tonnerre et une grande lumière dans cette cuisine, une hostie géante et lumineuse apparaîtrait au-dessus de leurs têtes, Jésus lui-même pourrait entrer là ! Ces larmes de sang sont la preuve dont Geneviève n'avait pas besoin, mais qui la revivifie malgré tout. C'est une immense consolation. Elle respire lentement. Sa poitrine se soulève sous son pull sombre. Elle est profondément affectée par cette annonce. Si une union se termine, l'autre, celle avec le Seigneur, n'en est que plus forte désormais. Christine, dans son journal numérique, parle de ce grand réconfort qui a maintenu la famille unie et solide. Elle précise que Geneviève n'était pas à Saint-Christ-Briost au moment des faits, mais que tous iront cependant visiter la statue à un autre moment. Le chanoine Ridolfi sera chargé de composer un fascicule retraçant jour après jour la passion vécue par cette statue. Il y ajoute, comme en écho, certains messages reçus par Geneviève. Pourtant, le secret doit être gardé, ces événements ne pourront être révélés avant trente ans.

Ainsi, dans le même temps, le même plan, le même torrent d'amour et de colère sont réunis le fils de Dieu, la sœur Olive Danzé dite sœur Marie du Christ-Roi, Bernard-Hubert Dupont de Ligonnès, le chanoine Ridolfi, Geneviève et ses enfants. Dans l'œil de la mère flotte un sourire, les ordres du Seigneur s'accomplissent. Son union avec son mari devait être rompue. Elle est libre maintenant, seule face à celui dont l'amour est indéfectible, amant véritable pour cette femme si fervente : Jésus.

Spitfire

Des commentaires sur Internet rapportent que Bernard-Hubert aurait des arriérés d'impôts, ou qu'il aurait cherché à escroquer telle ou telle caisse sociale et que c'est aussi pour cette raison qu'il serait parti en Afrique après la séparation d'avec sa femme. Certains le qualifient d'« arnaqueur ». La famille Dupont de Ligonnès ne dément pas. Il a de l'argent et sans doute une certaine dose de culpabilité. *Xavier admirait son père et voulait lui ressembler. Il avait eu le courage de quitter sa femme pour vivre ses rêves d'aventure*, raconte Bruno. Pour lui, c'est clair, Bernard-Hubert Dupont de Ligonnès a fait ce qu'il fallait. C'est bien notre Bruno, ça !

Dans quelques heures, Bernard-Hubert devra prendre son avion. Xavier est triste. C'est une époque confuse. Il devient adulte. Son père est en partance. Dans les rues de Versailles, père et fils marchent côte à côte. Bernard-Hubert ne se justifie pas. Il doit partir, son fils doit faire sa propre vie, ce n'est pas grave, une séparation, au fond, c'est assez courant dans le monde d'aujourd'hui.

— Même si, il faut bien le reconnaître, ce monde n'est plus tout à fait le nôtre…, soupire Bernard-Hubert.

Xavier, du haut de ses dix-huit ans, paraît soudainement morose et gêné. Les deux hommes s'assoient dans un des cafés de l'avenue du Roi. Ils sont en terrasse. Le père allume la cigarette de son fils. Ils se ressemblent. Probablement qu'ils saluent quelques passants. Est-ce qu'on murmure autour d'eux ? Les Dupont de Ligonnès… Ceux qui divorcent… Ils vont rompre leur mariage à l'église… Ça ne se fait plus… À la mairie alors… Peut-être même pas… Vous voulez dire qu'ils ne divorceront pas ? Bernard-Hubert se moque désormais de ces qu'en-dira-t-on. Seul compte son bonheur à lui, sur un autre continent. Xavier commande un café, son père aussi. Ils ont déjeuné dans un restaurant du centre. Aimerait-il prendre son père dans ses bras ? Désire-t-on que son père soit tendre ? Que peut-il vouloir lui dire qu'il taise encore ? Les pères nous étouffent, ils sont indispensables, pourtant ils veulent nous voir morts et en même temps rêvent que nous soyons eux.

— Mais alors quoi ? Qu'est-ce qui se passe avec ta princesse égyptienne ? Vous aussi vous allez vous séparer ?

— Et si c'était le cas ?

— Tu fais comme tu veux. Mais est-ce que tu l'aimes ?

— Oui, je l'aime, enfin c'est compliqué.

— Je sais, répond le père qui tire sur sa cigarette.

— Elle veut qu'on se marie.

— Vous êtes ensemble depuis combien de temps ?

— Plus d'un an…

— C'est normal qu'elle attende ça. Vous êtes fiancés, et encore à l'église ! C'est important, c'est ce que tu voulais, non ?

— Je n'en suis plus si sûr. Je ne sais pas si je veux vivre toute ma vie avec elle. J'ai dix-huit ans, t'imagines ?

— Je vais pas te donner de conseils, je suis mal placé pour ça, mais ce n'est pas parce que je me sépare de ta mère que tu dois te séparer de la femme de ta vie. Si tu t'es fiancé, c'est bien que tu imaginais un avenir à ton couple. Sinon c'est que tu as rencontré quelqu'un d'autre ?

— Non, oui, je ne sais pas… plein d'autres, je veux dire, il y a plein d'autres filles et moi je vais m'enfermer à dix-huit ans avec la même femme, pour le reste de ma vie ?

Boum. Divorce du père, séparation de Xavier et Agnès Abbas-Hodanger. Bernard-Hubert se perd en un long discours alternant encouragements, conseils avisés et mises en garde, mais au fond il ne sait pas vraiment quoi dire à son fils. Il le comprend. Qu'il s'amuse. Le café terminé, Bernard-Hubert attire son fils dans les allées de Versailles. Sourire en coin, il veut lui montrer quelque chose avant de partir. Au détour d'une rue, ils arrivent en face d'un garage de luxe, concessionnaire Triumph, voitures de sport haut de gamme, lignes parfaites. Bernard-Hubert sourit franchement, son fils a eu dix-huit ans quelques semaines auparavant. Devant la vitrine du magasin, le père sort une clef de sa poche et la tend à son fils.

— Je n'avais pas prévu d'avoir à te consoler, mais ça pourra servir à ça aussi. Prends cette clef, elle ouvre la porte de la petite Spitfire rouge qui est là-bas.

Xavier tourne la tête et découvre avec ravissement une voiture conçue pour la vitesse, la drague et la frime. Exactement ce qu'il lui faut pour s'imaginer indépendant, loin de Versailles, libre. Le père vient de l'acheter ou c'est la sienne qu'il donne à son fils. Peut-être parce qu'il ne peut pas l'emmener jusqu'en Afrique. Peu importe, Xavier en tombe amoureux. Sans doute moins pour les courbes et le bruit du moteur que parce que c'est son père qui la lui offre. Un cadeau de cette dimension, c'est comme offrir à son fils la reconnaissance éternelle, une manière de dire : « Mets la clef dans le starter et enfuis-toi. » Xavier ne peut pas attendre, il monte dans la voiture, regarde son père, sourire irrépressible, complicité sauvage, archaïque entre deux mâles. Il tourne la clef. Vibration, bruit, c'est comme un cri de ralliement. Le père se penche. Le fils n'a plus besoin de rien. Ils se serrent la main. Bernard-Hubert doit vraiment y aller.

— Tu me déposes ? demande-t-il à son fils.

Coups d'accélérateur, première, seconde et déjà l'aéroport est en vue. Deux cow-boys sur la route de leurs aventures. Sauf que Xavier ne part pas, ni en avion ni sur les routes. Accolades, regard embué vers un Boeing sur le point de décoller. Le père a disparu. Xavier fait rugir le moteur. Seul maintenant, tout défile rapidement dans sa tête. Les cheveux au vent, il rêve de soleil, impossible avec ces fiançailles. Il doit y mettre un terme. Il ne peut pas épouser Agnès.

— Je ne suis pas prêt. Tu comprends ?

— Non, je ne comprends pas. Nous sommes fiancés. Nous nous sommes promis l'un à l'autre.

— Je ne suis pas prêt à me marier. Je ne veux pas.

Les larmes montent immédiatement aux yeux d'Agnès. Elle ne cherche pas à les cacher. Elle est de ces filles qui se montrent et n'ont pas peur de leurs émotions. Elle a le sang chaud, elle est folle amoureuse de ce garçon fin et beau. Elle est irrésistiblement attirée par lui. Xavier ne dit plus rien. Il s'allume une nouvelle cigarette avec son Zippo argenté. Il pose ses lunettes de soleil Ray Ban. Agnès tend la main et prend, elle aussi, une cigarette.

— Tu ne fumes pas, c'est bête…

— C'est le bon moment pour commencer.

— C'est bête.

Agnès allume la cigarette, tire dessus, étouffe une toux sèche et puis recommence tout de suite. Ses lèvres pincent le filtre, ses joues se creusent. En face Xavier a plus de style, il fume comme un Américain.

— Alors, tu as pris ta décision ? lâche-t-elle.

— Oui, je crois. Je t'aime, je suis attaché à toi, tu ne peux pas savoir, mais avec le divorce de mes parents.

— Ah oui, tu es du genre à aimer et à quitter ! (Agnès est nerveuse, elle écrase brutalement sa cigarette à moitié consumée.) Pourquoi tu ne me dis pas que tu as rencontré quelqu'un ?

— Parce que ce n'est pas vrai. Je n'ai rencontré personne.

— Tu me fais souffrir.

— Ce n'est pas ce que je veux.

— Alors on ne fera jamais l'amour ?

— De quoi tu parles ? C'est à ça que tu penses ?

Agnès Abbas-Hodanger se tait. Elle ignore qu'elle va mourir des dizaines d'années plus tard de la main de celui qu'elle pleure et supplie de l'aimer. Son meurtrier *présumé*.

Agnès ne dit plus rien. Un bouton défait à l'échancrure de son cardigan laisse discrètement entrevoir la naissance de sa poitrine. Elle s'est faite jolie, un rouge à lèvres tendre épouse les contours de sa bouche. Elle n'a pas vu venir la décision de Xavier. Elle se voyait vieille avec lui, des enfants, une maison, une belle vie. Mais Xavier, lui, n'a pas besoin d'Agnès. C'est ça, la vérité. Il n'y a pas d'autres filles, parce qu'il y a toutes les autres filles.

Les poumons

C'est l'été, les vacances, bientôt la rentrée. Tous les amis de Xavier se sont éparpillés. Le temps des rallyes est terminé. Bruno suit des études à l'école des cadres de Neuilly, mais ce qu'il veut c'est briller, être comédien ou journaliste, j'imagine. Seul Gabriel est resté à Versailles. Ils ont pu pendant un temps dormir l'un chez l'autre, conjurer la solitude et parler d'Agnès qui ne cesse d'appeler Xavier. Elle est même venue une fois sous ses fenêtres. Il a dû descendre la consoler. Ils se sont encore roulé des patins. C'est comme s'ils s'étaient séparés deux fois ! Aussi pénible la première que la deuxième. Gabriel écoute son ami et le réconforte. Si Agnès lui est réellement promise, si Dieu la veut près de lui, il fera ce qu'il faut. Sur ces mots, ils retrouvent le sourire. Xavier essaye les Converse blanches et usées de Gabriel tandis que celui-ci porte le tee-shirt fétiche de Xavier, à l'effigie des Beach Boys. En plus des fringues, ils échangent des disques. Ils se marrent. Xavier rêve d'Amérique et Gabriel, je ne sais pas.

Septembre, octobre, novembre… L'année s'écoule lentement, Xavier est seul à Versailles avec sa Spitfire et sa mère. Depuis quelques jours il ne quitte plus son lit. Il est malade. Geneviève a appelé le médecin de famille. Les nouvelles ne sont pas bonnes. Son fils est atteint aux bronches. Bientôt le diagnostic tombe : pneumothorax. Il faut soigner vite, cela peut être grave. Les médecins conseillent de quitter la banlieue parisienne pour un sanatorium des Côtes-d'Armor, il pourrait y guérir plus efficacement.

Alors que le soir tombe, Xavier toussote au fond de son lit. Christine et Véronique font leurs devoirs quelque part dans l'appartement et Geneviève est assise dans son fauteuil habituel, près de la fenêtre du salon. Elle est pensive, inactive, pas son genre. L'état de son fils la préoccupe. Pas seulement l'état physique, l'année est rude, elle prie. Elle ne peut s'empêcher de voir dans cette maladie un genre de punition, de souffrance. Quel message y a-t-il dans ces poumons qui s'affaissent ? L'oxygène lui manque. Quelque chose l'oppresse. La nuit s'impose et avec elle l'évidence. Il ne faut pas chercher d'explications. Jésus envoie des épreuves, il nous incombe de les surmonter. Geneviève n'a pas bougé. Elle ne panique pas. Ses prières sont entendues. Au matin la décision est prise : Xavier partira aussi longtemps qu'il le faudra.

Bruno a évoqué cette maladie et ce voyage. Christine également. Mais où Xavier a-t-il pu passer une année entière ? À Bréhat, il y a bien cette maison achetée par Geneviève et Bernard-Hubert. Il existe également un sanatorium à Plémet, un des seuls établissements bretons à cette époque où Xavier aurait pu faire soigner sa maladie. Je préfère l'imaginer à Bréhat. Nous sommes passés tout près, avec Fanny, frôlant la mer et son écume. L'île nous est apparue, au détour d'un virage, isolée, remplie de bruyère et de mystère.

Xavier est installé dans la maison de famille depuis quelques semaines. Il va un peu mieux. Ses poumons se recollent. Il ne fume plus pour le moment ou presque plus. Dans le village tout proche, il trouve quelquefois un pêcheur pour lui offrir une cigarette. Il marche ensuite jusqu'au port et se cache près du ponton de Ker Braz pour la fumer. Embruns, sel, vent breton, le rose des rochers se confond avec le ciel brûlé des couchers de soleil. La nature marine inspire à Xavier le goût d'un ailleurs. Après tout, ce n'est déjà plus sa banlieue, même si ce n'est pas encore l'Amérique. Il lit aussi, la Bible, bien sûr. Il voit régulièrement le médecin de l'île et parfois retourne sur le continent pour se rendre au sanatorium de Plémet où il passe la journée, pourquoi pas. Des vacances scolaires s'annoncent. Ses sœurs adorent Bréhat, elles y ont des amis, peut-être que la famille viendra le rejoindre dans son exil.

Souvent il fait des promenades. Selon la météo, c'est recommandé dans son état. Sur le chemin du bord de mer ceux qui croisent sa route l'apprécient. Il est gentil, poli, il a toujours quelque chose à dire et il sait ne pas déranger. Aujourd'hui il fait beau, bien qu'un peu froid. Emmitouflé dans une écharpe et un lourd caban, Xavier marche d'un pas saccadé. Il souffle, affrontant une petite montée faite de terre sèche et de racines affleurantes. Il parvient au sommet. Plus loin, la mer s'étend, grise, verte, bleu nuit, blanche par endroits. Il aperçoit enfin le moulin à marée promis par son guide. Le père Joseph est déjà arrivé. Grands signes, il faut se dépêcher, sans quoi ils rateront la montée des eaux. En retard sur le curé, le jeune garçon est frustré, il n'aime pas être diminué, battu. Passer le début des années quatre-vingt au fin fond de la Bretagne n'était pas exactement dans ses plans. Le vent se lève, secoue les cheveux et les feuilles, les deux hommes font face à l'étendue sombre et mouvante. Ils découvrent un chapelet de rochers découpés en dentelle fine, pointillé irrégulier sur le lisse horizon. Xavier et le prêtre s'assoient sur un banc de mousse naturelle. Ils regardent la ligne côtière plantée dans l'océan, composant des formes étranges, des taches qu'on pourrait croire tirées d'un test de Rorschach.

— Que voyez-vous ?

— Le Démon qui guette aux portes de l'Enfer, s'amuse Xavier. Là… vous voyez avec les deux courbes du rocher de gauche qui surmontent le morceau plus sombre à droite, vous suivez les contours de la petite île qui se termine par la pointe acérée. Vous voyez ? Son visage est hideux. Il va détruire notre monde, non ?

Xavier plaisante, le prêtre sourit. Ils contemplent le rocher en silence. En arrivant sur l'île, Xavier devait aller à sa rencontre. Le père Joseph est de passage ou bien il est venu exprès pour accompagner Xavier. Il dit encore la messe en latin. On peut avoir confiance en lui. Xavier ira le voir dimanche, et priera.

— J'admire votre mère, Xavier, même si l'admiration n'a pas grand-chose à faire en la matière mais j'ai du mal à comprendre notre monde. Il se disloque plus vite qu'il ne faut de temps pour le dire et connaître Geneviève est une bénédiction.

— Oui, savoir que Jésus nous guide au travers d'elle est sans doute rassurant.

— Je note de l'ironie…

— Non pas… Je ne doute pas qu'il nous appelle, je ne doute pas de sa souffrance, mais je dois avouer que le monde m'attire. Je ne veux pas m'enfermer, comme ma mère, entre les murs de ma foi.

— Ce n'est pas obligatoire. Vous pouvez vivre libre en Jésus, plus fort face au Démon qui nous tente sans cesse.

— Vous croyez ?

— Pourquoi pas ?

— Ne devons-nous pas souffrir comme lui ? interroge Xavier.

— Parfois oui, pour nous rappeler qu'il s'est sacrifié. Le plaisir a un coût. Mais le plaisir de quoi ? Pour quoi ? C'est peut-être une question qu'il faut vous poser, Xavier. Quel plaisir terrestre vous manque ? De quoi vous sentirez-vous privé le jour où son règne viendra sur terre ?

— De rien, je ne sais pas, que devons-nous faire alors ?

— Croire en lui, nous repentir de nos péchés, aider ceux qui ne croient pas.

— Ma mère dit que nous avons un rôle à jouer dans ce monde qui s'annonce, un vrai rôle.

— Quel véritable croyant n'en aurait pas ? Même si le vôtre est peut-être plus important que celui d'autres fidèles, qui ne sont pas les fils de votre mère…

Silence de Xavier, ressac des vagues, choc de l'eau sur la pierre, vent dans les oreilles. Brusquement, il est pris d'une quinte de toux terrible. Son corps est secoué. Le prêtre lui passe sa main dans le dos comme si elle était bienfaisante. Xavier se concentre. Il ferme les yeux. Ses poumons sifflent et sa gorge tonne. Petit à petit les griffes qui pressaient ses poumons se desserrent. Il se reprend. Il ne veut pas rester trop de temps ici. Il a le monde à parcourir, à conquérir. Il va se remettre bien vite. Le prêtre passe un bras fraternel sur les épaules du jeune garçon.

— Vous ne devez pas vous inquiéter, vous guérirez et vous partirez, vous trouverez votre chemin jusqu'au Christ-Roi. Vous occuperez alors votre place près de lui, si c'est ce qu'il veut.

Imaginaire

Nantes, cinq morts et un meurtrier en fuite. Où est-il ? Qui est-il ? Des enquêteurs anonymes se lancent. La police est battue. Ils retrouvent avant elle des textes écrits par Xavier et les publient sur des pages et des pages brillantes comme des phares dans mes nuits de recherches. Ils se sont enfoncés dans le *deep Web*. Odeur de soufre numérique ? En réalité personne ne se cache. Ça discute, commente, fouille, analyse, ça préoccupe. Tout le monde dit tout, retrouver quelque chose pour qui sait se repérer dans ce monde-là n'est pas difficile. Je suis le premier venu. Après le massacre on veut savoir. Centaines de personnes lancées aux trousses d'un point d'interrogation. On finit par dénicher quelques informations. Xavier a écrit, beaucoup, il y a des traces, partout.

De 1972 à 1995, ma vie a été dirigée par l'imaginaire pur ! écrit Xavier dans l'une de ses notes. *Quelle était la RÉALITÉ (que je ne voyais pas, mais qui A EU LIEU... et que les autres voyaient) ? : j'étais d'abord un jeune ado, puis un jeune adulte, sans immenses qualités ni physiques ni cérébrales, sans études, sans métier honorable, donc avec un avenir incertain, vivotant de petits boulots, d'allocations de chômage et de la vente de pièces d'or de Mamie et autres largesses des fleurs (Margaret et Jean). C'est peu reluisant si on le prend comme un fait brut. Mais je ne l'ai pas vécu comme tel !*

Quel était mon **imaginaire** *qui enjolivait ma situation ? : j'étais un « élu », je faisais partie de la poignée de « choisis par Dieu », l'élite de l'élite, un des meilleurs ou des plus chanceux sur terre, avec un avenir radieux en tant que bras droit du futur Roi et du futur Pape, donc no 3 du « futur gouvernement mondial » du Règne… avec en prime une bonne place au Paradis acquise une fois pour toutes. Peut-on rêver mieux ?*

Ce sont ses mots à lui, je ne les invente pas. Ils sont disséminés sur Internet comme dans un code secret qu'il faudrait briser. On lui a dit qu'il rencontrerait le Christ lui-même. Jésus est déjà revenu, en chair et en os. Il a ressuscité d'entre les morts. Les apôtres ont pu toucher ses blessures. Il s'agit de l'attendre à nouveau. Il reviendra et cajolera notre monde d'une main tandis qu'il tuera les impies de l'autre. De quel côté se trouvera Xavier ?

Le soleil

Années quatre-vingt. Xavier est guéri, finalement il n'est pas mort étouffé par ses propres poumons. Cette période est floue, semée d'informations, de moments de vie, d'événements. Agenda complexe de notre héros chrétien. Xavier vit partout en même temps. Versailles, côte varoise, Allemagne, USA... Il ne fait rien, et tout à la fois ! Petits boulots, maîtresses, rencontres, amis, rêveries. Cette décennie est sauvage. Articulation difficile entre ses rêves de voyages, de fortune et son destin d'élu, promis à se retrouver aux côtés du Christ et du futur Pape dans le gouvernement mondial !

Au début de ces années-là, il serait à La Seyne-sur-Mer. Goût pour le sud de la France. Il a vingt ans. Fêtes, insouciance, filles, l'apocalypse arrive, mieux vaut s'envoyer des tequilas frappées tant qu'il est encore temps. Ce n'est pas si simple en réalité. Bientôt Xavier régnera sur la destinée du monde, c'est le moment de pécher un peu, il se fera pardonner plus tard. Il reste humble, il n'en parle à personne. Premier ministre du monde chrétien, il y croit. Sa mère ne lui rabâche pas de trouver un emploi, un appartement, une femme, d'être raisonnable. Son éducation l'a préparé sans mots, mais par des prières, des pèlerinages, à sa future tâche. Christine et Geneviève démentiraient peut-être ce que j'écris là.

Pieds dans le sable, Xavier est tranquille pour un moment. Une entourloupe aux ASSEDIC suite à quelques mois de travail dans le nord de la France pour un grand groupe équipementier lui permet de se prélasser tranquillement sous le soleil de la Côte d'Azur. Son corps est un peu humide. Son truc, c'est la plage des Sablettes. Je la connais bien. Jeune, j'allais moi aussi à La Seyne-sur-Mer, plus exactement à quelques encablures, à Saint-Mandrier. Il y avait là le voilier de mes parents, minuscule et charmant, coque bleue et cabine en bois. Nous naviguions dans ces eaux à la fin des années quatre-vingt. J'aurais pu alors croiser Xavier et sa Triumph Spitfire. À l'adolescence je m'allongeais sur ces plages pendant des heures, à regarder les autres. Je ne faisais rien.

Un groupe de filles s'installe un peu plus loin. Derrière ses Ray Ban glacées, Xavier suit ces corps déjà bruns en train de se mouvoir dans l'air brûlant de la plage. Les filles laissent leurs sacs en paille et leurs serviettes en boule pour se jeter dans l'eau claire de la Méditerranée, pas de nuages à l'horizon. Aussi alerte et baroudeur qu'il se croie, Xavier n'a pas encore fait l'amour. Branlette main gauche, main droite, pas encore l'amour. Il se donne un genre, ne laisse rien paraître mais son corps fin, glabre et pâle le complexe.

France, Ludivine, Carole et Julia s'ébattent dans l'eau juste devant lui. Elles rient. Ludivine tourne de temps en temps la tête vers lui. Xavier le remarque et se redresse. Il enfile son tee-shirt jaune délavé. Le sel gratte un peu. Ludivine a vingt-cinq ans, visage rond, lèvres charnues, épaules douces et des seins déjà lourds au-dessus d'une taille fine. Les filles sautent dans les vagues, nagent et font les idiotes.

Elles plongent la tête en arrière pour lisser leurs cheveux. Le contact est définitivement établi. Xavier ne l'abordera pas. Il est trop timide ou trop lâche pour ça. La lâcheté, c'est une chose, chez les garçons. De vrais hommes courageux, il y en a peu. C'est tout le contraire chez les femmes. Sans réaction de sa part Ludivine se désintéresse de Xavier. Il faudrait qu'il se lève, retire son tee-shirt, la rejoigne dans l'eau, et ose une phrase du genre : « Tu viens souvent ici ? » Xavier ne fait rien de tout ça. Il a rendez-vous dans vingt minutes pour un petit boulot. Il veut faire durer son voyage. Il a trouvé un bon plan : vendre des pinces de plage, de petits objets débiles qui se plantent dans le sable et mordent les serviettes pour les maintenir parfaitement étendues. Xavier est sûr d'en vendre des centaines. Il s'y est engagé. Il n'abordera pas Ludivine. Elle sort de l'eau et se sèche. Il remballe ses affaires, se dirige vers la douche, pose son sac et se rince.

— Tu comptais partir sans me parler ?

Xavier se retourne, Ludivine est derrière lui sous une autre douche. Elle ferme les yeux puis recueille de l'eau au creux de ses mains pour s'en asperger le visage. Elle se caresse le corps, chasse le sel et la chaleur. Elle ouvre les yeux et observe Xavier.

— Je déteste le sel, ça me gratte et puis j'ai l'impression que ça me brûle.

— T'as la peau sensible ?

— Un peu.

— Tu veux boire un Coca ?

— Si tu l'offres...

— Ça ne saurait être autrement...

Short en jean très court et tee-shirt rouge noué au-dessus du nombril, Ludivine rejoint Xavier au café Les Barbouzes, un peu en retrait de la plage mais avec une jolie vue sur la mer. Ludivine habite La Seyne. Les autres filles, ce sont des amies et puis la grande blonde pas très jolie, c'est une cousine de Lyon. Un serveur aux cheveux gominés dépose les boissons, encaisse et repart. Plus loin, sur la plage, les copines de Ludivine se moquent gentiment... Xavier est beau garçon. Elles sont un peu jalouses. Ludivine a tout juste terminé ses études de droit. Elle veut être notaire et s'installer à son nom mais pour le moment elle travaille avec son père. Il possède un office à Toulon. Elle a son propre appartement. La phrase est comme jetée en l'air. C'est fait exprès. Ludivine est comme ça. Xavier doit y aller, ils se sourient, elle lui donne rendez-vous pour le soir. Elles vont aller manger une pizza et puis se balader en ville, sur le port.

23 h 45, ils ont déjà bien bu, il ne reste plus que Ludivine, Xavier et la cousine qui, contre toute attente, a un fiancé. Ludivine embrasse Xavier à pleine bouche. Ils sont installés sur une plage tranquille, au Jonquet. Une plage naturiste difficile d'accès pour ceux qui ne connaissent pas. La cousine et le fiancé se sont éloignés, ils discutent, ils n'ont pas l'air d'accord. Ludivine et Xavier sont impatients, excités. Dans l'obscurité, Xavier ne pense plus à son complexe. Il sait que ce sera ce soir. Il va faire l'amour. Il a entre vingt et vingt-cinq ans. Ils s'embrassent, se lèchent et se mordent et puis se redressent, se déshabillent et vont se jeter à l'eau. La cousine revient et les interrompt. Elle veut rentrer. Xavier et Ludivine s'embrassent encore, de ces baisers langoureux où deux bouches s'épousent parfaitement. Ludivine caresse déjà Xavier, mais ce n'est pas encore faire l'amour. La cousine s'impatiente.

Ils roulent dans les draps d'un petit studio. Xavier tente de faire l'homme. Il prend le dessus, les devants, met Ludivine en dessous, il bande, pas de difficultés pour ça. Dehors, pleine lune dans la lucarne au-dessus du lit en mezzanine. Ludivine sort des préservatifs. On ne parle pas encore vraiment du sida. Elle lui en enfile un toute seule.

Elle ne veut pas d'enfant. Elle agrippe les fesses de Xavier à pleines mains et pousse son sexe dans le sien. Elle se renverse. Le plastique aide à retenir l'excitation. Xavier pense à sa mère. C'est inévitable. Il ne récite pas de prière. Il est un peu trop vieux désormais pour craindre les foudres divines. En cela, le Seigneur est plus clément qu'on l'imagine. Xavier ne peut pas rester vierge jusqu'au mariage. Le lit craque et bouge un peu. Xavier est débordé par Ludivine. Il ne lâche pas prise, n'avoue pas que c'est sa première fois. Il se retient comme il peut. Pense encore à sa mère, à sa grand-mère, au chanoine Ridolfi, tout est bon pour gagner du temps. Il ne veut pas jouir trop vite. Ludivine n'y pense pas. Elle le caresse et l'embrasse, s'accroche à lui. Elle jouit, il se relâche et jouit aussi.

Voilà une décennie qui commence bien. Au matin, Xavier fume à la fenêtre du petit appartement. Le soleil est déjà haut. Ludivine doit partir travailler. Elle demande à Xavier ce qu'il compte faire. Rien. Ça ne la dérange pas, chacun sa vie. Xavier n'est pas indifférent. Qu'est-ce que l'amour, de toute façon ? La porte claque, Xavier est seul. Il se tourne vers le salon. Il a trouvé un chouette endroit pour dormir moins cher. Il se rallume une cigarette et prend sa tasse de café, froid maintenant. Ça lui est égal. Il sourit. Il n'a absolument aucun projet. Il n'a absolument aucune inquiétude. Il pense vaguement à Agnès, vaguement aux pinces de sable qu'il ira vendre tout à l'heure, vaguement à son sexe qui retrouvera Ludivine plus tard.

Alcool

1987. Le chanoine Ridolfi est mort. Dans le train qui le ramène vers Paris, Xavier ne sait que penser. Il ressent de la tristesse et il est inquiet pour sa mère. Pour sa sœur aussi : elle est jeune et était très attachée à cet homme. Depuis quelques années et spécialement depuis que Xavier a quitté la maison, le chanoine Dominique Ridolfi avait pris une place importante dans la famille.

L'émotion est palpable. Les mouchoirs en tissu sont trempés de larmes. Dans sa chambre, accoudé à sa fenêtre, Xavier fume encore. Christine est émue, silencieuse. Il tente quelques blagues qui ne prennent pas. Son attitude nonchalante ne marche pas en toutes circonstances ! Xavier n'insiste pas. Christine vient d'avoir vingt ans. Il s'assoit près d'elle sur son lit. Ils se tiennent côte à côte en silence. Elle ne s'attendait pas à être à ce point touchée. Xavier essaye de comprendre. Au fond, n'était-elle pas plus proche de Dominique Ridolfi que de son propre père ? Xavier a raison, sans doute. Ça ne console pas sa sœur. Il se lève. Christine le suit des yeux. Il faut rejoindre les autres. Elle va rester encore un peu. Elle doit reprendre des forces. Xavier s'admire dans le grand miroir, redresse le col de sa chemise et passe une main dans ses cheveux.

Il traverse l'appartement. Dans le salon, il découvre Geneviève debout devant la cheminée. Elle se tient droite, non pas sans émotion, mais recueillie. Xavier s'approche, ça tangue, il y a comme un déséquilibre dans l'air. Dominique n'est plus là pour protéger, guider, aimer. Quelqu'un d'autre prendra la relève, mais pour le moment c'est le temps du deuil. Face au silence de sa mère, Xavier se dirige vers l'office. Margaret, une des fleurs du jardin de Dieu, membre de Philadelphie, s'y agite, passe d'un côté et de l'autre, elle prépare de quoi boire et manger un peu. En voyant Xavier entrer elle s'interrompt.

— C'est le vide, Xavier ! s'exclame-t-elle dans un souffle, sans même dire bonjour.

— S'il te plaît, Margaret, ne dramatise pas !

— Ne te moque pas, nous prions depuis trois jours…

— Je ne me moque pas, je compatis.

— Ne compatis pas non plus.

— Quoi alors ?

— Sois touché, sois triste, montre un peu tes émotions. Ne reste pas avec ton sourire. Elle a raison, ta sœur, quand elle dit que tu te protèges… Ça ne te fait rien qu'il soit mort ?

— Ce n'est pas ça, mais il est là où nous finirons tous. La mort, ce n'est rien…

— Oh, arrête ! Tu sais très bien ce que je veux dire, il n'est plus là et il va nous manquer. Pour le reste, personne ne doute de son bonheur, maintenant.

— Il va me manquer autant qu'à vous tous, mais je n'exprime pas mes sentiments de la même façon, voilà tout. Christine exagère, son chagrin est explicable. Elle est submergée par ses affects au lieu d'utiliser sa raison.

— Tu devrais faire un effort, ouvrir ton cœur, tu comptes pour nous…

Légère agitation au loin dans l'appartement. C'est Paule et d'autres fleurs qui arrivent, pas feutrés, portes retenues, murmures pour ne pas déranger. Tous se retrouvent autour de Geneviève. Ils connaissaient le chanoine. L'homme a accompagné chacun d'entre eux et tous ont des souvenirs. Il était la haute figure religieuse de leur petit monde.

— Il faut aller rejoindre les autres, lance Xavier.

— Oui, vas-y, j'arrive, je termine avec la collation. Prends soin de ta sœur. Elle a besoin de toi.

— Et maman ?

— Nous nous occupons d'elle et puis elle a cette force… Elle n'est jamais seule.

Xavier sort de la cuisine. Il longe le couloir. Sans même y penser, il évite certaines lattes du parquet, celles qui grincent et craquent et annoncent une entrée. Il passe dans le salon. Philadelphie est là. Groupe de prière, amis sincères, pas plus de dix, visages affectés, voix graves, quelques larmes, quelques mouvements de compassion. On vient tout de suite vers lui. Xavier est aimé, respecté. On s'assoit, on se souvient de Dominique. Il y a des sourires. Sa mémoire est encore bien vivante. Il veille. Personne n'en doute. Son âme heureuse voltige d'un mot à l'autre. Christine entre à son tour. Visage clair, sourire ému, pommettes hautes. On la salue. Les regards sont chaleureux. Un homme d'une quarantaine d'années, Paul, l'invite à s'asseoir. Beau visage, cheveux impeccables, elle disparaît totalement à côté de lui.

Sans que rien soit dit le silence se fait. Lentement une prière monte, chantée d'une seule voix.

Je crois en Dieu, le Père tout-puissant, Créateur du ciel et de la terre. Et en Jésus-Christ, son Fils unique, notre Seigneur, qui a été conçu du Saint-Esprit, est né de la Vierge Marie, a souffert sous Ponce Pilate, a été crucifié, est mort, a été enseveli, est descendu aux Enfers, le troisième jour est ressuscité des morts, est monté aux cieux, est assis à la droite de Dieu le Père tout-puissant, d'où il viendra juger les vivants et les morts. Je crois au Saint-Esprit, à la sainte Église catholique, à la communion des saints, à la rémission des péchés, à la résurrection de la chair, à la vie éternelle. Ainsi soit-il.

Dehors le soir envahit tout. Au compte-gouttes les amis se retirent. On se signe et on s'aime. Ces âmes sont liées entre elles. Soudées pour affronter le pire à venir. Il ne faut pas l'oublier. Dominique Ridolfi est un soldat de moins dans cette bataille pour la foi véritable. Quelques mots simples sont échangés. Avec les derniers convives Christine disparaît dans le ventre de l'appartement. Xavier est toujours assis dans un fauteuil du salon. Geneviève, en face de lui, ne dit rien. Ils sont seuls, maintenant. Le silence est dense, il est fait de présences indicibles, d'espoir et de peur, Dominique Ridolfi y habite désormais.

Je crois que Xavier voudrait prendre sa mère dans ses bras. Peut-être pour la réconforter, peut-être pour qu'il soit, lui, réconforté. Il est aimé, mais qu'est-ce que l'amour dans ce monde-là ? Il se lève et se dirige vers un petit meuble en marqueterie. Il prend deux verres en cristal et une bouteille d'eau-de-vie artisanale. Il verse le liquide transparent et tend un verre à sa mère. Ils se regardent. Xavier a dépassé les vingt-cinq ans. Geneviève descend le verre d'un trait, Xavier n'a pas vu venir le geste, il sourit et fait de même. L'alcool est fort, on peut le voir à la rougeur qui monte tout de suite aux joues. Xavier les ressert. Geneviève boit de nouveau cul sec, Xavier l'imite. Ils sourient. Geneviève pose son verre et soudainement prend la main de son fils, saisi par ce contact. Geneviève fixe Xavier dans les yeux. Lentement elle pose son autre main derrière la nuque de son fils. Elle attire sa tête contre la sienne. Front contre front. Elle retient sa respiration. Xavier ne bouge plus. Geneviève pleure.

Cilice

Dans ses souvenirs, ses remarques, ses mises au point, Xavier est ambivalent. Ces dix dernières années sont tout autant marquées par la fête, les filles, les arnaques et les voyages que par la religion, les révélations de sa mère, et cette attente d'un monde nouveau dans lequel il aura un rôle aux côtés du Seigneur. Dans une de ses notes, il confie se tourner à ce moment-là vers le traditionalisme catholique, celui-là même qui porte le combat contre Vatican II et la fausse Église conciliaire. Retour aux fondements de la religion, ciment de la nation, en cela que Jésus est appelé à gouverner les hommes.

Xavier retourne dans le Sud, cette fois-ci peut-être vers Draguignan. Impossible de reconstituer sur les réseaux, même en creusant profond parmi les algorithmes, une chronologie fiable de cette époque. J'arrache quelques pistes, malgré tout, erronées peut-être, cohérentes sûrement. Il travaille dans une petite entreprise de jardinerie, à moins qu'il ne tente de monter ses premières affaires, ou qu'il profite du soleil dans la maison de sa tante à Grimaud.

Il effectuait des séjours réguliers dans ce monastère, déclare une ancienne amie des sœurs de Xavier dans un quotidien national. *À l'époque, c'était quelqu'un de sombre et renfermé. La famille connaissait alors des tensions, qui semblaient liées à la personnalité très forte de la mère de Xavier.*

Ce témoin dont la fiabilité n'est pas démontrée parle du monastère Sainte-Madeleine du Barroux, dans le Vaucluse. Ce n'est pas un hasard. Cela confirme les propos de Xavier, son intérêt pour une religion traditionnelle. Cette abbaye bénédictine a été fondée en 1970. Quarante moines y vivent. Sans aucun lien avec la Conférence des religieux et religieuses de France qui représente l'autorité du Vatican dans l'Hexagone. Ils sont seuls. L'endroit est magnifique. Ils ont construit une chapelle romane et ont prêté allégeance à Mgr Lefebvre. À ses côtés, ils s'opposent à Rome, au concile de Vatican II, ils rejettent l'égalité des cultes, réclament un retour aux rites ancestraux, ils parlent en latin.

Xavier effectue plusieurs séjours là-bas. Il dort entre ces murs épais, propices à l'introspection. Il y apprend peut-être son futur rôle dans la hiérarchie religieuse. Il fait chaud, de hauts cyprès offrent un peu d'ombre. Xavier se trouve à son aise. Ce monde valide toutes les visions de sa mère. Ici, personne pour dire que les anges n'existent pas et que l'apocalypse n'a pas commencé. Ils décortiquent les textes et les révélations, qu'elles soient de Fatima, de Kerizinen ou même celles de Geneviève. Dialogues entre le Seigneur, Xavier, les moines et combien d'autres ? Que se disent-ils, qu'échangent-ils ? Là-bas, dans ce monastère où la religion est vécue comme elle l'était au Moyen Âge, une armée silencieuse cherche dans les signes des temps la présence de Dieu et de son ennemi, Satan.

— Dans l'Apocalypse, Jésus nous révèle des choses qui arriveront bientôt, affirme l'un des moines. Le but de ce texte n'est pas de dissimuler la vérité derrière un mystère sulfureux, comme tout le monde le croit, mais de révéler les événements qui vont nous conduire au retour du Christ !

— Le XXIe siècle est menacé par une guerre nucléaire ! Le Christ reviendra apporter la paix à l'humanité et lorsqu'il reviendra sur cette terre, il jugera et vaincra ses ennemis. C'est dit dans l'Apocalypse, écoutez : *La Bête, les rois de la terre et leurs armées étaient rassemblés pour faire la guerre à celui qui était assis sur le cheval, Jésus-Christ, et à son armée.*

— Nous devons nous préparer spirituellement à son retour ! Le monde que vous fréquentez en dehors de ces murs est plein de mensonges, de tromperies, de tentations. Nous le savons, le texte a prévu tous les événements qui nous frappent depuis le concile.

— Le tremblement de terre, dans le texte, n'est-ce pas la métaphore parfaite pour décrire le concile, et le soleil noir, n'est-ce pas le Pape possédé par la Bête ? La destruction puis l'édification d'un nouveau culte pervers, n'est-ce pas là l'œuvre de Jean-Paul II ? Ce n'est pas notre Église. Et l'attentat raté contre le Pape, c'est très exactement le scénario de l'Apocalypse écoutez : *Blessée à mort, la Bête se relève à l'étonnement de tous.* La Providence attire notre attention pour nous garder en son chemin.

Au monastère les journées de Xavier sont rythmées par un programme immuable. Temps de parole avec de nouvelles recrues, promenade dans la nature, aide aux tâches ménagères, au petit matin, à midi, le soir et la nuit, prière, chants, communion, le tout en latin, tournés vers le Seigneur, seul capable d'entendre. Ils sont dans le vrai, *la* vérité. Tous ont le sentiment d'être des élus, d'avoir compris la mystification de l'Église officielle. Il fallait du courage, pensent-ils.

Ils l'ont eu. La nuit tombe et avec elle le silence, ce bruit étrange qui accentue la solitude. Xavier retourne dans sa cellule. Celle réservée aux invités, aux habitués. Il ferme la porte et reste immobile, échos lointains, bruit sourd des pierres grises et des poutres épaisses. Xavier s'assied sur sa couche. Sur la table devant lui, une carafe, un verre d'eau et un cilice. Lentement il se déshabille en priant. Il est là pour ça. Il saisit l'instrument de torture et le déroule sur son dos. Le métal griffe sa peau. Il s'appuie contre le mur en pierre et prie. Il veut sentir la douleur, se punir dans sa chair pour nettoyer son âme. Sexe, alcool, insouciance, veau d'or et d'étain… il tombe à genoux et reste de longues heures sur la pierre froide de sa cellule. Il se fustige.

Xavier n'a probablement jamais fait ça. Je ne lui vois pas ce courage. Sa confiance en lui et une certaine mégalomanie l'en empêchent sans doute. Mais qui pourrait l'en blâmer ? C'est extrêmement douloureux, le cilice.

Norderney

Xavier est fou amoureux. C'est la première fois. Ni Catherine ni Agnès ne peuvent rivaliser pour le moment. Son prénom résonne à longueur de journée dans sa tête : CLAUDIA.

Les circonstances de leur rencontre importent peu. Certains disent qu'elle a eu lieu tôt dans les années quatre-vingt, d'autres la situent plus tard. On rapporte même qu'Agnès était là au moment de la rencontre, groupe d'amis partis en vacances. Ils étaient en Corse... Ils se sont rencontrés à Hambourg... Il y a une photo de lui à Berlin... Ils filent vers la Bretagne... Ils écument les bars de Paris pour danser... Ils vivent vite, fument, boivent, font de la route. Ils s'arrêtent où ils veulent, font ce qu'ils veulent. Toutes les voix numériques s'accordent là-dessus : Xavier et Claudia s'aiment, c'est une passion, les cœurs battent, brusquement, violemment, sans plus de raison. Ils s'étreignent. Il est français et catholique, elle est allemande et protestante, c'est Roméo et Juliette, la transgression ultime. Dans la décapotable de Xavier, Claudia laisse ses cheveux flotter au vent et allume une cigarette pour son amant qui cache sa passion derrière ses Ray Ban fumées.

Dans une chambre d'hôtel qui n'appartient à personne, no man's land religieux où ne résistent que leurs désirs, le complexe physique de Xavier vole en éclats. Il n'est plus ce petit garçon qu'il croyait être, son apparence, son manque de force, les formes indistinctes de ses bras, de son ventre, de ses hanches ne l'agacent plus. Claudia aime son corps dur et sec, maigre, où la virilité n'est pas une chose bête et évidente. Xavier découvre sa propre féminité, il grandit, il s'agrandit. Il n'est plus gêné. Claudia ne lui offre pas seulement son corps, elle lui fait prendre conscience du sien. Elle le caresse et le désire, elle le mange, l'avale. Elle le prend dans sa bouche, Xavier se laisse faire. Il n'y a plus de limite ni de morale, le mariage n'est plus une barrière infranchissable, le monastère traditionaliste de Sainte-Madeleine du Barroux n'est plus qu'un souvenir provençal, la Loi n'a plus aucune importance, ces deux corps ne supportent pas de rester à l'écart l'un de l'autre. Elle lui mord l'épaule et lui lèche les doigts, elle s'enroule autour de son ventre et s'accroche à ses jambes, elle tient ses mains contre son sexe, elle le fait entrer en elle, elle décide du moment où il doit arrêter. Sa jouissance à lui n'est pas une fin en soi. Il aime ça. C'est une résurrection. Il coule et revient à la surface de ces draps blancs, étendu sur le lit de cet hôtel de bord de mer.

Ils se sont perdus sur Norderney, une île tout en longueur au nord de l'Allemagne, chapelet de terre qui s'étend jusqu'aux Pays-Bas. Petite ville, infrastructure hôtelière surgie des années soixante-dix, beaucoup de nature, ici le vert n'est pas une couleur mais un filtre au travers duquel passe la lumière. Autour de ce morceau de terre plate la mer reste à distance, menaçant pourtant de tout recouvrir à chaque instant. Sur les plages découvertes après le passage de la marée, les corps sans vie de poissons abîmés gisent lamentablement en attendant leur dernier linceul. Claudia venait là enfant. Elle en avait gardé un souvenir puissant et rêvait de revoir les collines marines qu'on devine à peine sous l'étendue morne, glacée, gris sombre et bleu outremer qui encerclent l'île. Xavier est là pour exaucer ses veux. La voiture n'a fait que rouler jusqu'à ce qu'ils soient arrivés. C'est un secret entre vous et moi, de ce voyage personne ne saura rien.

Après une promenade pour se remplir de cet air aigu qu'on trouve ici, Xavier se jette sur le grand matelas, il se perd joyeusement dans les draps, il est nu, Claudia n'attend pas, ne joue pas, elle se déshabille elle aussi, elle veut se glisser près de lui, seule la chaleur de leurs corps les intéresse. Xavier grimpe sur elle, pose sa bouche sur la sienne, Claudia respire grâce à lui. Depuis combien de mois se sont-ils évadés maintenant ?

— Épouse-moi !

Il entre dans son sexe trempé. Elle ferme les yeux en agrippant sa nuque. Ses reins se tendent. Les rythmes ne sont pas réguliers. Elle est à la fois avec lui et en elle. Xavier a abandonné l'idée de comprendre et de raisonner, il s'abandonne, c'est la première fois, peut-être la dernière. Il est un être humain entre les bras de Claudia, fragile et plein d'espoir, inquiet et presque heureux. Il n'y a plus aucune stratégie. Il entre et sort. Il ne rivalise plus. Il découvre le corps sacré. Il ne pense plus. Il n'attend plus rien. Un frisson doré traverse son dos nu. Ce qui devrait lui inspirer du dégoût lui semble extraordinaire. Ils transpirent, se lavent, mangent, regardent la télévision allemande. Claudia traduit. Xavier apprend vite.

Que de beauté dans tes caresses, ô mariée, ma sœur ! Combien tes tendresses valent mieux que le vin, et la senteur de tes parfums que toutes les essences ! Tes lèvres distillent le miel, ô mariée ; il y a sous ta langue du sucre et du lait, et la senteur de tes vêtements est comme la senteur du Liban. Tu es un jardin clos, ô mariée, ma sœur, une fontaine interdite, une source scellée. Tes pousses sont un verger de grenadiers aux fruits exquis, avec du henné et du nard ; du nard et du safran, du roseau et du cinnamome. C'est une source des jardins, c'est un puits d'eau vive, ce sont des ruissellements du Liban. Éveille-toi, vent du nord ! Viens, vent du sud ! Souffle sur mon jardin, et que ruissellent ses essences qui transportent nos narines ! Que mon bien-aimé entre dans son jardin, et qu'il mange de ses fruits exquis !

Claudia laisse retomber son exemplaire du Cantique des cantiques. Livre de chevet tant aimé dont les mots glissent d'une bouche à l'autre. Elle regarde son amant. Ils s'embrassent. Xavier ne dit plus rien. Cette minute a le goût de l'éternité. Elle dure un jour avant que le ciel gris de Norderney retombe sur les âmes solitaires.

— Épouse-moi !

— Tu ne survivrais pas à un mariage avec une protestante.

— J'avais oublié.

— Quoi ?

— Que tu étais protestante.

— Tu crois que nous ferions l'amour comme ça, si j'étais catholique ?

— J'en sais rien. Convertis-toi !

Claudia ne répond pas tout de suite. Elle sourit, elle rit peut-être. Elle sait très bien qu'il ne plaisante pas.

— Convertis-toi, qu'est-ce que ça te coûte ? insiste Xavier.

— Ce que tu me demandes, je pourrais te le demander aussi.

— C'est impossible, tu le sais bien, tu le sais quand même que, vous, les protestants, vous ne pouvez pas aspirer au même destin que nous. Tu dois te convertir, même pour ça, tu le dois. Si ce n'est pas pour moi, fais-le pour toi, pour ton salut.

— Xavier, on a déjà eu cette conversation. Je t'ai dit oui. Je veux me marier avec toi. Je veux bien faire ma vie avec toi. Je ne veux pas devenir catholique. Tu n'es pas heureux, là ? Qu'est-ce que ça change, notre liturgie, le nom de nos prêtres...

— Là, nous n'avons pas d'avenir.

— Parce que tu en avais un, avant de me rencontrer ?

— Oui j'en ai un et si tu ne te convertis pas, je ne pourrai pas le partager avec toi.

— Jésus n'est pas bien tolérant s'il ne peut accueillir une pauvre protestante comme épouse de son plus proche ministre.

— C'est que... c'est impossible !

Xavier est frustré. Il se lève, nu. Il regarde dehors, le ciel disparaît derrière l'horizon et ses larmes tombent dans une mer indifférente. Claudia est déçue. Elle pensait que tout cet amour bousculerait les murs de la nouvelle Jérusalem. Elle comprend que Xavier ne bougera pas de là. Il exige qu'elle se convertisse et elle ne le veut pas. Leur histoire est impossible et s'épuise doucement de ne pouvoir se réinventer. Claudia a peur. Elle sent une prison en lui. Xavier déteste qu'elle dise ça. Il n'est prisonnier de rien. Il a le choix pour tout. Brusquement, Norderney n'apparaît plus que comme une île cernée par la mer.

— Le choix de m'épouser, tu ne l'as pas.

Claudia a dit ça dans un souffle. Xavier se laisse tomber sur le matelas. Elle a raison et il le sait. Il est pris d'une angoisse, il se laisse glisser sur la moquette grise, rase et piquante. On dirait un enfant. Son regard profond se perd dans l'absurdité de la situation. La télévision projette dans la chambre la lumière vive de ces années-là. N'auraient-ils brusquement plus rien à se dire ? Non, l'histoire n'est pas finie et elle ne le sera probablement jamais, mais la vie les sépare. Encore quelques jours ou quelques semaines, le temps que l'absence soit au moins supportable.

Les bagages sont fermés. Leurs odeurs sont encore mêlées et leurs peaux froissées. Le bruit du moteur fait la conversation pour eux. Le retour sur le continent est triste. Ils doivent prendre des routes différentes. Ils ne prononcent aucun mot définitif. De toute façon Xavier doit repasser par Versailles, voir sa mère, ses sœurs, prendre des nouvelles. Il ne peut pas rester plus longtemps. Il répète ses impossibilités comme des incantations. Il reviendra voir Claudia à Berlin. Claudia n'attend que ça. Elle va en profiter pour chercher un travail, et puis ils verront bien. Ils se mentent un peu, font comme si leur vie ensemble était possible. Dans la voiture, près de la gare de Hambourg, ils s'embrassent encore, ne cessent de s'embrasser et puis Claudia la protestante ouvre sa portière, Xavier le catholique se retourne, elle n'est plus là.

United States of America

Dans sa chambre versaillaise, Xavier respire doucement en regardant le plafond immaculé. Ses pensées sont binaires : USA ou Claudia. Peut-être dix fois par jour, il se lève, longe le couloir et prend le combiné du téléphone. Il hésite mais ne compose pas le numéro. Pourquoi appellerait-il ? Si elle avait brusquement décidé de se tremper dans un bénitier pour fêter sa conversion, elle serait déjà à sa porte, déjà la main dans son pantalon. Ce seront les USA.

Pour partir, il doit trouver de l'argent. Retour sur son lit, il ne bouge plus. Il y a bien encore quelques pièces d'or de la grand-mère, mais ça ne sera pas suffisant et puis il en a déjà pris plus qu'à son tour. Il reste les fleurs du jardin, membres de Philadelphie, qui sont un peu comme ses parrains et marraines. Il peut tout leur demander. Ils l'ont vu grandir, à la fois l'élu à protéger et leur filleul à éduquer. Xavier sonne. La porte s'ouvre. Margaret est très contente. Visage doux, joues légèrement piquées de rouge, vieille fille, très éduquée. Son mari décédé lui a laissé de quoi vivre, un petit patrimoine, et ils n'ont pas eu d'enfant, le Seigneur en a décidé ainsi. Difficile de savoir si Xavier fait la conversation de bon cœur ou s'il calcule. Je penche plutôt pour le calcul. Je crois qu'après Claudia il est mal en point. Une colère acide s'est insinuée en lui. Il ne le sait pas encore, mais il en veut à sa foi. Empêché d'aimer à cause de Jésus, de la croix, de la culpabilité et de l'Enfer qui l'attendent. C'est un bonheur qui lui échappe. Immense frustration que de voir s'éloigner, impuissant, la route tant désirée. Après une conversation banale, Margaret se lève pour aller dans sa chambre. Bruits secrets, l'argent liquide apparaît. Elle glisse la petite liasse dans une enveloppe.

Lorsque Xavier quitte le domicile de sa bienfaitrice, il fait presque nuit. Il sourit mais l'argent manque encore. Il retourne à sa voiture. Il réfléchit, il échafaude des plans. Il ouvre la portière et se laisse tomber sur son siège, silence dans l'habitacle. Cigarette, Zippo, lunettes de soleil malgré l'obscurité naissante, il veut partir aux USA, rien ne pourra empêcher ça. Il prie, se parle à lui-même, les réverbères s'illuminent. Il tourne la clef. Il sourit. La voiture glisse dans les rues de la ville. Le desperado a trouvé le mauvais coup à faire. Dieu protège ses arrières.

Xavier l'a écrit : dans les années quatre-vingt, il a mis en place quelques arnaques à l'assurance. Celle-ci en est une. Accompagné de son acolyte Gabriel, il se rend au poste de police et déclare sa voiture volée. L'assurance payée par Bernard-Hubert remboursera le véhicule. Mais bien sûr la voiture n'a pas disparu, elle se trouve chez un garagiste qui vient de l'acheter pour pièces. L'affaire est conclue. Xavier marche tranquillement vers Gabriel. Il n'a peur de rien. Ils ne disent pas un mot, Pat Garrett et Billy the Kid, leur voyage en Amérique est soigneusement rangé dans la poche intérieure de la veste de Xavier. Derrière eux le commissariat disparaît, aucune sirène pour les arrêter.

Soleil éclatant, à cette altitude la mer n'est plus qu'une vaste étendue sombre. En bas, ça peut tout aussi bien être la tempête, comment le saurait-il ? Xavier savoure. Sur sa droite le Groenland. Des articles, des déclarations, des bouts de textes évoquent ce voyage, aucune indication précise. Important, très important, les États-Unis, pour Xavier Dupont de Ligonnès. Il part sac sur le dos. Peut-être même a-t-il en tête de ne pas revenir de sitôt. Dans cet avion, il pense à son père. Il est libre enfin. Il laisse Claudia derrière lui. Sur le siège à sa gauche, Gabriel est endormi, des écouteurs sur les oreilles. Température au sol de 23°. Nous vous souhaitons un agréable séjour.

Xavier parle parfaitement anglais. Les deux amis ne se refusent rien. Location d'une vieille voiture, la route est à eux. Leur fuite n'est pas terminée. Mais qui est donc à leurs trousses ? À la vie à la mort. Route 66 ou bien une autre. Ce qu'il faut, c'est traverser. Villes immenses, reflets du soleil dans les vitres des buildings, bourgades oubliées de la campagne américaine, *diners*, baseball et rodéo, shopping pour l'essentiel, baskets pour Gabriel, santiags pour Xavier. Il est fou de ces endroits. Sa passion, loin de s'éteindre, le consume. Mort ou vif, c'est ici qu'il veut passer le reste de ses jours.

La nuit, dans le désert, il ne fait pas si chaud. Assis sur le capot d'une Cadillac bleu ciel, Xavier et Gabriel soufflent dans leurs mains et regrettent un peu d'avoir décidé de dormir sur ce parking. Demain ils iront jouer cent dollars à Las Vegas. S'ils gagnent, rien ne les arrêtera. Ils se sont acheté des hamburgers chez Freddy's. Un *take-away* conseillé par le pompiste du Texaco tout proche. Xavier parle à tout le monde. *Le young Frenchie* est charmant et roublard. Exactement ce qu'on aime par ici. La nuit tombe, elle est d'une grande beauté. Xavier ne peut s'empêcher de tout comparer avec la France. Les États-Unis gagnent à chaque coup. La pleine lune promise par un des gardiens du parc de Yosemite est au rendez-vous et on dirait un immense projecteur qui éclaire le paysage le plus dingue qu'il ait jamais pu voir.

— Après le cul de Claudia ! lâche Gabriel en terminant son sandwich, le dos collé au pare-brise.

— Ouais, à part ça, répond Xavier, encore rêveur.

— On doit tous en avoir des trucs qu'on regrettera toute notre vie, non ?

— J'imagine. Ce serait quoi, toi ?

— Je sais pas…

— C'est que ça t'est pas encore arrivé.

Xavier est un peu mélancolique. Gabriel le pousse de l'épaule. Ils échangent le litre de Coca-Cola compris dans le menu. De la buée sort de leurs bouches. Gabriel frappe sur le capot.

— Tu crois que ce vieux tas de ferraille va tenir jusqu'à La Nouvelle-Orléans ?

— On trouvera bien un moyen !

— Pas avec l'argent qu'il nous reste…

— Pourquoi, ça nous a déjà arrêtés ?

Dans cette relation directe avec l'étranger, Xavier perçoit mieux la distance entre l'univers de sa mère et le monde réel. Il devient difficile d'avoir un pied sur chacun de ces continents. Ici, c'est chez lui, il peut le sentir sur sa peau, dans ses tripes. Il ne parvient pas à chasser cette idée que bientôt il devra choisir. Il n'en parle pas à Gabriel. Il n'est pas sûr qu'il comprendrait. Il n'est pas sûr de comprendre lui-même. Comment remettre en cause cette voix que sa mère entend et dont tant d'adultes raisonnés, intelligents attendent avec ferveur les vérités sacrées, mystérieuses ? Xavier se perd dans le décompte des étoiles, il essaye de repérer la Grande Ourse. Il a toujours été nul à ce jeu. Quand il regardait les constellations avec Claudia il racontait n'importe quoi. Elle le savait bien mais ne disait rien.

— C'est ton premier en réalité…

— Quoi ? demande Xavier.

— Chagrin d'amour, c'est ton premier, non ? Parce qu'Agnès, c'est toi qui l'as jetée et puis Catherine, bon, c'était passager…

— Ouais, je sais pas, enfin peut-être… ça va, ça se surmonte.

Xavier coupe court et saute du capot. Petit nuage de poussière sous ses santiags déjà vieillies. Il tire deux sacs de couchage du coffre de la voiture. Les deux garçons installent leurs lits improvisés au fond de la Cadillac, bruits d'amortisseurs, gros pulls, et une bouteille de bourbon qu'ils descendent un peu chaque nuit. Le désir d'être américain, comme dans une pub pour des cigarettes. Xavier entre dans une nouvelle fiction. Il a foi en ce pays, il ne le voit pas réellement, il le fantasme. Sa force, c'est de transcender le réel pour se forger le rêve qui lui convient. Toute sa vie il sera tiraillé entre ces deux rives. Les pieds sur l'une tandis qu'au loin il aperçoit l'autre.

Xavier et Gabriel écoutent une chanson de country. Ils sont allongés. Voyage initiatique d'une jeunesse protégée, cachée, fervente. Les questions de Xavier sont maintenant balayées. Par la fenêtre, sur sa gauche, il aperçoit encore les étoiles. Immensité incommensurable, comment douter de la main de Dieu lorsqu'on se perd si loin ? Comment douter que son Royaume est ici ? Comment douter qu'une force nous possède et que nous devons nous y soumettre ? Xavier imagine sa mère, elle lui donne la force de continuer à croire en ce destin qui finit par peser un peu. L'Amérique est un rêve, sa mère la réalité. Xavier commence une prière inédite sur les dernières notes d'une guitare sèche sorties des haut-parleurs de la voiture. Ses santiags posées près de lui embaument l'habitacle d'une odeur de cuir agréable.

Merci de ce jour qui finit. Merci de cette nuit qui vient. Mon Dieu, qu'elle berce le sommeil des hommes endormis, qu'elle berce ceux que j'aime. Qu'elle me berce moi-même, jusqu'à demain. Dans ce jour qui finit, tout n'a pas été beau, ni bien fait, ni parfait. Réparez, si c'est possible, effacez, changez, et donnez-nous la force de faire mieux demain. Amen.

Les deux garçons ne disent plus rien. Xavier prend son chapeau, un véritable stetson, acheté le jour même. Il le pose sur son visage et ferme les yeux. Vu d'Amérique, il semblerait bien que le monde lui appartienne.

Que sa volonté soit faite

Xavier revient empli de projets et de désir. Il a presque trente ans. L'Amérique a eu un effet galvanisant sur l'homme qu'il est devenu. Il a aimé, il a voyagé. Il est temps maintenant qu'il s'invente une vie bien à lui. Il en a déjà eu plusieurs, mais selon ses propres mots, aucune dont il peut s'enorgueillir. Heureusement ila tenu bon, de loin en loin il a réussi à conserver ses certitudes en ce monde fantastique que lui raconte sa mère. Il doit maintenant définitivement revenir au Bien. Peut-être même devenir un exemple pour tous ceux qui veulent suivre le *message d'Amour et de Miséricorde* de Geneviève. Ces heures de voiture sur les routes américaines lui ont donné le recul nécessaire. Il a tout mis à plat. Encaissé son chagrin d'amour qu'il voit maintenant comme un combat réussi contre le Démon. Épouser une protestante, comment a-t-il pu l'envisager une seconde ? Toutes ces années, Xavier a sautillé d'un moment à l'autre, d'une vie à l'autre, d'une idée à l'autre, d'un plaisir à l'autre, sans jamais s'arrêter, tant pis pour Claudia. Il a été libre et pourtant il ne s'est pas émancipé, s'en remettant à la boussole maternelle, le cap pointé vers ce monde nouveau promis par le retour imminent de Jésus-Christ notre futur Roi, de tout ça on a déjà parlé.

« Mais ce n'est pas tout, affirment les commentateurs zélés du massacre à venir, Geneviève Dupont de Ligonnès croirait aussi à un complot maçonnique, politique global, gouvernement secret formé par des Illuminati ! » Ils se trompent. Geneviève n'appartient pas à notre dimension temporelle. Les hommes ne dirigent pas, ils ne sont que des armes envoyées par des forces supérieures. Ce ne sont pas les francsmaçons, ni même les juifs qui opèrent dans l'ombre, mais le Démon voilà ce que croit Geneviève. Le Démon au cœur du Vatican, le Démon à la tête des États, le Démon comme maître de l'horreur qui nous entoure. Le monde s'écroule, ne suffit-il pas de lire un journal pour s'en assurer ? Satan, le Tentateur, mis en échec par Jésus dans le désert, est en train de gagner la partie. En témoignent les événements de la décennie qui vient de s'achever.

Tchernobyl, explosion apocalyptique, nuages empoisonnés. Guerre Iran-Irak, celle qui a bercé mon enfance avec son lot d'horreurs et d'otages. Jean-Paul Kauffmann, 543ᵉ jour en détention. Plus d'un million de morts, des musulmans pour la plupart… Voilà des mécréants punis ? Est-ce cela que pense Geneviève ? À ses yeux, j'en suis sûr, ce ne sont pas de simples guerres de religion, mais le combat final entre le Bien et le Mal, Dieu et le Diable. Et l'Arménie ! Les entrailles grondent, tremblement de terre sans précédent. Cinquante mille morts et Charles Aznavour en larmes à la télévision pour chanter sa peine et récolter des fonds, compensation financière, manière de faire payer l'oubli du génocide de 1915 en rachetant des briques et du ciment pour reconstruire. Où est Dieu, où est le Diable ? Attentats, politiques, religieux, mégalomanes, un, deux, trois par an dans les années quatre-vingt. On ne se souvient pas. Carlos, la rue Copernic, la rue des Rosiers, la rue Marbeuf, la rue de Rennes, Action directe, la préfecture de Paris, un mort et des dizaines de blessés, trois morts, et des dizaines de blessés, cinq morts et des dizaines de blessés, etc.

Xavier retourne chez sa mère. Il ne recommence pas à zéro, mais il faut se rendre à l'évidence : ces horreurs énoncées et toutes celles oubliées n'ont pas suffi pour que Christ-Roi s'en revienne sur terre. Les forces démentielles auxquelles croient le groupe Philadelphie en général et Geneviève en particulier ne se sont pas encore dévoilées. Le nouveau règne de Jésus n'est pas advenu et le futur ministère de Xavier n'a pas débuté. Dans cet entre-deux-mondes, Xavier se cherche un but, une mission sur terre. Depuis l'appartement versaillais ou n'importe où ailleurs, il soulève un combiné de téléphone en bakélite. Il est tranquille, il fume une cigarette et laisse tomber les cendres dans un cendrier. Il est seul.

— Allô, Agnès ?

La jeune femme répond d'une voix douce et déjà souriante. Elle est à peine méfiante. Nous sommes en 1990, 1991, 1992... Xavier lui téléphone, ça n'était pas arrivé depuis longtemps. Elle ne fait aucune remarque. Elle va bien, lui aussi. Il paraît qu'elle a rencontré quelqu'un. C'est terminé maintenant. Xavier sourit. Ils discutent des États-Unis, Agnès se montre très intéressée. Xavier est intarissable. Il la fait rire. Il s'assoit par terre. Il ne remarque pas la lumière qui décline derrière la fenêtre du couloir. Son paquet de cigarettes est terminé et le soir est tombé. N'ont-ils pas gâché ces années ? Ce n'est pas perdu, dit Agnès. Ils sont plus âgés, plus sages aussi.

— On se parle depuis combien de temps ? J'ai l'oreille en feu, s'amuse-t-elle.

— On devrait raccrocher, tu crois ?

— Non, je ne sais pas, en parlant avec toi je me rends compte que... Je ne devrais pas dire ça...

— Quoi, tu en as trop dit ou pas assez, se défend Xavier.

— Peut-être que… je t'ai attendu tout ce temps en réalité, c'est un peu pitoyable, non ?

— Non, c'est flatteur bien qu'un peu désespéré, dit-il en riant.

— Ne te moque pas de mes sentiments.

— Je ne me moque pas.

— Que fait-on maintenant ?

Un moment de silence s'étire.

— J'arrive, lâche Xavier dans un souffle.

Les phares de sa voiture trouent la nuit, tunnel temporel, combien de temps durent ces retrouvailles ? Ils ne sont que deux à le savoir. Agnès est morte, reste Xavier qui parle au travers de ces lignes. C'est confus pour lui aussi. Comme l'étaient ses sentiments. Il ne peut pas nier un immense attachement à Agnès. Ils étaient faits l'un pour l'autre, sous le sceau du Christ et de Geneviève. Dans sa voiture le temps se rétracte, Xavier ressasse : aime-t-il Agnès parce que sa mère l'y a autorisé ? Il frotte sa barbe de trois jours, passe la quatrième et appuie sur l'accélérateur. Xavier murmure, son ange gardien le rassure : Agnès est catholique. Claudia, il faut l'oublier, c'est un pont rompu et en flammes. Agnès est une mission divine. Elle a fauté. Xavier le sait, elle a eu un enfant naturel d'une relation passagère avec un serveur, dit-on. Scandale à Versailles ! Comme si c'était encore la cour du roi. Ce côté frondeur a pu séduire Xavier. Il montre ainsi au monde qu'il est bien l'être miséricordieux et exceptionnel tant annoncé.

Tard dans la nuit, Xavier et Agnès font l'amour. Xavier jouit très fort et assez vite. Il tremble un peu. Agnès ne fait pas de commentaires. Elle lui caresse les cheveux. Il s'excuse. Elle ne dit rien et l'embrasse. Agnès est plus expérimentée qu'il ne l'imaginait. Elle promène ses doigts sur sa poitrine. Ils recommencent. Elle jouit, lui également. Tout va bien. Le silence est revenu et ils sont rompus. La nuit est presque blanche, l'aube point. Xavier prend une cigarette et brutalement des larmes lui montent aux yeux. Il se contient, se lève et va jusqu'à la fenêtre. Agnès se redresse.

— C'était comment, avec Claudia ?

— On n'est pas obligés de parler de ça.

— Je sais, je voulais savoir, dit Agnès, épuisée.

— Je préfère ne pas en parler.

— Je ne veux pas te déranger, t'obliger. J'ai un enfant, tu le sais, et il n'a pas de père. Ce n'est pas une situation idéale, je comprends.

Xavier ne se retourne pas, il fume. Sa propre mère a été mariée et puis Bernard-Hubert est parti, Geneviève est restée en Jésus. Ils feront pareil. Ils peuvent être ensemble. Ils étaient déjà ensemble. Xavier ne fait que corriger une faute, un retard. Face à la fenêtre il ne voit pas le visage d'Agnès se couvrir d'une immense expression de bonheur. Elle comprend. C'est donc vrai. Il est bien là pour ça. Pour la prendre et pour longtemps. Elle n'est plus seule. Quelque chose se dénoue au fond d'elle. Elle doit se tenir maintenant. Ils pourront vivre dans cette foi si forte et faire allégeance. Ça ne dérange pas Agnès, elle aime le Christ, croit en Marie et est prête à tout pour rester avec Xavier. Elle a beaucoup à se faire pardonner, auprès de lui et auprès du Seigneur.

— Et pour Arthur ? Il est si petit.

La phrase tourne dans la chambre. Étrange écho qui rebondit tout à la fois sur les souvenirs de Xavier et ses convictions. Cet enfant il le portera comme sa croix. Xavier se retourne. Ses larmes ont séché. Il regarde la jeune femme, très belle. Elle est sur le lit, la tête baissée comme un animal soumis. Ça lui plaît. Son corps lui plaît, sa religion aussi. Xavier pense plus vite que son ombre. Sans aucune hésitation, ou bien si petite qu'elle en est invisible, il s'approche d'Agnès. Son visage ne trahit aucune émotion, c'est maintenant celui d'un homme, d'un dur, d'un cowboy tombé sur une jeune fille au milieu du désert. Elle protège son nouveau-né du soleil et lui offre à boire les dernières gouttes de son sein. Xavier va faire son devoir et la prendre sur la croupe de son cheval. L'enfant ne pèse rien. Le cow-boy pose un genou à terre, regarde la jeune fille, sourit et prend son temps.

— Agnès, nous allons nous épouser et je vais adopter cet enfant.

La jeune femme sait qu'il ne plaisante pas. Elle ne dit rien, paraît fragile, elle pourrait s'effondrer. C'est le grand dessein qui prend forme. Le Seigneur n'a pas menti : ils seront ensemble coûte que coûte. Toutes les larmes versées sur sa solitude ont été entendues. Cet immense faux pas, être enceinte et sans mari, vient d'être corrigé. Les hommes ne possèdent pas leur destin, les dieux se jouent d'eux, la tragédie s'annonce. Ils sont ensemble et pour ma part je crois qu'il va la tuer. Comme l'enfant qu'elle a mis au monde et tous ceux qui bientôt arriveront. Le nœud céleste se noue. Il n'y aura plus de retour. Xavier se croyait rebelle d'avoir défait ses fiançailles, voilà que son inconscient vient de tisser à nouveau l'anneau de l'union. Sa mère les ayant bénis, il ne pouvait en être autrement.

Avec la plus grande délicatesse possible, Agnès prend le visage de son amant entre ses mains. Elle le regarde, elle voudrait l'envoûter, se rend-elle compte à ce moment-là que l'amour de Xavier n'est pas désintéressé, qu'elle est une mission, une partie d'un plan, un aveu d'impuissance en même temps qu'un geste mégalomane ? Xavier commence son chemin de maîtrise, il veut diriger sa vie. Agnès le scrute au plus profond des yeux, Xavier est déterminé, mais tout à coup un voile passe sur sa pupille, son iris se ferme et s'ouvre à nouveau, Agnès est troublée. Elle a entrevu, peut-être, furtivement la fin tragique qui l'attend. Qu'importe, elle veut un mari et un père pour son fils, quel qu'en soit le prix.

— Et le serveur ? demande Xavier sans émotion.

— Je ne veux pas de lui. Si tu l'acceptes, je te donne cet enfant.

— Et je le prends.

Les enfants de Dieu

Xavier a pris tout le monde de court. Le mariage est prononcé, Gabriel est témoin. Les deux amoureux voulaient aller vite. Arthur est là, il a quelques mois, il babille dans les bras de sa tante Christine, un peu gâteuse et heureuse du bonheur de ce couple, bien que réservée sur la rapidité des événements. Mais Xavier se montre plus responsable que jamais, posé et décidé il fonde un foyer, s'inscrit dans un avenir, s'installe dans une maison. Dieu réclame tout cela. Christine en est heureuse. Le Seigneur accueille Xavier et Agnès, mari et femme, sous les auspices les plus célestes. Ils s'aimeront et se soutiendront ce jour et jusqu'au jour de leur mort. Amen.

On ne peut qu'imaginer la manière dont les choses se sont déroulées. Geneviève regarde sa fille qui sourit et dépose un baiser sur le front de l'enfant dont le sang n'est pourtant pas celui d'un Dupont de Ligonnès. Les deux femmes regrettent sans doute que le chanoine Ridolfi ne soit pas là. Il veille sur eux. Son âme vibrionnante protège le destin de cette famille. Christine regarde la robe blanche de sa désormais belle-sœur. Elle écoute les paroles du prêtre qui officie. Elle s'interroge peut-être sur sa propre vie amoureuse. Mère imposante avec un mari démissionnaire et le Seigneur comme seul guide, quel homme pour l'étreindre aujourd'hui ?

Dans la famille Dupont de Ligonnès, je voudrais le père, sans doute absent le jour de ce mariage, mais qui sait ? Et Véronique, l'autre sœur, est-elle venue, déjà partie, encore là ? Je ne veux pas l'oublier. Je ne saurais dire pourquoi mais une franche sympathie s'empare de moi lorsque je pense à elle. Dans ce récit elle est un fantôme observant dans un coin, critique, éveillée, dotée d'une certaine sagesse. Elle ne juge pas, elle n'est pas en colère, elle n'en pense sans doute pas moins. À vrai dire, en lisant certains commentaires sur Internet, il m'a semblé que ce mariage avait pu se dérouler entre quatre invités, dans la précipitation. Mairie, église, et on n'en parle plus, sauf dans la presse vingt ans plus tard.

Passé ce mariage surprise, Xavier et Agnès emménagent à Draguignan. Cette information n'est pas cachée. Mais pour moi, le mystère perdure : pourquoi le Sud ? N'est-ce qu'une question de météo ? J'avais douze ans peut-être lorsque ma mère m'a annoncé que nous partions vivre à Toulon. Elle y avait trouvé une maison avec mon beau-père. Le déracinement valait le coup puisque nous pourrions nous baigner, puisqu'il ferait chaud toute l'année. Je ne disais rien, le Sud pourquoi pas ? Xavier recherchait-il ce genre de bien-être ? C'est là qu'il reviendra encore après la mort de sa famille. Là que nous le verrons pour la dernière fois au travers de l'œil d'une caméra de surveillance.

La Seyne-sur-Mer, monastère, Draguignan, Église traditionaliste,… je multiplie les termes sur les moteurs de recherche informatiques, je les associe, je mets des guillemets, je cherche cette raison qui a poussé Xavier à revenir sans cesse vers la Côte d'Azur. Dehors, il fait nuit, dans la rue de notre appartement une femme éclate de rire, personne ne se réveille. Je lis un article sur l'abbé Georges de Nantes, héritier d'une certaine pensée de la droite maurrassienne, partisan du retour à la monarchie de droit divin… D'autres pistes surgissent, le plus souvent elles me ramènent aux courants religieux traditionalistes : Ligue de la Contre-Réforme, Mgr Lefebvre… Sans doute à cause de l'association avec le nom du monastère que Xavier fréquentait. Seul mon écran illumine le salon et la Bible de Jérusalem. Ce soir un seul livre pour me protéger de tant de pensées qui hurlent les unes contre les autres. Un clic après l'autre, je regarde des photos, manifestation religieuse contre l'ordre républicain et laïque. Pas seulement à cause d'une certaine idée de la morale, aussi par peur de l'Enfer. Ça dérape : sur un nouveau lien numérique une vidéo montre un prêtre hurlant contre les homosexuels, ces « chiens » défiant la nature humaine, et la ministre, un « singe en jupe Chanel » ! Geneviève, je le crois, ne s'est pas complètement ralliée à ce genre d'idées, elle suit sa propre voie, celle de Jésus en elle.

C'est bien à Draguignan, et sans raison évidente, que les deux premiers enfants d'Agnès et Xavier vont naître : Thomas en 1992 puis Anne en 1994. Un garçon, une fille, le choix du roi. La famille s'agrandit. Xavier doit assurer, trouver de l'argent, un travail. Ce sera le moment de sa plus longue activité professionnelle, trois ans dans la même entreprise, précise un journal numérique. Ailleurs, mais impossible de me souvenir où, quelqu'un parle de BASF. *L'entreprise crée de la chimie, pour un avenir durable. Grâce à la science et à l'innovation, nous permettons à presque toutes les industries de répondre aux besoins actuels et futurs de la société.* C'est possible, il faut le croire. Ils ont bien réussi à inventer le Zyklon B. Pendant trois ans, Xavier se lève tôt et prend des habitudes. Allers-retours entre son bureau et sa maison. Au quotidien, il se comporte en père modèle. L'organisation est un peu vieille France. Il dirige, sa femme obéit. Agnès ne s'en plaint pas, elle le reconnaît, elle ne travaille pas, donc s'occuper des contingences familiales, c'est normal. Et puis Xavier est un homme bon, au fond, et il aide dès qu'il peut. Il se lève la nuit, soigne les bobos et participe à l'éducation de ses enfants, qu'il adore. On peut lire ça partout. Commentaires d'amis, de la famille, journalistes, tout le monde le dit : Xavier adorait ses enfants, ils étaient tout pour lui, ils étaient la prunelle de ses yeux… Le drame n'en est que plus incompréhensible et sensationnel. Un père tue ses enfants qu'il aime sincèrement ! Peut-être que dans une logique démente, et dans le cas où il est bien le coupable, passe-t-il précisément à l'acte *parce qu*'il aime ses enfants. Ainsi, en les tuant, il les soustrait à la violence du monde et les garde à l'intérieur de lui, à jamais. Xavier serait une sorte de Chronos dévorant sa progéniture, cherchant l'immortalité dans la négation de sa descendance. Pourquoi pas.

Dans le couple règne une légère tension ces derniers jours. Agnès désire son homme. C'est terrible. Elle l'aime, elle le veut comme si c'était la première fois. Besoin débordant d'amour et de ses preuves. Si elle pouvait, elle le ferait une fois par jour, indique-t-elle dans un message laissé sur un forum médical. Elle y écrit sous pseudo. Personne n'a démenti que c'était Agnès. Elle a besoin d'aide, de conseils. Est-ce normal d'avoir autant envie ? Cri du cœur, terrible solitude. Xavier et Agnès se connaissent depuis si longtemps, mais leur couple est encore jeune, moins de cinq ans. Le soir venu, lorsque Xavier se couche, entre timidité et désir, Agnès tente d'attirer son homme avec langueur, humour, tendresse. Elle veut sentir quelque chose, son corps, des odeurs, elle veut du plaisir.

— Ah non, pas ce soir, Agnès ! Pas encore…

— Oui, bon d'accord, mais tu n'es pas obligé d'être désagréable.

— Je ne suis pas désagréable…

— Mais tu n'as pas envie ? Tu ne m'aimes pas ?

— Ça n'a rien à voir.

— Quand même, si tu m'aimais, tu aurais envie…

— Mais pas du tout, seulement je n'ai pas les mêmes besoins que toi, voilà tout.

— Je ne suis pas anormale, non plus !

— Je ne dis pas ça, mais je préfère mettre les choses au point : on ne fera pas l'amour tous les jours de notre vie ! Je t'aime, mais il faut te faire une raison.

— Oui, oui, je comprends. Je suis désolée, mon amour, je ne voulais pas te forcer…

— Ça va, ne t'inquiète pas… C'est bien d'en parler et puis je ferai des efforts pour toi. Mais sans doute pas au niveau de ce que tu veux. C'est impossible. Ce n'est pas décent, non plus. Qu'on soit mariés ou non, il y a quand même une certaine forme d'abstinence que nous devons respecter.

— Non mais oui bien sûr, c'est ce que veut le Seigneur, je respecte ça et je t'aime aussi.

— Prions avant de nous endormir. Tu veux bien prier avec moi ?

— Évidemment, mon amour.

Désormais Agnès appartient à la famille Dupont de Ligonnès. Sans doute lui donne-t-on un nom de fleur. On l'initie : Satan, Dieu, Vatican II, les prophéties apocalyptiques, la révélation d'un nouveau monde, la place de Xavier dans ce futur, la sienne, celle de ses enfants. Agnès entre dans cet univers merveilleux. Elle adore. Elle s'y donne. La fiction opère sur elle. Peut-être parce qu'elle est une grande naïve, peut-être parce qu'elle a envie de croire à quelque chose, que ça l'amuse, qu'elle veut appartenir à cette famille puissante, compensant ainsi l'image de femme un peu limitée qu'elle a d'elle-même.

Petite, j'ai reçu les sacrements d'eucharistie, confirmation et profession de foi. Puis je n'ai pas tenu mes engagements… Pas de messe le dimanche, rien, écrit Agnès sur le forum médical. *J'ai rencontré mon mari qui malheureusement était embringué dans une histoire pas possible depuis tout petit, et je suis tombée dedans aussi ! Sa maman lui disait recevoir des messages de Dieu… Nous étions les rescapés d'un futur avertissement et châtiment terrible… Elle était très proche de l'Église traditionnelle mais refusait Vatican II. Nous avons été « élevés » avec l'idée que Jésus n'était plus dans les églises et que seul Satan y régnait en maître…*

En un éclair la lumière fut éteinte

Je viens de réaliser une chose étrange en lisant vos commentaires sur la FOI *: j'ai été catholique convaincu pendant 35 ans… sans jamais avoir eu la foi !!* écrit Xavier sur son forum de discussion catholique. *Je m'explique : je n'ai jamais douté un instant pendant 35 ans ! J'ai cru les prêtres et mes parents, et je n'ai jamais eu l'ombre d'un doute sur ce qu'ils m'enseignaient : pour moi, tout était clair et évident, sans que j'aie besoin de réfléchir ou de douter. Il y avait* LA VÉRITÉ, *avec ceux, bienheureux (nous autres catholiques), qui en étaient informés par leurs parents et par les prêtres (dont la parole, l'instruction et l'intelligence ne pouvaient être remises en cause). Et, à côté de cela, les pauvres personnes qui n'avaient pas cette chance et pour qui je priais afin qu'elles puissent un jour se rendre compte de leurs erreurs.*

Or, en vous lisant je me rends compte que la foi, ce n'est pas cela, ce n'est pas une certitude inébranlable, mais un « combat de chaque instant », un « don de Dieu », etc.

Je ne peux donc pas dire que j'ai perdu la foi… puisque je ne l'ai jamais eue :

J'ai juste perdu mes certitudes… J'avais ce qu'à l'époque j'appelais « la foi », non pas par simple obéissance, mais avec une adhésion totale (enfant de chœur, membre du MJCF (Mouvement de la jeunesse catholique de France), *rosaire quotidien, prières quotidiennes sous forme de « dialogues » avec le Christ et la Vierge et mon Ange gardien, etc.).*

Et, élément supplémentaire, je faisais partie d'un petit groupe de personnes regroupées autour d'une « messagère » recevant des « révélations privées » : donc, des textes venant directement de Dieu. D'où non seulement « la foi », mais des « certitudes » puisqu'il était hors de question d'imaginer que cette messagère puisse simuler ou être folle : c'était ma propre mère...

La nuit

1995. Il s'est passé quelque chose. Cette date revient en boucle. Chaque membre de la famille en parle, les journalistes aussi, plus rarement les amis. Un événement particulier, une mésentente ? Christine et Geneviève évoquent un bruissement. Pour Xavier c'est une déflagration qui le projette dans le désert, l'absence, et les larmes. Un voile se déchire, le rideau tombe et derrière il n'y a rien. Seul sur scène, Xavier n'a plus personne pour venir le sauver. Son ange gardien, Jésus et sa mère ont repris leurs places dans le grand livre d'images, balayés par le souffle de la vérité, pense-t-il. Il ne croit plus.

Que s'est-il passé pour que son monde opère cette révolution ? Comment et pourquoi Xavier a-t-il perdu la foi ? Du jour au lendemain, Dieu est questionné. C'est l'Inquisition retournée contre son maître. Envolés le jardin d'Éden et les tables de la Loi, la multiplication des pains et la résurrection, fini l'apocalypse et le prochain gouvernement mondial, Xavier n'en est plus. Il abandonne la grâce et le Saint-Esprit. Sa raison a vaincu, il est triste et orphelin. Son intelligence le pousse à tout détruire, il va chercher dans les recoins, la descente est vertigineuse, perte totale de repères, de morale et de sens donné à la vie. Je le crois : aux yeux de Xavier, ce n'est pas seulement Dieu qui n'existe plus, plus rien n'existe du tout.

— Je n'en veux à personne, c'est comme ça, au vu des derniers événements je suis venu pour vous le dire, je vais prendre mes distances avec la foi. Je ne crois plus, je ne crois plus qu'un ange veille sur moi, je ne crois plus que Jésus… que Jésus est le Jésus dont vous parlez et Dieu…

Geneviève et Christine ne disent rien. Elles ressentent, j'imagine, une immense peine. Elles se trouvent impuissantes. Les plans du Seigneur peuvent être étranges. Geneviève doit embrasser ce mystère, elle l'accepte et ne cherche pas à convaincre son enfant. La foi est incertaine, voilà sa nature. L'homme doit se jeter d'une falaise pour être sauvé. Elle sera patiente. Xavier souffre. Plus sombre qu'à l'accoutumée. Ses yeux sont un peu rentrés dans leurs orbites. Plusieurs fois, Xavier racontera à quel point ce moment fut pénible. Il comparera beaucoup cette désillusion à celle d'un enfant qui apprend que le Père Noël n'existe pas. Sauf qu'à ce moment-là, il a trente-cinq ans. Bien sûr il exonère sa mère. Elle ne lui a pas menti. C'est vrai. Elle croit absolument à sa vérité.

— Je ne vous en veux pas, surtout à toi, Christine, peut-être as-tu mal compris ce que maman disait, peut-être que ce n'est qu'un quiproquo, mais la conséquence, eh bien, elle est comme ça, terrible, je dois vous le dire. Je voudrais croire qu'il y a un espoir, mais non, pas pour le moment. Ton monde, maman, s'est effondré à mes yeux. Je ne crois plus à rien de ce à quoi vous croyez. Ça ne me fait pas mal de le dire. C'est ainsi.

— Prends ton temps, peut-être que tu pourrais parler avec le prêtre…

— Non, j'ai assez parlé et entendu parler. Je ne crois plus, il faut que tu respectes ça, Christine. Tu te sens coupable, peut-être, tu ne serais pas catholique sans cela, dit Xavier en souriant.

— Ce n'est pas le moment de plaisanter !

— Je n'ai pas l'impression d'entrer dans la nuit. Je ne crois pas à ça non plus. Ça n'est pas facile. Je ressens comme une tristesse d'enfant, très grande, mais je m'en remettrai. Agnès pense la même chose que moi. Mes conclusions nous concernent tous les deux. Vous avez peut-être dépassé les limites. J'ai pris conscience, maintenant, que ce que tu me dis, maman, depuis plus de trente ans, est une histoire qui n'existe pas.

Pour la première fois, Geneviève réagit. Elle sourit, un peu ironique. Elle prend le verre d'eau qui est posé devant elle et boit. Xavier est attentif à chacun de ses mouvements, aux bruissements de sa gorge lorsqu'elle déglutit. Peut-être savait-elle tout cela avant même que Xavier n'ouvre la bouche. Geneviève et Christine vivent encore et pourront me démentir. Cette conversation a eu lieu. J'écris une fiction sur celle du réel. Une fiction de plus au milieu de ces histoires vraies. Geneviève répond sans doute. Posément, elle parle sans se défendre, sans chercher à convaincre. Elle ne se sent pas dans l'erreur, encore moins dans le mensonge. Si Xavier doit prendre ce chemin, eh bien qu'il fasse sa route. Le Seigneur est avec eux. S'il veut que Xavier perde la foi, eh bien qu'il en soit ainsi. La parole du Christ emprunte de nombreuses voies. Mais qu'on le sache, dans cette maison, personne n'a raconté de mensonges, surtout pas elle.

— Je ne dis pas que j'ai compris quoi que ce soit, poursuit Xavier. Seulement, je n'y crois plus et je ne désire plus essayer de comprendre. À quoi bon ? Nous sommes là dans ce monde, voilà tout, il n'y a rien au-delà, tout ce que nous devons faire, nous devons le faire ici et maintenant.

Christine n'est pas d'accord, il va sans dire. Plus que sa mère, elle cherche à convaincre, à comprendre. Sans la foi, comment vivre ? Faire tout ce qu'on veut sans se soucier du Seigneur, alors c'est la misère et l'aveuglement. Xavier sourit. Il ne se révolte pas. Ce n'est pas une crise d'adolescence. Il n'a aucune colère. Une lave nouvelle coule dans ses veines, voilà tout. Il ne sait rien de ce nouveau chemin. Il est un enfant qui découvre le monde. Tout est à recommencer. Tout est possible. Peut-être même reviendra-t-il vers le Seigneur. Xavier se tait, maintenant qu'il a avoué, le voilà envahi d'une émotion imprévue, bouleversante. Perdre tout à la fois son Dieu, son frère, son ami, peut-on seulement l'imaginer ? Quel monde voit-il désormais ? Qu'y comprend-il ?

— Je suis inquiète que tu quittes la foi. Que vas-tu devenir ?

— Ne t'inquiète pas, sœurette, je sais très bien ce que je vais devenir et ce que je vais faire. Je peux vivre sans Jésus et sans Dieu, je peux vivre sans prier et sans attendre qu'un autre monde apparaisse brutalement. Je ne crois pas que ça va arriver. Je prends mes responsabilités.

Mais que s'est-il donc passé ? Est-ce le début du chaos définitif tant attendu par Geneviève ? Le grand réseau numérique cherche lui aussi une explication. Professionnels comme amateurs se sont jetés sur le mystère. Les journalistes sont les plus rapides, allégations, recoupements et témoignages leur suffisent à dégager un lien. Geneviève aurait annoncé la fin du monde et celle-ci ne serait pas arrivée ? Erreur fatale. Conséquence, Xavier ne croit plus en rien. On trouve d'autres hypothèses plus ou moins fantaisistes. Réunion mystérieuse des membres de Philadelphie avec des aristocrates bretons au château d'Illifaut. Avènement du Christ prévu par Geneviève ? Elle réfute énergiquement. Elle réfute toute responsabilité. Elle n'y était pas. Geneviève n'a fait aucune prédiction. À ce stade, tout est possible. Il y eut aussi la plainte d'un écrivain et éditeur, peut-être un temps membre de Philadelphie qu'il accuse après coup d'être une « secte dangereuse ». L'affaire ira assez loin. Un prêtre s'en mêle et signale le cas auprès du service psychiatrique de l'hôpital de Rennes. Là aussi Christine dément. Elles ont rencontré cet homme mais l'ont éconduit faute de vue commune. Cette délation serait donc à leurs yeux une vengeance.

En 1995, les textes (messages) ont pris une tournure bizarre, écrit Agnès sur son forum médical, *il était question que Satan et Dieu étaient un seul et même Dieu... On nous a annoncé des choses fausses comme le sida d'un de nos proches... bref ! On en est sortis !*

Ce serait donc ça : Geneviève aurait annoncé le sida d'un ami et se serait trompée ? Christine conteste ces attaques post mortem : qu'Agnès affirme de telles choses, rien de plus normal, les relations ne sont pas faciles entre belle-fille et belle-mère. C'est un classique de toutes les familles, pourquoi faire exception à son égard ?

Dans cet enchevêtrement d'informations, la vérité circule un peu partout sans qu'on puisse mettre la main dessus. Quelque chose a bien fait basculer Xavier. Cela devait être puissant, souterrain, indiscutable. Pour renverser sa mère, que fallait-il ? Quoi qu'il ait pu se passer c'est un chavirement intérieur. Xavier a dû croire si fort, si pleinement et être si profondément déçu qu'aucune discussion, aucun geste tendre, aucune menace n'a pu le faire revenir sur ses déclarations. Sa foi a été détruite et avec elle la divinité maternelle.

Il ne verra plus jamais sa mère comme avant. Elle n'est plus cette prêtresse merveilleuse, pythie chrétienne qui annonçait la gloire. Elle n'est plus qu'une femme qui racontait des histoires à son petit pour l'endormir. Xavier est un fils éconduit à qui l'on avait promis un royaume et qui s'est retrouvé roi nu, seul dans le désert. On lui disait : « Marche encore, derrière la colline il y aura la vie éternelle. » Mais la colline, il ne l'atteignait jamais. Désormais Jésus n'est plus qu'un personnage de livre pour enfants, un petit prophète de Nazareth dont les aventures faisaient rêver Xavier. Il tire un trait sur trente-cinq ans de vie au pied de la croix, le regard perdu dans les yeux du Christ, son frère. Ils devaient régner ensemble, ils n'ont plus rien à voir l'un avec l'autre.

Après ça, nous avons été voir le prêtre qui nous avait mariés en lui lançant un appel au secours, poursuit Agnès, *mais il nous a simplement répondu : « Dans ces cas-là, en général, on perd la Foi... » Ce qui a fini par arriver malgré mes efforts pour revenir à la vérité. Je suis restée à peu près 8 ans dans la nuit de la Foi, persuadée qu'on s'était complètement trompés et qu'aucun Dieu n'existait... Après tout, que rêver de mieux que de n'être plus rien après la mort et de vivre comme on le souhaite sur cette terre ?!*

Les voilà maintenant, Agnès et Xavier, main dans la main, qui avancent prudemment dans le noir, comme Bernadette Soubirous, sans petite voix pour les guider. Xavier baisse la tête et ne se préoccupe plus de rien. Ses émotions, son sentiment de colère et de tristesse, il n'en parlera pas, il ne les reconnaîtra jamais. Il est passé d'un état à un autre. Il s'est endormi, soumis à la puissance de Dieu, et se réveille seul au monde. Il ne croit plus qu'en lui-même. Après l'avoir adoré, il a mis Dieu à terre. Peut-être devient-il surhomme à la place du Christ, non pas sans croyance, mais au-delà de toute croyance.

Il se retourne, il n'a plus que sa famille, sa femme, ses enfants. Ils sont à lui entièrement, absolument.

Le veau d'or

Il fait nuit et chaud, je suis seul et j'écris. J'ai pris cette habitude : écrire tout le temps, par fragments. Il faudrait que je m'attaque à un genre d'autobiographie, un de ces jours. L'autofiction est une fiction comme une autre, après tout. Je crois au fond qu'on ment toujours. Ma mère mentait sans le savoir. Je mens pour me faciliter la vie. Ce n'est pas grave. La morale est une chose relative. Je m'arrête d'écrire et le rythme de mes pensées ralentit. La rue est étrangement calme. Une vague angoisse me traverse. Je cherche du regard la Bible qui traînait là tout à l'heure. Je me contorsionne et la découvre sur une chaise à deux mètres. J'aimerais croire qu'elle me protège encore, mais ce n'est pas le cas. Elle porte un mystère qui ne me concerne plus. Avec un peu de patience je peux persuader quiconque que ces mots sont une poésie pour les ignorants. La sonnerie du téléphone me surprend, elle troue le silence de ma chambre d'hôtel, je décroche, Agnès.

— Pourquoi tu ne m'appelles pas plus souvent avec ton téléphone portable ? dit-elle.

— Ça coûte beaucoup plus cher.

— Tu es où ?

— À Black Oak, tu chercheras avec les enfants sur une carte. C'est dans le désert. Il n'y a rien. Je suis dans un motel. *American way of life !*

— Et tout va bien ?

— Tout va bien.

— Tu nous manques.

— Tu ne manques de rien ?

— Non.

— Tu penses revenir quand ?

— Bientôt, je ne peux pas dire quand, mais ne t'inquiète pas. Je prospecte, je fais ça pour nous. Pour l'avenir.

— Je sais. Tu as vu le père d'Olivier ?

— Je l'ai eu au téléphone, il revient à Los Angeles dans quelques jours.

— Après tu rentreras ?

— Après, oui, j'en saurai assez et l'avenir sera à nous !

— Arrête de rire, tu nous manques.

Plancher sale d'un bar de Black Oak, néons, alcool et population hétérogène. Je termine mon troisième verre. Agnès ne comprend pas très bien ce que je fais. Les États-Unis sont exactement comme je les avais laissés. De la liberté partout, de l'énergie à la place du sang, la possibilité d'être quelqu'un. Peu importe d'où je viens, si j'ai *la* bonne idée, ils me feront une place. Et des idées j'en ai, évidemment. Je suis assez intelligent pour ça. J'ai déjà un peu trop bu. Agnès a quand même la vie qu'elle voulait. Depuis combien de temps je suis parti, maintenant ? 14 janvier. Deux mois. Je ne peux pas rester à la maison enfermé, c'est comme ça. Je partirai encore. Elle devra s'habituer, elle doit comprendre. Il me faut un autre rêve. Je ne peux tout de même pas vivre sans avenir.

Je reprends une bière. Au fond du bar un groupe de country joue sur une petite scène. Derrière moi les cow-boys du coin s'amusent. Putain qu'est-ce que j'ai foutu pendant trente-cinq ans ? J'étais pas mal, physiquement, quelle vie j'aurais eue si je n'avais pas aidé J.-C. à porter sa croix ? Tout ça pour quoi ? Me marier avec une fille qui a déjà un enfant et devoir oublier la femme que j'aime vraiment. Fais chier. Je ne devrais pas penser à Claudia. C'est l'alcool. On devrait pouvoir oublier définitivement. Je pourrais l'appeler, lui dire de venir, on changerait de noms et on abandonnerait tout. Non. Agnès, je l'aime. Elle m'a offert une vie, des responsabilités, un cap. Claudia est loin maintenant.

Qu'est-ce que ma mère a fait de moi ? Et mon père ? Dire que je ne leur en veux même pas.

À ma droite, un vieux *redneck* me sort de ma torpeur. Je bois le reste de ma bière d'un trait. Le plancher tangue légèrement. Je m'accroche. Chapeau sale et sans forme, barbe rase, chemise humide de sueur et jean, on dirait une pub pour la région. Il me demande d'où je viens. Je mens. Je convoie des voitures d'Ouest en Est pour les mettre sur des bateaux, direction l'Europe, je réponds avec mon meilleur accent. Il ne remarque rien. Je peux être américain, si je veux. Le rêve ! Disparaître complètement... Claudia, rejoins-moi ! Je ne pourrais jamais laisser mes enfants. Je raconte n'importe quoi et le *redneck* commence à s'en apercevoir. Ça n'a pas l'air de le déranger. Je lui tends la main.

— Xavier Dupont de Ligonnès.

Il fronce les sourcils, cette fois-ci il n'a rien compris. Je lui explique qui je suis. Aristocrate français en perdition dans son pays natal. Il me regarde avec de grands yeux. Je suis né ici, je mens encore. Il se souvient que les Français sont venus libérer les Américains de la colonisation anglaise. Il me tape dans le dos. Il n'aurait jamais imaginé, un *Frenchie* qui parle comme un *redneck*. Le plus beau compliment qu'on pouvait me faire ! Je n'aurais pas dû boire si vite et autant. Machinalement je fais tourner la clef de ma chambre entre mes doigts. Elle tombe par terre. Difficultés pour la ramasser. Le *redneck* porte un Colt à sa ceinture. Je le regarde et il me voit le regarder. Il sourit, sort le revolver et le pose sur le comptoir. Il m'invite à le toucher. Il veut me le vendre. Il me dit qu'il en a d'autres. J'hésite un peu à le lui acheter. Se balader avec ça, sans permis... Il me rassure, c'est dans la Constitution ! Je prends l'arme en main et j'aime ça. Elle est au bout de mon bras. L'homme me regarde, il pense que je vais faire affaire avec lui. Je repose l'arme et la pousse vers lui. Je n'ai pas l'argent pour ça. Pas de problème, il disait ça comme ça, si j'avais besoin de me protéger sur les routes. Il passe au whisky. Il commande deux verres. On trinque, cul sec. Deux autres. C'est trop, mais sinon quoi ? Je me serais encore payé un film porno dans ma chambre ?

— Vous venez chercher quoi ? lâche le *redneck*, incrédule.

— De l'or ! dis-je, amusé.

L'homme se met à rire. Il me tape sur l'épaule.

— C'est une réponse qu'on n'a plus entendue depuis 1897 ! C'est bien, l'ambition, vous pourriez devenir milliardaire, un jour !

— Je suis là pour ça, pour l'argent. J'ai rendez-vous à Los Angeles, je vais monter un business.

— On peut toujours faire ce qu'on veut, quand on veut. C'est toi qui écris ton destin, mais tout le monde a pas cette force. Tu l'as toi ?

Nos verres sont vides. Ils se remplissent encore. Je ne refuse plus. Je titube. Le *redneck* tient l'alcool. Il porte une grosse bague à la main gauche. Je lui demande ce que c'est. Il me raconte que dans une autre vie, il était joueur de baseball. Il a gagné le championnat. Maintenant, il possède un très grand ranch avec du bétail et tout.

C'était son rêve. Il élève les bêtes sans trucs industriels ou quoi... Je souris, je suis tellement heureux, ici.

La main posée contre le mur des toilettes je pisse. Il y a des gens qui entrent et sortent. Odeur aigre de l'urine imbibée de bière. Je me lave les mains. Je me regarde dans la glace. J'ai maigri. Je ne me reconnais pas vraiment. Il y a des expériences comme ça, il paraît. Des gens qui observent un étranger au travers d'une vitre avant de s'apercevoir que c'est leur propre reflet. Tout à coup une jalousie acide me perce le ventre. Je voudrais être joueur de baseball et propriétaire terrien millionnaire. Vague nausée. Péché capital. Envie de vomir. Je sors. Je dois prendre l'air. Mon ami n'est plus au bar. Je m'avance pour payer. Le serveur me fait signe que la note est réglée. *So long, mate !*

À tâtons, j'atteins le parking. J'ai froid. Je marche au grand air américain, direction le motel au bout de la route. On peut voir son nom accroché en haut d'un grand mas : *ALL IN*. La nuit est belle, étoiles dans le ciel et planètes au-delà ou le contraire. Je vais à Los Angeles et je rentre. La ville des Anges, une putain d'ironie. J'en ai assez vu. Notre vie est plus que possible ici. Nous pourrions y être heureux, avoir une maison sur cette terre où posséder donne le droit d'être. Je serais ici mieux qu'ailleurs. Le veau d'or est à portée de main. Je m'arrête. Je ris. J'attends. Rien n'arrive. Pas d'éclairs, pas de ciel qui s'ouvre. Je ne suis pas foudroyé. J'emmerde tous ces personnages du Grand Livre qui ont dicté ma vie jusque-là. Je vénère désormais l'ambition et l'argent, l'or, les pierres précieuses, la fortune. Je ne vais pas abandonner l'idée de diriger le monde sous prétexte que Jésus ne viendra pas. Je lui montrerai que je peux. Ma mère a raison, je vais prendre le pouvoir, mais il n'y aura personne à côté de moi. Près d'un buisson sec, je m'effondre et je vomis, je me tiens comme je peux, je me vide, des litres d'alcool pour faire fleurir ce désert.

Toutes les portes du petit motel se ressemblent. Impossible de me souvenir où je dors. Je suis trop saoul. Une femme en peignoir bleu ciel traverse la cour. Je la regarde longtemps. Elle est agacée, ça se voit. Quelqu'un a dû appeler. Je ne bouge plus. Je me tiens à une rambarde en bois. Elle fait une de ces têtes. Elle s'approche. Elle est fatiguée. Elle me le dit en anglais : 345, le numéro de la chambre ! Je ne bouge pas. Elle se glisse entre mon bras et mon corps et me porte. Elle a l'habitude. Je dois sentir mauvais. Dans un mouvement déjà répété des centaines de fois, elle me cale contre le mur tout en glissant la clef dans la serrure. À l'intérieur, elle me jette sur le lit.

— Et tu restes tranquille !

Roi du monde

La grande question désormais, la seule, c'est l'argent. Aucun retour en religion prévu. Xavier s'interroge à propos de l'Église, de l'existence de Dieu et de l'apocalypse, ça le taraude peut-être, mais rien à faire, son ange gardien et la sainte Trinité gisent avec ses rêves d'enfant. Si ce n'est pas la religion et l'immortalité promise, alors ce sera le capitalisme. Il ne serait pas le premier. Il change de Dieu, il sera pareillement fanatique. Avec ses quatre enfants et sa femme, il croit encore au rêve américain, la piscine, l'argent, les grosses voitures. Il est ambitieux, entrepreneur. Le Paradis, il l'offrira sur terre à sa famille. Il veut être un homme. Il n'abandonnera jamais ses enfants. Pas comme son père. Il est décidé, honnête, travailleur, il aura de la force, rien ne l'arrêtera.

Les Dupont de Ligonnès s'installent à Pornic, à une cinquantaine de kilomètres de Nantes. Maison avec piscine, disent certains bruissements numériques faciles à trouver. Les loyers y seraient moins chers, affirment journalistes et commentateurs. Trois adresses en réalité, auraient-ils déménagé aussi souvent ? Difficile de le savoir avec certitude. J'entre sur le réseau. En quelques clics, je me promène au-dessus des éventuelles maisons de Xavier, dans les rues mêmes où il semble avoir vécu. Je peux voir les voisins, l'état du jardin. Je ne bouge pas de mon bureau. Le monde entier a son propre miroir dans mon ordinateur. Pornic donc, lointain reflet de Miami, Agnès rêvait d'Atlantique. Elle en avait marre du Sud. Xavier serait bien resté à La Seyne-sur-Mer, à Grimaud ou à Draguignan. Peut-être pour une Ludivine qui rôdait par là. Est-il au chômage lorsqu'ils partent ? Quitte-t-il son travail pour déménager ?

À Pornic, dans le garage de la maison, plusieurs voitures américaines attendent qu'on les sorte. Xavier les aime et les entretient. Il n'a plus de travail. Il n'en cherche pas. Il ne veut plus être à la merci de quelqu'un. Ce n'est pas ainsi que la fortune lui sourira. Il monte une entreprise : la Route des commerciaux, annuaire numérique d'établissements hôteliers pour VRP créé en 1999. Son objet est de *permettre à ses adhérents d'optimiser l'organisation de leurs tournées commerciales, en centralisant les informations nécessaires à l'exécution de celles-ci*. Plusieurs agents rejoignent Xavier. Son ami Paul est directeur commercial. Au début des années deux mille c'est la bulle informatique. Des fortunes se font. La Silicon Valley explose, les geeks sont enfin multimillionnaires, pourquoi pas Xavier ? Il ressasse pendant des heures. Il accumule des idées et des chiffres. Chaque fois, l'issue est imparable. Chaque fois, c'est une réussite. Chaque fois, il devient riche.

« Pour vendre deux cents abonnements par mois, je dois contacter le double d'hôtels, peut-être le triple, se dit-il. Un sur trois qui signe serait déjà bien. Soit six cents hôtels à contacter sur environ vingt jours. Je dois donc visiter ou entrer en contact avec trente hôtels par jour. Je fais tout par téléphone, sauf les visites au moment de la signature. Le contact humain est important. Même si à chaque fois ça fait perdre du temps. Avec les restaurants, ça peut fonctionner pareil. OK, disons que dans les grands jours je contacte soixante hôtels par jour et dans les petits jours trente. Ça fait quarante-cinq hôtels en moyenne. Si j'en décroche la moitié, non, disons un tiers, ça fait quinze abonnements par jour, sur vingt jours dans le mois, ça fait trois cents abonnements chaque mois. Donc si je dis que je décroche deux cents hôtels je suis plutôt dans une fourchette basse. Mais deux cents hôtels par mois ça veut dire quatre mille quatre cents euros le premier mois et ensuite quatre mille quatre cents euros de plus chaque mois. Au bout du dixième mois on est à quarante-quatre mille euros qui tombent régulièrement. Même en enlevant les charges et salaires, les frais de téléphone et de déplacement, il me reste énormément... Merde, c'est une mine d'or mon truc... Plus ce que chaque vendeur me verse comme pourcentage sur sa zone... »

Durant deux années, le calme, ou à peu près. Xavier n'est pas lassé. Il avait donc raison d'abandonner ses anciennes idoles. Il se contente de sa femme, de ses enfants. Ils grandissent sur la plage, à la lumière des couchers de soleil. D'un autre côté, Christine, Geneviève et Xavier ne forment plus cette communauté religieuse résistant aux vents de la modernité. Non, ils sont devenus une famille banale. Xavier respecte tout le monde et tout le monde l'aime, ses collègues et ses amis, comme le garagiste qui s'occupe de ses voitures américaines. Même passion pour les véhicules qui consomment beaucoup. Xavier est entouré, aimé, un ami fidèle capable de parcourir cinq cents kilomètres en une nuit pour être présent à l'enterrement du père de Gabriel. Sa confiance en lui séduit, il est avenant, chaleureux, chef d'entreprise, à l'écoute.

Il avait créé un site : la Route des commerciaux, raconte un de ses anciens employés. *Nous étions plusieurs à travailler pour lui. Il avait mis les moyens à notre disposition. On avait tous une voiture de fonction, un téléphone. L'idée de Xavier était de démarcher des hôtels d'une certaine qualité afin de les faire adhérer, moyennant finances, au site qui aiguillait alors les commerciaux vers l'un de ces hôtels de meilleure qualité que les hôtels qu'ils fréquentaient habituellement. Cette prospection marchait bien, mais quelque temps plus tard, Xavier est parti aux États-Unis avec l'argent rapporté par les adhésions des hôtels, et j'ai donc cessé de travailler pour lui. Pour autant, il n'y a pas eu de contentieux entre nous lié à la situation.*

On ne sait pas exactement quand c'est arrivé. Quelqu'un dans la famille d'Agnès vient de mourir et laisse un héritage. De l'argent frais pour donner du corps aux rêves de Xavier. Le mirage d'un pont entre deux continents. Son souffle s'accélère, il n'est pas encore millionnaire, mais à ce moment-là sa vision est claire. Quatre-vingt mille euros, à une époque où on les convertit encore en francs pour se rendre compte, ce sont 524 765,60 francs. Xavier réalise qu'il y a une opportunité. Au diable la stabilité ! La machine à histoires se remet en marche. Pas question d'épargner. Il faut investir pour grandir, s'il veut avoir une chance de vivre de ses rentes sur une plage à Miami. Pornic s'éloigne, se métamorphose, s'agrandit, s'étend, se déploie, change de langue, de nationalité, c'est immense, kilomètres de ville au bord d'une mer chaude, Pontiac, Cadillac, Ford, c'est Miami, enfin. Les enfants sont encore petits. Benoît ne se souviendra peut-être même pas qu'il est français. Xavier peut toucher du doigt sa carte verte.

— Le plan est simple, mon amour… On prend les quatre-vingt mille euros que tu viens de recevoir en héritage, plus ce que j'ai réussi à faire comme bénéfice avec la Route des commerciaux, et on s'organise pour partir en Amérique.

Xavier prend une feuille, il trace des lignes, indique des mois, une année, de l'argent, abscisse et ordonnée de leur avenir. La maison de Pornic résonne de son enthousiasme. Il est intarissable. Agnès, sur le canapé, les jambes repliées, boit une tisane. Elle regarde son homme. Épaules redressées, visage rayonnant, Xavier a tout noté. Il montre ses calculs et ses prévisions. Elle écoute, consulte les chiffres. Mais quoi qu'il arrive, elle s'en remet à lui, entièrement. Tout à coup, son attention dévie. Xavier s'arrête. Le petit Benoît vient de se réveiller. Sa tête endormie apparaît à la porte du salon. Agnès se lève et le prend dans ses bras. Le corps de l'enfant s'imbrique parfaitement dans celui de sa mère. Benoît lève les yeux sur son père. Xavier ressent une de ces pulsions d'amour irrépressibles. Ils s'embrassent, douceur de sa peau. Agnès s'éloigne pour recoucher son petit garçon. Xavier se sert un verre de whisky.

Il regarde par la fenêtre du jardin. Il croit en lui, en ses capacités de démiurge. Il peut tout faire. Dans le reflet de la baie vitrée, il observe le reflet d'Agnès revenant vers lui.

— Qu'est-ce que tu en penses ? Tu peux étudier mes calculs, tu n'es pas obligée de décider tout de suite.

— Oui, oui, si évidemment c'est ton rêve.

— Pourquoi, ça ne t'excite pas, toi ?

— Du moment que je suis avec toi.

— Alors on part à la rentrée, on se fait un *roadtrip* dément, en famille, juste nous. On termine à Miami et j'installe la Route des commerciaux là-bas. Avec l'argent de l'héritage, je peux payer les frais et lancer réellement l'activité à grande échelle. Je pense même faire un peu d'export de voitures américaines avec Hervé.

— Miami !

— Maison avec piscine comme ici, mais tout en plus grand, plus d'espace, les enfants apprendront l'anglais. La famille viendra nous voir.

— Ça me va, tout me va !

Agnès le regarde avec de grands yeux enamourés. Elle a un doute, je crois. L'enthousiasme de son mari l'effraie. Donner son héritage aussi. Que lui restera-t-il ensuite ? Xavier est de ces personnes qui devancent tout. Peut-être parce qu'il a trop attendu, trop prié, trop vécu dans l'espoir d'un monde nouveau. Il est son propre Dieu maintenant. Père et mère ont créé ça : un homme en creux. Grâce à des opérations financières que je ne connais pas, l'argent atterrit sur le compte de Xavier, ou celui de l'entreprise. Ce qu'il en fera ensuite échappera à Agnès.

Les routes du Paradis

San Francisco, Los Angeles, Las Vegas, Denver, Dallas, Nashville, Atlanta. Il est de retour chez lui. United States of America. Xavier, Agnès, Arthur, Thomas, Anne et Benoît réunis pendant neuf mois dans un *motorhome*. C'est avant 2004. Les routes sont dégagées. Xavier emmène les siens sur ses terres. Sa peau s'irise, un frisson de joie le traverse, tout est fluide. Des mois à ne rien faire. C'est le plan parfait, pense-t-il. La Route des commerciaux lui a permis cette liberté. Il peut croire à son succès. Le réel n'a aucune importance. Tout n'est que bonheur. Agnès resplendit. Sa tribu vit au rythme des parkings dans le désert et des *steakhouses* monstrueux. Ils dorment où ils veulent, s'organisent comme ils veulent. Xavier connaît ici ou là des gens qui les reçoivent et leur font découvrir ce que c'est d'être américain, cette joie d'être parfaitement libre, enfin. Cette Amérique de carte postale n'existe pas, mais Xavier la crée kilomètre après kilomètre.

Hier ils se sont arrêtés dans la petite ville d'Amarillo. Motel avec piscine en forme d'État du Texas. Soirée au Big Texan Steak Ranch, un restaurant qui sert une pièce de bœuf de deux kilos ! Gratuit si vous la mangez en entier en une heure, garniture comprise : légumes, pain, sauce, et même la boisson… Le serveur n'arrête pas d'apporter de la nourriture. Dernier détail, il faut assumer de se retrouver au centre du restaurant, seul attablé sous une lumière crue. Star d'un soir, obèse pour la vie. Xavier s'amuse de voir ses enfants découvrir ce monde qu'il aime. Ils sont entrés dans son film. D'acteur, il devient réalisateur. Le décor qu'il a choisi est celui d'un western. Steve McQueen sur son cheval dirigeant la caravane de diligences. Il protège le rêve américain contre les sauvages. Yeux plissés, cigarettes, jean, feu dans le désert entre quatre pierres, protéines à gogo, Ketchup, Coca et jus d'orange Monsanto pressé en Californie. Là où le regard porte, ça leur appartient. Toute la famille a confiance en cet homme. Et si quelqu'un meurt ce ne sera pas de sa faute. Parc d'attractions, rires en cascade, drapeau américain. Xavier sait où se trouve le danger et il protège les siens. *Forever*.

Agnès est belle, fine encore, les cheveux poivre et sel. Elle admire son mari et s'ils ne font pas l'amour, c'est que les enfants sont tout le temps avec eux. Elle se pique de trouver chaleureuses des paroisses où on chante du gospel. Peu importe que les fidèles soient noirs et pas tout à fait de son courant religieux. Depuis un moment maintenant, elle a retrouvé le chemin de la foi. Son désespoir reste son mari qui erre toujours sans aide spirituelle. Il ne croit en rien. Tolérance et gentillesse sont désormais les pierres angulaires de la vie d'Agnès. À chaque messe elle frappe dans ses mains en souriant et entonne les chansons à pleins poumons. Anne adore ça. Ses yeux ne sont pas assez grands pour se souvenir de tout. Xavier accompagne sa femme sur les bancs des églises peintes en blanc. Ça ne lui fait pas peur. C'est typique. Les Américains y croient. Il est tolérant. Ni Dieu ni Démon. Il n'aime plus cette histoire. Il préfère la sienne. Elle est dure. C'est le réel. C'est le business. Il est adulte.

Nuit dans le *motorhome*. Les enfants sont serrés les uns contre les autres dans le coin-salon. Les parents dorment dans la minuscule cabine juste au-dessus. On entend les respirations, chaque mouvement. Immense sentiment de sécurité. Amour débordant entre les membres de cette famille. Souvent, la nuit, Xavier sort sur les parkings, les bords de route, les champs d'OGM, endroit calme, paysages américains sublimes, déserts et dangereux. Xavier profite de l'obscurité pour fumer une dernière cigarette. Il remonte le cours du temps. Sa foi qui l'a quitté, qui n'a jamais été là, puisqu'il n'a jamais douté. Il a les larmes aux yeux. Il aime sa mère, sa sœur. Le cercle qu'ils formaient lui manque. L'insécurité permanente dans laquelle sa solitude le plonge n'est pas chose facile. Il s'en sort bien, pense-t-il. Il travaille, ils ont des projets, leur vie va changer. Ils ne sont pas près de dormir sous les ponts. Xavier essaye de calmer la course de ses pensées. Il tire sa dernière bouffée. Au loin les phares d'une voiture éclairent les parois abruptes d'un canyon. Dans le salon du *motorhome* tout le monde s'endort avec le murmure des commentaires sportifs. Les souffles ralentissent. Sur une large banquette Anne se blottit contre ses frères, et dans une minuscule cabine privée Agnès a fermé les yeux tout de suite après avoir fini sa prière. Xavier la rejoint et l'enlace tendrement. Il tend le bras pour éteindre la télévision. Personne ne râle. Silence dans le *motorhome*. Demain ils joueront aux cow-boys.

La famille parcourt la Route 66, danse sur de la country à Nashville où Xavier fait résonner ses bottes sur le parquet. Les enfants ont un peu honte, mais ils aiment voir leurs parents heureux. À ce moment-là, Arthur a environ treize ans, Thomas dix, Anne huit et Benoît cinq. Xavier fait goûter du whisky à son aîné. Le fils adoptif, avec les questions que ça entraîne. Agnès n'est pas d'accord : c'est de l'alcool !

Xavier n'écoute pas, son « grand » doit devenir un cow-boy et un cow-boy est forcément alcoolique, éclat de rire. La famille est solaire.

Au bout du voyage, il y a la Floride. Orlando, Disneyland, Miami, une terre promise.

En arrivant sur la promenade la plus célèbre de la ville, à 16 heures, entre les culturistes et les skateurs, Xavier annonce officiellement à sa tribu que son rêve va se concrétiser. Ils s'installeront ici, rien ne les retient. Arthur pense quand même à ses potes. Agnès le rassure : ils viendront à Miami ! Xavier a acheté, la veille, un nom de domaine Internet. Il monte, ici même, une nouvelle entreprise :

Netsurf Concept LLC, créée le 20 février 2003. Une société aujourd'hui inactive, dont l'agent agréé était un certain Gérard Corona.

Information trouvée quelque part sur un registre de commerce numérisé. Gérard est français, on le croit. Certains disent que Netsurf est faite pour gérer la Route des commerciaux depuis les États-Unis. D'autres pensent que la société fera de l'import-export de voitures américaines. Ou bien c'est une société fourre-tout. Plus tard, Xavier pensera même à l'utiliser pour mettre en place sa nouvelle lubie : acheter des terrains dans le désert du Colorado et y aménager des aires de repos pour les *motorhomes* en transit. Il est persuadé que cette idée est le nouveau filon du tourisme américain. Il ne passera jamais à l'acte.

Devant une glace énorme, sur un banc face à l'océan, Xavier détaille l'organisation à venir. Pour le moment tout le monde retourne en France. Ils reviendront à la rentrée prochaine. Quand tout sera prêt, que le rideau pourra se lever. Xavier va rester quelques semaines supplémentaires pour mettre tout en ordre ici. Trouver une maison, des écoles, s'assurer que les affaires roulent. Des images plein la tête, un avenir à l'étranger, le monde dans le creux de la main, Agnès, Arthur, Anne, Thomas et Benoît prennent leur avion. Ils reviendront bientôt, aucun d'eux n'en doute. Adieux à l'aéroport de Miami, décollage, air conditionné. Xavier reprend sa voiture et retourne vers le décor de ses rêves.

Que se passe-t-il alors ? Prises de contact, déjeuners d'affaires, la fortune vient en mangeant… Achète-t-il des voitures américaines ? Combien ? Les met-il sur un paquebot direction la France ? Business d'import-export, disparition partielle de l'héritage d'Agnès. Son rêve d'Amérique lui brûle les doigts et consume l'argent. Il n'a plus assez. Il joue, Xavier est un autre. Il écrit son histoire, la part du Bien, la part du Mal… Il y croit encore. Il peut devenir américain et changer d'identité. Les voies du Seigneur sont impénétrables.

Plus dure sera la chute

De retour d'Amérique, et après un point sur la situation, Xavier change de plan ou bien l'adapte. Dans le salon de Pornic il annonce : la grande transhumance américaine est repoussée. Presque rien, à peine un an. Toute la famille écoute, Xavier explique, il doit d'abord mettre son activité en marche ici. Il se rassure, ils partiront dès que la Route des commerciaux aura atteint son rythme de croisière. Personne ne commente, tout le monde va se coucher. Allongés dans leur lit, Xavier et Agnès terminent la conversation. Agnès n'a pas peur, il reste encore une partie de son héritage. N'est-ce pas ? Xavier gère. Alors, c'est égal, assure-t-elle, en souriant, de toute façon elle aime Pornic. Elle caresse le torse de son homme. Xavier ne relève pas. Il n'écoute pas. Il pense à son *business plan*, il pense à Gérard Corona. Agnès le caresse encore et l'embrasse. Il ne veut pas vraiment faire l'amour. Son travail le préoccupe. Comment pourrait-il lui dire que son héritage a presque disparu en voitures américaines, en rêve d'argent facile ou on ne sait quoi encore…

Xavier n'a pas le choix, il se lance à corps perdu dans la Route des commerciaux. Il passe des heures, des jours, des semaines dans son garage transformé en bureau. Agnès attend. C'est pour eux qu'il fait tout ça. C'est pour lui bien sûr. Son temps est mis au service de ce rêve qui lui échappe. Que deviendrait-il s'il devait cesser de croire une seconde fois ? Le chaos est en germe. Coûte que coûte il doit trouver de l'argent. La décision est prise : le reste de l'héritage sera investi, la Route des commerciaux va marcher, ses calculs sont infaillibles, il mise tout, comme à Las Vegas. La roulette tourne, la bille saute et s'immobilise brusquement. Les premiers chiffres tombent. Ce n'est pas bon. Il faut payer les caisses, les charges. C'est dur. Xavier ne s'énerve pas. Il se raconte l'histoire de celui qui va réussir malgré les épreuves. Les mois passent. L'eau monte. Noé devrait réunir les animaux mais il ne fait rien. Xavier va chercher l'argent là où il est. Il prend peut-être un deuxième travail : client mystère dans les hôtels et les restaurants pour une entreprise basée à Versailles. Il devient plus sombre encore. Il fume. Il s'absente. L'argent ne rentre pas. Il ne se paye pas le minimum. Son bureau devient une grotte. Ça ne se passe pas comme il aurait voulu. Il garde le secret. Agnès ne comprend pas, elle doit faire attention à tout, au bruit, aux enfants, à l'argent dépensé. L'installation aux États-Unis devient un sujet de dispute. Xavier est en colère contre lui-même. Comment payer les écoles, la maison, le voyage ? La colline s'éloigne, il ne parvient pas à l'atteindre, il ne montera pas sur son sommet, il n'aura pas la vie éternelle.

L'héritage a définitivement disparu. Le minimum n'est pas réuni. Xavier doit arrêter l'hémorragie. Agnès ne sait toujours rien, elle s'inquiète. Elle est seule. Elle perd son mari. Son rêve à elle aussi est en train de s'évanouir. Cet homme qu'elle aime follement ne lui parle plus. L'URSSAF réclamerait beaucoup d'argent. Quarante mille euros. Xavier se plante. Il se noie. Le bateau à moitié vide s'éloigne sans lui. Noé n'a plus la force de nager. Si seulement Dieu existait.

Xavier emprunte à des amis, à la famille peut-être. Il prend des décisions. Il pourrait en pleurer. Il en pleure. Il écoute Dolly Parton à n'en plus finir. À coups de chiffres catastrophiques, il enterre lentement son rêve américain. En réalité, les problèmes sont encore plus graves. L'ordre dans lequel les choses se déroulent m'échappe à nouveau. Le temps est capricieux. Xavier aussi s'embrouille dans les chiffres, les dates, les échéances. Les jours s'envolent. Il perd pied.

Agnès frappe à la porte du garage. Elle veut savoir ce qui se passe. Elle veut savoir où est son héritage, ce qu'il en a fait. Pourquoi il ne la touche plus ? Il doit trop d'argent. Il ne reste plus rien. C'était un risque, ils l'ont pris ensemble. Des disputes éclatent encore, la vie devient dure, ils s'y cognent sans répit. On ne sait pas ce qu'entendent les enfants. Cela arrive dans toutes les familles, pas seulement dans celles qui se font massacrer. Agnès referme la porte et part en pleurant. Elle n'est bonne qu'à ça, pense Xavier. Il s'en veut tout de suite après. Ça n'est pas son genre de s'emporter ainsi. C'est un homme bon, droit, digne. Il ne s'est pas trompé. Il n'a pas fait d'erreur. On peut compter sur lui. La conjoncture n'est pas bonne, c'est tout. Notre pays charge trop les patrons. Sûr qu'aux États-Unis tout ça aurait été différent. Il tiendra. Contre vents et marées, il n'a pas besoin de croire, il sait. Pour les charges, contre l'hémorragie, il a une solution. Pour continuer de rembourser, il vend ses dernières voitures américaines.

Seule la lumière de son écran est encore allumée dans cette maison qu'ils vont bientôt quitter pour une autre, à Nantes, boulevard Schuman. Quartier bien fréquenté, grande bâtisse avec jardin et terrasse. Les enfants iront à l'école privée, certainement y vont-ils déjà. Xavier sauve la Route des commerciaux. Sans doute grâce à de nouveaux impayés ou de nouvelles arnaques. Sur une musique de Johnny Cash, il range dans une grande boîte les papiers, les dossiers, les plans de la maison. À South Miami, quelqu'un vient d'emménager et ce n'est pas lui. Ce rêve-là est bien mort. Il s'achète un break d'occasion pour écumer les routes de France. Ça lui arrache le cœur. La nuit est profonde. Il n'y a plus rien à faire et Johnny Cash murmure :

Tu peux courir pendant longtemps, tôt ou tard Dieu te punira. Va le dire à ce menteur, à ce cavalier de minuit, dis-le au vagabond, au joueur, au médisant. Tôt ou tard, Dieu les punira. Voilà, ma gracieuse bonté, écoute et entends, ma tête est humide de la rosée de la nuit, je suis à genoux et je prie l'homme de Galilée. Il me parle avec une voix si douce que je crois entendre les pas d'un ange. Il m'appelle et mon cœur s'arrête, il dit : « John, va exécuter ma volonté ! »

Autopsie (2004)

Il a monté sa boîte, il y a quatre ans, avec MON argent, se confie Agnès. *Et ça traîne, ça traîne… ça coince ! C'est un énorme stress pour moi, car je n'ai plus rien ! J'ai un cafard noir. Il n'a pas agi comme il aurait dû et il ne s'est pas bougé à temps pour ne pas risquer de perdre tout mon argent. Je ne veux plus de ses explications à la noix. C'est terrible à dire, mais parfois je pourrais presque penser que c'est un bon à rien.*

Agnès me touche. Je tremble un peu à l'idée de retranscrire ses mots ici. C'est une des premières choses que j'ai trouvées au moment de composer ce portrait numérique : ses échanges avec des inconnus sur un forum médical. J'ai hésité longtemps. Mais ce sont ses mots à elle sur sa relation aux autres, son amour, ses difficultés. Peut-être aussi voulait-elle que tout le monde sache quelque chose. Après tout, elle se confiait à n'importe qui. Ses échanges étaient consultables. Ils le sont peut-être toujours, quelque part dans ce pays infini et virtuel, Internet. Je me décide. On entend encore son appel au secours.

bjr ! j'ai déjà mis de nombreux msg sur ce forum mais je change de pseudo de peur que mon mari me reconnaisse ici… !! Bon alors voilà : j'ai des soucis ds mon couple car j'ai un mari qui est très « vieux jeu » dans sa façon d'être dans la famille : le père est le chef, il donne un ordre, on l'exécute sans avoir à questionner ni à comprendre, point ! Dans sa relation avec moi, il joue son rôle de chef de famille, de mari qui doit ramener « sa croûte »… mais n'est ni tendre, ni câlin, ni attentif… bref ! Ajoutez à ça de gros soucis de fric et vous imaginerez aisément le tableau et l'ambiance…

J'ai très peur en fait… J'ai très peur que le couple IDÉAL qu'on formait jusqu'à présent ne soit qu'une idéalisation justement… j'ai peur qu'on s'éloigne trop l'un de l'autre ! Est-ce normal pour vous de ne pas avoir d'amis communs ??? J'en souffre terriblement mais il ne comprend VRAIMENT pas pourquoi. Aidez-moi. Merci.

J'ai un mal à la tête épouvantable… il rentre ce soir ! Soit je vais m'en prendre plein la tronche du style : « Tu ne m'épaules pas, tu te plains de conneries quand moi je me tue au boulot, etc. Tu n'es pas non plus comme j'aimerais que tu sois, etc., etc. » Soit comme si de rien n'était, soit encore : « Mais tout va bien, ne t'en fais pas, tu ne vois pas ton bonheur !!!!!! »

Je l'ai eu au tél et on a parlé de mon fils aîné… il reste encore et encore sur ses positions… Bref ! il m'a dit : « Tu m'as envoyé des mails ME fusillant »… Alors que ce n'est pas le but du jeu !!!!! Comment dire à un homme : « Je ne suis pas heureuse » sans qu'il réagisse de façon égoïste !!!!!!!!!!!!!!!!!??????????? Bref ! Sa réponse : « De toute façon, ce qui est très chiant avec toi c'est qu'il faut régulièrement tout te répéter, tu oublies tout et il faut recommencer les mêmes explications »… Ce qu'il ne comprend pas c'est que je ne veux plus de ses explications à la noix… toujours machistes : « Je t'aime mais j'ai mon job, il faut que je gagne ma croûte, je ne suis pas du genre à offrir des roses, je m'occupe des enfants quand tu es trop fatiguée (vrai !), je te laisse dormir le we (vrai aussi…) » mais il n'a tjrs pas compris que ce n'est pas ce que je veux sauf si vraiment fatiguée épuisée !! Je préfère qu'il me réveille tendrement et qu'on démarre la journée agréablement…

Aucune discussion pour l'instant… mais un bon moment au coucher hier… mmmmmmmmmm

Comment faire avancer les choses ? Je ne veux pas risquer de tromper mon homme… et c'est ce qui pourrait finir par arriver si on ne change pas la donne ! Trois fois en un an j'ai eu une attirance (réciproque) pour des hommes et ns avons eu une sorte de relation virtuelle… Ça risque de devenir plus dangereux et plus grave si rien ne change et ce n'est pas ce que je veux !!

Hier soir câlin mais il a été surpris par sa rapidité d'« exécution »…

Lui demander s'il est heureux ? Je crois que ce soit maintenant ou il y a dix ans… la réponse est sans doute la même… « oui oui, mais si on pouvait tous mourir demain quel pied »… encourageant hein ? Et il dit que ça n'a rien à voir avec l'amour ou le bonheur… !! Je suis dsl mais moi si je l'm même si ça merdouille je n'ai pas du tout envie qu'on meure tous demain !!! Trop facile et trop triste : plus ensemble sur cette terre !!!! : – (Il ne souhaite pas mourir mais dit que si ça devait arriver eh bien ce ne serait pas une catastrophe… si on mourait tous (toute la famille), mais je crois qu'il mourrait lui tout seul aussi !)

J'aimerais tellement qu'on voie des amis ENSEMBLE ! Il n'en éprouve pas le besoin, les gens l'emmerdent, il est mieux à la maison tranquille ou avec SES amis (pas du tout de mon style !) de son côté de temps en temps !!

On a encore parlé de la fréquence de l'acte d'amour... pour lui, faire ça en moyenne une fois par semaine est normal... pas pour moi !! Je me dis qu'une moyenne de deux (voire trois !) ne serait pas trop demander... Qu'en pensez-vous ?

Minuit et demi... il n'est toujours pas rentré !!! je c – il fo ke je reste zen... je v me coucher !!!!

J'aimerais pouvoir m'habiller plus féminine plus sexy mais... ;;; c moche ! si ! si ! vraiment ! c pas bo ! D'abord me regarder ds la glace et apprécier... ; c impossible !!!! D'abord le surpoids ensuite l'âge... : Ouch : oups ! non c pas joli joli ! Mais comment faire pour avoir ce fichu déclic bon sang ! C vrai que j'ai trop de frustrations et de manques mais... je ne veux pas attendre de ne plus les ressentir pour pouvoir me sentir belle !!

Mon homme m'a proposé de caser les enfants lundi soir et d'aller passer une soirée à Nantes avec hôtel ensuite (pour le boulot ce sera gratos !). Je vais essayer de caser les kids.

Bon l'ambiance n'est pas top, tendue : boulot, fric sans arrêt !! pff. Ras le bol ! Et mon dos qui n'est pas bcp mieux !! Je vois l'ostéo demain aprèm. Mes p'tites affaires de bonne femme ne sont tjrs pas réellement là... ça va être pile demain tu vas voir !! Bref ! Je ne sens pas la soirée super cool comme je pouvais la sentir il y a qq jours...

Lui est tendu et stressé et ne pense qu'au boulot et au fric ! Normal !!! Moi aussi me diras-tu !! Bref ! Donc voilà où on en est !

J'ai passé une super bonne soirée… Oui je me suis vraiment sentie très proche de lui et ça ns a rapprochés tous les deux… on avait l'impression d'être comme on pouvait l'être il y a 15 ou 20 ans !!!!! On n'a pas parlé boulot ni trop enfants… c t vraiment bien… une soirée en amoureux ! J'avais pris les bougies et c t génial !!!!!!!!!! À refaire ! ; –) Pas la musique car pas pratique, l'huile était prête ms n'a pas servi… une prochaine fois… Demain soir peut-être.

Vrmt c t super et puis je lui ai bien dit ce que je ressentais et aujourd'hui encore par texto. Il m'a répondu que ça lui avait fait du bien à lui aussi ! J'aimerais tellement recommencer !!

Je crois kon va arriver à faire une sorte de deal pour le boulot. Je lui ai dit que ce serait bien d'organiser des « règles » pour ça à la maison… pas de telle heure à telle heure… etc. On va y arriver ! D'autre part, je songe à trouver un job à mi-temps mais je ne sais pas trop koi ni comment. À suivre !!

Je fais des gommages, des soins nutritifs pour les cheveux… des masques parfois… Là j'en ai besoin !!!!!!!! 42 ans, mon dieu !! Je me sens toute pendouillante !!!!!!!!!!! lol

Il m'a envoyé un mail très court hier me disant : « Je pense bcp à toi mais pas une mn à moi, on parlera ce we, je t'aime »… C'est encourageant et rassurant ?

Tous les hommes aiment-ils qu'on leur caresse l'anus voire plus… ? J'ai l'impression que mon homme, bof. Pourtant, nous sommes plutôt à l'aise de ce côté-là ! On se connaît depuis 1979 !!!!!!!!!! Mais j'adore-

rais kil soit plus « hard »… comment faire ?! Y a-t-il bcp d'hommes qui n'ont pas bcp de besoin ou d'envie de faire l'amour et qui se contentent de masturbation quasi quotidienne ? Entre mon mari et moi ça a tjrs été comme ça : il n'a jamais été très porté sur la chose et peut tout à fait s'en passer pendant 8 jours… Personnellement j'aurais aimé et aimerais que ce soit tous les jours… Je ne suis ni anormale ni nympho, si ? Est-ce lui qui aurait un souci ? Comment y remédier ? Rien n'y fait ! Tout le monde va penser que je ne lui plais pas suffisamment et que je ne l'attire pas mais il a toujours été comme ça, dès le début ! On n'épouse pas une femme qui ne vous excite pas quand même !!?? Moi je veux que ça marche et que ça tienne ! Par contre, je ne veux plus que ça continue comme ça et que ce soit moi qui me restreigne : pas bon ! Frustration !

Bon, c'est bien on a eu un moment agréable ensemble… Il a pris plus son pied que moi : moi je me suis appliquée espérant que ça donnerait qqc d'assez chaud mais de mon côté : presk zéro !!

L'amour à trois

2005-2006. Au départ ça n'a été que virtuel. Elle nous l'a dit sur le forum. Elle se montrait plus ou moins dénudée à la caméra de l'ordinateur. Elle jouait. Elle rougissait. Elle aimait ça. Avant il y a eu de la séduction, des hésitations. Tout n'est pas seulement trivial. Il ya eu l'émotion de la découverte et celle de l'interdit. Agnès croit. Sa foi la sauve. Elle ne voit pas de contradiction entre son Église et son corps. Au besoin, elle prie et demande pardon pour ses actes irrépressibles. Chaque dimanche, elle se confesse. Et voilà, devant son écran elle recommence. Lentement son soutien-gorge glisse par terre. Beauté de ses formes, de leurs rondeurs. Lumière verte de la caméra en état de fonctionnement. De l'autre côté n'importe qui s'excite. Ils se racontent des histoires, se demandent l'inavouable et s'en amusent. Ça n'existe pas. Pas plus que les masturbations quotidiennes de Xavier.

Plus tard, frustrée, abandonnée par son mari, elle franchit le pas. La solitude est trop forte. Le désir trop violent. Elle accepte de traverser l'écran. Elle veut le corps d'un autre sur le sien. Assise sur son lit, elle regarde par la fenêtre. C'est la nuit. Elle est en contact depuis des mois avec Paul. Elle partage sa solitude et son attirance.

Agnès ne veut plus être fidèle et obéissante. Elle souffre trop. Elle veut exister à nouveau. Elle ne peut plus se mentir à elle-même. Elle a besoin de sentir son corps, c'est ainsi qu'elle existe. L'amour, les sentiments, la famille, elle partage ça avec Xavier. Aux autres, elle se donne. C'est physique. De ça, elle est sûre. Elle dissocie. Elle est prête, maintenant.

Paul est le préféré d'Agnès. C'est un très bon ami de Xavier. La durée et la fréquence de leur liaison, on ne les connaît pas. Il n'y aura pas que Paul d'ailleurs, mais peu importe qui. Des hommes désirent Agnès, c'est cela qui est important. Ils veulent sa peau. Ils la mangent. C'est voluptueux, fort, un peu sale, elle se découvre libre, sans tabou. Agnès cherche à exister, à sentir qu'un autre être humain veut d'elle. Plaisir brut, dur, c'est ce qu'elle aime et que ne lui offre pas Xavier. Paul se donne à fond. Elle prend son plaisir autant de fois que possible. Il la comble. Scénario classique. Xavier travaille toute la semaine loin de la maison, passe d'un hôtel et d'un restaurant à l'autre. Pendant ce temps, Paul se faufile. Il entre au 55, boulevard Schuman, à Nantes. Agnès l'attend, directement sur la table de la cuisine. Ça la fait rire. Paul ne fait pas de remarque. Ils ne sont pas là pour ça. Il ne vit pas avec elle. Il ne fait pas les courses. Ne bricole pas. Ne contrôle pas les devoirs. Paul bande, partout où ils se retrouvent, n'importe quand.

— Tu me trouves belle ? Désirable ?

— Après ce qu'on vient de faire, c'est plutôt curieux comme question, se moque-t-il.

— J'ai des doutes. J'ai peur. Xavier ne me regarde pas.

— Tu ne dois pas avoir peur. Xavier, il fait ce qu'il peut. On n'a pas la même relation. Il se démène, vraiment. Il vous aime.

— Tu as raison.

Tromper Xavier leur pose un problème. Mais Agnès est trop seule, délaissée, triste. Paul se rhabille, l'embrasse, lui caresse la nuque et s'en va. Brusquement rendue à sa solitude, Agnès a le cœur qui bat. Elle sent encore des remous intérieurs. Parfois, pense-t-elle, elle voudrait que ça ne s'arrête jamais. Que quelqu'un la remplisse pour la vie. Que son plaisir l'emmène si loin qu'elle ne revienne plus. Elle n'est pas elle quand elle est touchée, caressée, désirée. Elle préfère cette Agnès-là, amazone et libre. Seulement après elle culpabilise. Il peut même lui arriver de pleurer. Elle range du linge. Fait les lits. Prépare à manger. Elle se rassure. Ça sauve son couple, pense-t-elle. Elle aime Xavier. Elle a Paul. C'est pour la bonne cause.

Bien sûr, Xavier découvre l'infidélité d'Agnès. Rebondissement de milieu de scénario. Son meilleur ami, et d'autres aussi, ont profité de sa femme. C'était pour le plaisir ! dit-elle. Il fait son sac et s'en va, peut-être. Certains le disent, lui-même le suggère, je crois avoir lu ça quelque part. Il part pour le Sud quelques mois. Elle supplie. Il revient. Parfois, c'est le contraire, c'est elle qui part et lui qui va la chercher. Bon, finalement elle lui dit tout, elle explique. Il revient. Ils ne voulaient pas vraiment se séparer. Sa femme l'a trompé. Il l'aime. Passé la blessure d'amour-propre, la plus terrible, celle qui troue sans jamais se réparer, Xavier ne veut pas tout casser, il ne supporte pas d'être la victime de l'histoire. Il est humilié. Il réfléchit. Il ne fait que ça. Au fond il est surpris à l'idée qu'Agnès soit libre. Ça l'intrigue plus que ça ne le dégoûte ou le révolte. Si l'intelligence de sa femme ne l'impressionne pas, sa désinvolture le fascine.

— Je veux comprendre pour pardonner, dit-il.

Il tente des raisonnements logiques. Il a besoin de tout savoir pour restaurer sa confiance. Agnès ne résiste pas. Elle joue le jeu.

Elle raconte. Les séances de sexe virtuel. L'anniversaire où ils ont baisé dans la cave avec Paul. Les embrassades langoureuses, les caresses, les soupirs. Elle dit tout. Assis sur le canapé, Xavier la regarde. Il fume en silence. Autour c'est la nuit. Les enfants dorment. Ils n'entendent pas les confessions de leur mère. Elle perd pied, ne sait pas ce qu'elle fait, ça l'excite. Elle poursuit son récit, en rajoute un peu. Elle surveille les soubresauts de son mari. Il se maîtrise. Il ne veut rien laisser paraître. Les fondations maternelles, religieuses, le Jésus de la morale étayent ses tréfonds inconscients, réflexes pavloviens indécelables de Xavier. C'est mal. Pour offrir son pardon, il veut tout entendre. Il écoute le récit d'Agnès. Elle perçoit son trouble. Elle égrène chaque position, chaque lieu, chaque gémissement, chaque scénario. Elle ne fait l'économie de rien. Elle tressaille. Xavier est également emporté par des sentiments troubles. Agnès n'a pas terminé, Shéhérazade moderne que ses récits vont momentanément sauver de la mort. Il veut la reconquérir. Il ne supporte pas qu'elle appartienne à quelqu'un d'autre. Xavier se jette sur elle. Agnès éclate de rire. Lui est sérieux. Il la bascule, elle enlève ses vêtements. Elle n'en pouvait plus d'attendre. Le visage de Xavier change en quelques secondes.

Xavier se laisse retomber sur le canapé. Sa femme ne bouge plus. Ils dérivent ensemble. Rien n'est réparé pour autant. Agnès a trompé Xavier. Il se souvient de tout. Moitié nu, moitié habillé, il fume en silence. Agnès n'ose rien ajouter. C'est décidé, il va parler à Paul. Il veut que tout soit dit. Agnès n'est pas inquiète. Elle est d'accord. Sa voix ne compte pas. Xavier aimerait n'en vouloir à personne. Ils sortiront de là et seront plus forts. Leur couple n'appartiendra qu'à eux. Il sera le maître en son royaume.

— On doit parler, Paul. Je sais que tu as une aventure avec Agnès. Tu n'es pas le seul, je préfère te le dire tout de suite. Agnès m'a tout raconté.

— Je savais qu'elle le ferait un jour.

— Je ne t'en veux pas, je suis forcément un peu coupable, mais qu'est-ce que tu veux… j'ai cru que des preuves d'amour suffiraient. Je suis allé jusqu'à me faire faire une vasectomie ! Tu imagines ? Me couper les couilles !

— On en a déjà parlé… Mais ce n'est pas vraiment de ça qu'elle a besoin, je crois.

— Je sais. Enfin voilà, vous avez couché tous les deux, pas qu'une fois, en plus. Je ne crois pas qu'il y ait de l'amour entre vous, enfin certainement un peu, les femmes ne savent pas faire autrement, contrairement à nous. Moi aussi, j'aurais pu la tromper. Je me suis retenu. Je ne sais pas pourquoi. Je revois Claudia, tu sais ?

— Oui, je sais, Xavier, je me sens piteux, là. Tu viens me voir, grand seigneur, tu n'as pas envie de me péter la gueule, plutôt ? C'est bizarre de te voir comme ça.

— Non. (Xavier se met à rire.) Mais j'ai besoin que tu me dises tout ce qui s'est passé. Si tu veux que je te pardonne, tu dois me dire la vérité, entièrement.

— C'est vraiment une solution ?

— C'est la mienne. Ne discute pas, s'il te plaît. Je dois savoir ce que tu as ressenti, combien de fois vous l'avez fait, si tu as eu des sentiments pour elle, enfin ça c'est obligé, tout ne se passe pas sur un plan sexuel, je ne pourrais pas le croire, pas avec Agnès.

— Non, c'était pas que du cul. On parlait, elle avait besoin de ça. Pas de vrais sentiments, tu vois, pas de l'amour, mais une attention, je sais pas… écoute, notre amitié compte pour moi aussi… tu veux vraiment tout entendre ?

— Je te l'ai dit.

L'entreprise de miséricorde de Xavier ne s'arrête pas là. Après les discussions, les mots, les histoires, il souhaite aller plus loin. Il se veut plus fort que leur trahison. Plus fort qu'Agnès. Il doit lui prouver qu'il est aussi libre qu'elle, pas tenu par une morale. Il n'y a que lui qui décide, ni elle, ni Dieu, ni sa mère. Il y a réfléchi des heures. La conclusion est toujours la même : pour gagner, il doit faire partie de leur fantasme.

Un soir, tard, Xavier réunit sa femme et son amant. Il prend son temps. Les deux autres ne sont peut-être pas complètement à l'aise. Xavier prétend maîtriser la situation. C'est un raisonnement logique qui les mène là ce soir. Avec un sourire bienveillant, il leur explique ce qu'il désire maintenant : les voir faire l'amour devant lui. Peut-être participera-t-il. Il sait que c'est un des fantasmes d'Agnès et si Paul est d'accord, il aimerait voir ça. Il veut mettre des images sur les mots. Il ne force pas. Il propose. Il induit. Il séduit. Il attire. Agnès était au courant. Ce n'est une surprise que pour Paul. Il n'a pas le temps de répondre. Agnès est tellement sûre d'elle. Elle s'installe à côté de lui. Ça ressemble à un piège.

Agnès caresse Paul et regarde son mari. Elle l'embrasse. Xavier s'allume une cigarette. Paul ne croise pas son regard. Agnès déboutonne sa robe, ses formes se dévoilent. Elle change légèrement. *Dr Jekyll et Mr Hyde*. Un sourire aux lèvres, elle se penche vers Paul pour l'étouffer un peu. C'est gracieux et émouvant. Xavier n'est pas aussi à l'aise qu'il le souhaiterait. Il n'en montre rien. Paul embrasse sa maîtresse, la retourne, ils se caressent et s'esquivent. Xavier ne détourne pas le regard. Agnès sourit et, dans un geste d'une troublante légèreté, lui tend la main. Xavier la regarde un moment, c'est toute leur vie de couple qui se trouve posée là, lentement il la saisit.

Agnès le tire à elle et dépose sa paume sur le galbe de son sein. Paul comprend ce qui se passe. Il épouse les désirs d'Agnès. Elle monte sur lui. Les deux hommes ne s'ignorent pas. Ils se donnent à la même femme. Agnès est aux anges.

Plus tard, après les morts, les balles dans la tête et dans le cœur, la presse rapporte une note que Xavier a écrite. Il y raconte que sa première grande désillusion fut de perdre la foi, en d'autres termes de perdre sa mère. La seconde fut de perdre l'amour, c'est-à-dire de perdre sa femme. Deux désillusions qui ne sont pas seulement de l'ordre du chagrin. Chaque fois, l'univers entier change et Xavier, en son centre, ne sait plus qui être.

Sables mouvants

2007. La vie sexuelle du couple a repris un cours normal. Ils n'en parlent plus. Est-ce que cela empêche Agnès d'avoir des aventures ? Peut-être pas. Personne ne le saura plus. Elle a trouvé un travail, ça ne date sûrement pas de cette année-là. Elle est surveillante au collège Blanche-de-Castille, à Nantes. Elle donne aussi des cours de catéchisme. Ce sont des informations qu'on trouve en mode binaire sur Internet. Je n'invente pas. Je me souviens avoir vu une interview du proviseur de cette école. Il parlait d'Agnès avec émotion. Il semblait très bien la connaître. C'est l'impression que ça m'a fait. Sa manière de se souvenir d'elle, dans ces quelques images, de prononcer son nom, d'expliquer le bien qu'elle faisait autour d'elle, ressemblait à une façon de lui dire par-delà la mort tout son amour, tout son attachement. C'était émouvant.

Sur Internet tous les commentateurs et les enquêteurs anonymes l'écrivent : les relations entre Agnès et Xavier sont tendues. Le couple s'agresse. Ils cherchent une solution. Cela finit en guerre de tranchées. Attaque, défense. Xavier reste inflexible. Il donne le cap. Il rassure. Ils s'appellent « mon amour ». Ils ne veulent pas se perdre. Elle souffre malgré tout. Il trouve qu'elle exagère. Tout va de mal en pis. Agnès se plaint beaucoup. C'est une de ses spécialités. Elle s'interroge sur elle. Elle veut être plus vivante. Elle réfléchit. Elle se trouve monotone. Elle s'ennuie. Mme Bovary. Jamais satisfaite des efforts de son homme, faisant toujours peser sur lui le poids de son malheur et de son enfermement, mais s'excusant aussitôt de sa maladresse. Elle voudrait être plus jolie. Elle se trouve grosse maintenant qu'elle n'a plus d'amant pour lui prouver le contraire. Xavier veut la rassurer mais ce n'est jamais chaleureux. Il le répète, il ne regrette pas ce qu'ils ont fait avec Paul. C'était la seule solution. Tout ça est derrière eux, pensent-ils. Sans cesse Agnès revient sur les problèmes d'argent. Elle est infatigable sur le sujet. Certainement lui garde-t-elle rancœur pour son héritage dilapidé. Xavier n'en peut plus, il se bat comme il peut. Il s'enfonce, on dirait. Je veux le dire comme ça. Milliers de pages, millions de mots, j'ai tout lu sur eux, pas forcément tout retenu, j'ai nécessairement arrangé les événements au gré de mes intuitions, quand même, la vérité est là, je vous l'assure : durant ces dernières années, cette famille s'est transformée en sables mouvants. Xavier coule, Agnès aussi. Ils se regardent avec un sourire d'impuissance. Le poids de leur histoire les empêche de sortir de ce marasme. Manipulation psychiatrique de Xavier. Trente-cinq ans à croire comme un fou que son frère était Jésus, que son ange gardien le protégeait. Ce monde-là lui a broyé l'inconscient. Névroses insondables.

— Si on pouvait tous se foutre en l'air, ça résoudrait beaucoup de choses, lâche-t-il une fois de plus.

Xavier revient souvent sur cette idée de mort. Ça ne fait pas de lui un meurtrier, certes. Ça fait une présence. Ce sont des expressions. Moi, par exemple, je ne dis jamais ça. Je n'entends jamais personne le dire. Sauf peut-être Olivier, un ami que j'aimais. Figure du père, du grand frère, comédien, metteur en scène. Il coulait lui aussi. Je suis allé plusieurs fois le chercher dans Paris, n'importe où. Allongé par terre, il était tétanisé par des crises d'angoisse, trous noirs sans repères. Le corps tendu sur un banc comme sur un bateau pneumatique. Incapable de se lever. Incapable de vivre. Là parfois, et c'était rare, il me disait qu'il préférerait « mourir plutôt que de continuer à être comme ça. Quitte à expérimenter la mort, autant la vivre ». Je ne savais pas ce que ça voulait dire. Il m'a aspiré dans son vent mauvais puis j'ai pris peur et j'ai fui. Je ne sais pas où il est aujourd'hui.

— Je ne veux pas mourir, moi, dit Agnès. La vie me plaît.

— C'est infernal ! Tu dis tout et son contraire. Tu te trouves triste et seule et sans amis et tu dis que tu veux vivre, tu es aussi incohérente que ta Bible, que tes croyances, que tes anges, que ton Dieu, que ton Jésus.

— Ne recommence pas avec ça. Laisse-moi vivre ma foi. Et les enfants aussi, ils croient, laisse-les tranquilles. Que veux-tu ? Qu'ils soient aussi traumatisés que toi avec ta mère ? Vous vous ressemblez plus que tu le dis !

— De quoi parles-tu ? Qu'en sais-tu ?

— Tu es encore sous influence.

— Tu es psychologue maintenant ?

— Ne sois pas méchant.

— Pardon, je ne voulais pas. Mais il n'y a rien de plus différent que ma mère et moi. Je devrais me foutre en l'air et tu toucherais le pactole. Toute l'assurance-vie. Plus d'un million. Tu te rends compte de ça ?

— Je ne veux pas te perdre. Tu dis n'importe quoi, Xavier. Tu es mon homme pour le reste de ma vie. Nos difficultés n'y font rien. Je suis peut-être pénible, je le sais, mais je t'aime.

— Oui, tu m'aimes parce que je viens de rentrer un peu d'argent.

— Non…

— Si ! Tu es toujours plus heureuse et épanouie quand je gagne bien notre vie et dès qu'il y a un passage à vide, tu m'accables et je deviens le pire des maris. Moi je pourrais vivre dans une cabane au fond de la forêt avec toi et les enfants.

— Je ne sais pas, je ne crois pas que tu pourrais. C'est toi qui as toujours eu des idées de grandeur. Tu voulais plus, tu voulais l'Amérique. Moi, notre petite maison à Pornic me suffisait. Pourquoi n'as-tu pas trouvé un travail normal ? Comme tu avais avant chez BASF ? Pourquoi n'es-tu pas simplement *normal*, mon amour ?

— Tu vois… tu es incohérente. C'est tout. Et c'est donc impossible de te parler. Comment peux-tu m'aimer moi et vouloir que je sois normal, comme tout le monde ? Je suis différent, voilà. Tu le sais. Ne l'as-tu pas encore accepté ? Ce n'est pas ça que tu aimais ? Quelle histoire t'es-tu racontée ? Je suis moi, je ne veux pas de cette vie que tu décris. J'assure, je rapporte l'argent nécessaire, je me tue à cette tâche, de quoi te plains-tu encore ?

En réalité, Xavier a du mal à payer tous les mois ce que coûte leur vie nantaise. Les écoles des enfants, la nourriture, les frais pour son propre travail. Il tient sa famille. Il tient les dépenses. Il est en banqueroute quand même. Tout lui échappe. Il peut faire et refaire les calculs sur des feuilles qui s'amoncellent. Les dettes, les trous, les impayés, les arnaques, les retards. On dit dans les journaux qu'il jongle avec les sociétés pour combler les manques. Je ne sais pas si c'est vrai. Ça ne m'intéresse pas tellement. Il est capable de tout. On le sait déjà. Dans sa vie, il s'est vu ami de Jésus, cow-boy et millionnaire. Il s'est vu rentier grâce à ses idées que personne n'a jamais comprises. Xavier tente de s'en sortir. Rien de plus. Il tente et échoue. Il tente et s'enfonce toujours plus.

Désenvoûtement

Agnès pose sur la table les bijoux. Une bague avec deux diamants qui entourent une pierre verte, plusieurs colliers, dont un en perles anciennes presque sombres, et des boucles d'oreilles discrètes où deux petits rubis forment des gouttes de sang. Un homme en face d'elle, cheveux longs, peau burinée, yeux bleus, regard franc. Il ne dit rien. Il sourit. Il attend.

— Un héritage, souffle-t-elle.

Agnès ne peut pas porter certains de ses bijoux. Chaque fois qu'elle en a l'intention, elle finit par abandonner l'idée. Ils gisent dans leur boîte. C'est un peu triste. Son mari s'étonne : c'était tout de même un beau cadeau que sa mère a fait à sa belle-fille, peut-être devrait-elle penser à les rendre si elle ne les met pas, Christine et Véronique seraient contentes, elles, de les posséder.

— Au fond, lâche Agnès, pourquoi les ai-je acceptés ?

À Noël Geneviève avait décidé de se délester d'objets précieux dont elle ne voulait plus. Ses filles avaient déjà fait leur choix. Agnès a pris les bijoux qui restaient. Elle les trouvait jolis, assure-t-elle. C'était un vrai cadeau. Ces vacances se sont bien passées. Versailles en hiver est agréable. Il y avait de la neige. Tout le monde est resté à sa place. Xavier n'a pas lancé de débat gênant sur l'existence des anges ou sur la cohérence de la création du monde. Des thèmes qui l'obsèdent littéralement, maladivement. Toute la semaine, Christine et Xavier ont été proches, comme toujours à vrai dire. Christine accompagnait son frère lorsqu'il allait fumer une cigarette à la fenêtre de son ancienne chambre. Ils étaient complices. Certains journalistes rapportent des mails qui en témoignent, notamment dans un livre d'enquête sorti sur une plateforme numérique.

Tu es très intelligente, tu le sais, et je le sais aussi, écrit Xavier à sa sœur. *Et je suis aussi très intelligent, et tu le sais aussi ! Entre nous, pas besoin de faux-semblants et de « fausse modestie » : nos cerveaux fonctionnent bien : nous n'en sommes pas responsables directement et n'avons pas à en tirer de fierté mal placée. C'est un fait, c'est tout ! Tu appelles cela un don ou une grâce, moi une qualité chimique et physiologique. C'est notre différence. Par contre, notre point commun, c'est que nous entretenons cette faculté innée par l'entraînement. J'ai un QI supérieur à 150, comme Thomas et Benoît* (ses fils), *c'est-à-dire comme 0,1 % de la population humaine (qui est stupide dans l'ensemble...), et tu dois être pareille... en féminin « + » ; –)). Le problème, que je constate dans ma vie professionnelle, c'est que les gens « normaux » sont incapables de comprendre ce qui nous semble évident... !*

Bref, durant ce séjour ils ont ri, c'était agréable. Agnès a joué à la bonne épouse. Geneviève a fait ce qu'elle a voulu. Noël, la naissance du Christ, c'est toujours un moment important. Ils sont allés tous ensemble à une messe donnée en latin. Ils étaient entourés d'amis qui partagent les mêmes convictions. Que dire de cette ambiance ? Xavier n'a pas rompu avec sa famille, malgré la perte de la foi, malgré Jésus qui murmure à l'oreille de sa mère, malgré sa sœur qui l'affronte sans cesse sur ce terrain-là. Quoi qu'il en dise, quels que soient ses convictions et tout ce qui les oppose, Xavier voue un culte à sa mère : Dieu pour lui, c'est elle maintenant.

L'homme assis en face d'Agnès lui assure qu'elle a bien fait de venir lui montrer ces bijoux. Ils sont installés dans le grand salon d'une maison de campagne. Ici, peu de meubles, quelques objets religieux et de l'encens qui se consume en un mince filet de fumée. Agnès s'agite intérieurement. L'homme est ému par son récit et par ce qu'elle dégage. Son visage doux et ses yeux innocents lui racontent beaucoup. Il peut faire quelque chose. Déjà, ils partagent une énergie, une émotion sincère. Il baisse la tête vers la table. Ces bijoux seront un trait d'union dans leur relation naissante. Oui, il va la soulager. Il va libérer ces pierres précieuses. Agnès regarde l'homme avec une attention particulière. Difficile de déterminer son âge. Elle attend une réaction.

— Ces objets sont très puissants. Vous avez raison de ne pas les porter. Les bijoux sont des alliances avec celui qui vous les offre.

— Oui, oui… On dirait qu'ils sont… envoûtés.

— Je ne dirais pas ça. (L'homme sourit gentiment.) On met le Diable à toutes les sauces… Mais le Démon, c'est nous. Qui n'a pas de mauvaises pensées ? C'est bien naturel, il faut les apprivoiser. Elles sont utiles aussi.

— Comment faire ?

— J'ai besoin des forces de chacun. Il faut méditer à un niveau de bien-être qui nous permettra d'attaquer sereinement les énergies négatives contenues dans ces bijoux.

— Ce serait un grand soulagement.

— Mais, Agnès, vous pourriez en avoir besoin, vous aussi…

— Pardon ?

— Vous réconcilier avec les énergies du Christ, cela peut vous aider, non ?

— Oui mais là je viens pour les bijoux de ma belle-mère…

— On va s'occuper de ces bijoux, bien sûr. Mais vous, vous n'avez pas besoin d'être allégée ?

— Je ne sais pas, c'est que…

— Jésus est aussi notre Messie, vous le savez. Nous écoutons sa parole d'épanouissement et nos énergies réunies nous permettent d'entrer dans sa lumière.

— Oui, c'est écrit sur votre site… Une Église positive.

— C'est ça, dégagée de ses réflexes de souffrance, de sacrifice, Jésus ne nous le demande pas. Alors pourquoi réveiller sans cesse ses douleurs ?

— Pour communier, expier, obtenir le pardon, non ?

— *Pardonne-leur…*, a-t-il dit, n'est-ce pas ? Nous sommes pardonnés. Notre devoir est de vivre maintenant une vie pleine, attentive à l'autre, mais sans souffrance. Il faut apprendre à ne plus souffrir, Agnès.

— Mais alors vous communiez comment avec lui ?

— Nous partageons son énergie. C'est un cadeau qu'il nous a fait et il faut le respecter. Chacun de nous porte une infime part de l'énergie du Christ. Ensemble, lorsque nous méditons, que nous prions selon les termes de notre communauté, cette énergie du Christ cachée en nous se réveille et s'unit aux autres. C'est une sensation puissante et réparatrice.

Agnès sourit. Elle est conquise. Les autres membres de la communauté les rejoignent. Ensemble ils s'occupent des bijoux possédés par on ne sait quelle force. Sourires, chaleur, chacun se donne la main pour former le cercle d'énergie. Prière à la lumière du Christ. Agnès se laisse aller. Elle chante aussi à la gloire du Seigneur. Les bijoux sont sauvés, nettoyés. Agnès fait un chèque. Elle promet de revenir. Elle a du temps. Elle est seule. Méditation, prières, partage, bienveillance, tout ici comble ses attentes. Elle se fait des amis, elle s'épanouit. Elle se plaint moins. Xavier lui a dit de se trouver des activités. C'est ce qu'elle fait. Agnès passe plusieurs journées dans la maison. Elle participe. Elle discute. Elle fait un chèque. Au bout de quelques semaines elle a trouvé sa place. Petite hiérarchie, rituels, chant sémantique du bien-être, fêtes ancestrales de communion avec la nature. Benoît Messager est entouré de ses fidèles. Ils vivent à la ferme ou dans les environs. Ils préparent à manger, s'entraident et s'échangent les livres de Benoît : *Accéder au bien-être par l'énergie du Seigneur* ou *Nous écrivons les lois du bonheur*. Chacun doit acheter trente exemplaires et les revendre. Agnès fait un chèque.

Trois mille euros plus tard, Xavier fait les comptes. Il appelle sa femme. Elle descend dans la cave du 55, boulevard Schuman. Elle s'arrête en bas des marches. Xavier reste silencieux. Il ménage son effet. Il vient de découvrir le trou financier ! Elle en est responsable. Enfin, c'est une manière de parler. Il tente de garder son calme. Qu'est-ce que c'est que ce trou de trois mille euros ?! Agnès ne dit rien. Elle réprime les larmes qui font le siège de ses yeux. Xavier ne joue pas. Il a mené son enquête.

— C'est ton petit gourou qui te soutire de l'argent ?

— Tout le monde dit que je vais mieux. Même toi tu l'as remarqué. Je suis plus souriante, j'ai envie de nouvelles choses. C'est grâce à Benoît ! Et les bijoux de ta mère… regarde… je les mets enfin.

Agnès montre le collier de perles à son cou.

— De quoi parles-tu, Agnès ? répond Xavier avec un sourire narquois. Je ne comprends pas le rapport, ma chérie.

— Ils étaient chargés d'énergie négative. Xavier, tu avais promis de me laisser faire des rencontres, sans me juger…

— Oui mais pas de foutre trois mille euros par la fenêtre !

— Mais je vais mieux, tout le monde le dit, tu entends ou pas ? Ça vaut quoi pour toi ma santé mentale ?

— Et mon travail, mes douze heures jour, ça vaut quoi ?!

— Je sais, mais… j'en ai besoin et toi aussi tu dépenses et tu perds de l'argent…

— Je t'arrête tout de suite : tout ce que je dépense, c'est de l'investissement, c'est pour la famille, pour tout le monde, jamais pour moi, rien pour moi ! Tu peux dire le contraire ?

— Non.

— Il n'y a rien à moi, ici ! (Il montre autour de lui.) Et toi tu dépenses trois mille euros pour ton bien-être. Tu te rends compte de notre situation ? On est dans la merde jusqu'au cou, tu peux le comprendre ça ? Et après je vais m'humilier devant nos amis ou la famille ou n'importe qui pour emprunter cinq mille euros !

— Je comprends, je suis désolée.

— C'est insupportable, Agnès. Tu veux que je sois avec toi plus souvent, qu'on fasse des choses ensemble, mais maintenant je vais devoir travailler encore plus pour rembourser ce que tu viens de dépenser ! Tu ne vois pas que tu te punis toute seule et que ça me fait mal ?

— On peut trouver d'autres solutions, non ?

— Mais j'en trouve tous les mois des solutions. Tous les mois je paye les factures… Alors, s'il te plaît, n'essaie pas d'en trouver d'autres. Bon, maintenant la conversation s'arrête là. Merci, j'en peux plus, j'espère en effet que tu vas mieux… ce n'est pas mon cas.

Agnès ne bouge plus. Elle ne dit rien. Xavier la regarde, se lève, lui tourne le dos et ouvre une minuscule fenêtre qui donne sous la terrasse surélevée de la maison. Il s'allume une cigarette.

— Tu dois me promettre de ne plus jamais y retourner.

— Oui, mais s'ils ne me demandent pas d'argent ?

— Ça ne marche pas comme ça. Rien ne marche comme ça.
— Tu ne sais pas.
— Promets-moi.
— Je te promets.
— Laisse-moi maintenant.

Agnès remonte. Xavier tire une bouffée sur sa cigarette. À ses pieds, un de ses chiens fait un rêve et aboie mollement. Il vient tout juste de rembourser Gabriel de cinq mille euros. Xavier se rassoit, il clique et regarde son écran, un tableau avec des noms, des sommes, des dates. Le titre en gras est sans équivoque : **DETTES**.

Un pied sans corps

2008. Levallois-Perret. Rue calme, la ville la plus surveillée de France ou à peu près, des caméras partout. Xavier gare sa voiture. Il fait nuit. Il tousse un peu. Il décroche son téléphone avant de descendre. Agnès. Il donne des nouvelles. Il est bien arrivé. Il rappellera demain. Xavier attrape son sac sur le siège arrière. Il prend son temps. Il s'allume une cigarette et observe les passants.

J'ai eu une amie qui habitait Levallois-Perret. Il m'a fallu des années pour comprendre que j'étais amoureux d'elle. Je ne savais pas ce que c'était, l'amour. À l'époque ma mère venait de mourir. J'étais confus. J'aimais cette jeune fille, un peu dépressive, visage rond, cheveux châtains, elle fumait beaucoup, ses parents étaient croyants et grands bourgeois, elle plus marginale. Nous étions très amis, pas du tout amants. Je ne l'intéressais pas. Impuissant, j'ai simplement nié mes sentiments, jusqu'à ce que le nom de cette ville resurgisse brutalement dans cette histoire. Je l'aimais d'un amour très fort. Je connais les endroits où Xavier se rendait. Dans une certaine mesure je connais le milieu dans lequel il évoluait, je le fréquentais. Il y avait de l'argent. Ces gens partaient en vacances. Ils avaient des maisons de famille. Ils louaient des chalets à la montagne. Leurs appartements étaient grands, leurs voitures, plus belles que la nôtre, ne faisaient pas de bruit. Ma mère donnait le change, elle bricolait. Si bien que je ne me suis pas aperçu tout de suite qu'au fond je venais d'un milieu assez populaire.

Xavier descend de sa voiture. Réverbère orange, là-bas, même les immeubles anciens paraissent modernes. La Seine est toute proche, parfait pour les promenades dominicales. Xavier pousse une lourde porte en verre, il a le code, il monte dans l'ascenseur. Il se regarde dans le miroir. Barbe de trois jours. Il ne se plaît pas beaucoup en ce moment. Le moral est au plus bas. L'argent ne rentre pas. L'argent, l'argent, l'argent. Il ne croit plus en ses ressources. Ses idées n'ont pas fonctionné. Ça, il est prêt à le reconnaître. Pour ce qui est des raisons, la faute à ceux qui ne comprennent pas. Ces imbéciles qui l'entourent, qu'il rencontre, qu'il croise. Il roule à la recherche d'un filon d'or, milliers de kilomètres, passant d'un hôtel à l'autre, peut-être même d'une petite arnaque à une autre. La descente est longue et douloureuse. Et Dieu qui ne se montre pas, et Jésus qui ne l'appelle pas pour régner sur le monde. Gloussement ironique de Xavier ! Il se souvient de cette époque d'insouciance joyeuse. Pourquoi s'est-il lancé dans cette histoire de famille, d'enfants, il aurait pu être si doucettement heureux, célibataire et loin de ces préoccupations bassement terrestres, au milieu du jardin de sa mère. Que ce temps-là lui paraît lointain, aujourd'hui !

Au huitième étage, il sort des clefs. Tout est bien entretenu, ici. Murs lisses et blancs, peintures parfaitement posées, touches de couleur vive, lumières modernes, interrupteurs à variateur, pas un bruit, double vitrage, places de parking pour chaque appartement, cave, box de rangement, chauffage central, jardin privatif. Xavier ouvre une porte du long couloir où se succèdent avec discrétion une dizaine d'appartements. Il entre. Referme derrière lui. Silence absolu. Il enlève son manteau. Long pardessus élimé. Xavier a soudain envie de pleurer. Il se ressaisit. Il appelle, aucune réponse. Il a l'habitude. Cuisine ultra-fonctionnelle qui sépare le salon de la chambre. Xavier pose un sac de courses sur un comptoir rétractable et se dirige vers le fond de l'appartement.

Bernard-Hubert Dupont de Ligonnès est allongé dans sa chambre, assoupi, vieux et malade. Xavier depuis quelque temps s'occupe beaucoup de lui. Ils n'ont jamais cessé de se parler, d'être en lien. La maladie et la perspective de la mort les ont rapprochés. Son père vient de subir une lourde opération. Plusieurs heures pour l'amputer d'un pied. Ses artères continuent pourtant de s'altérer. Les médecins, pessimistes, parlent de monter plus haut. Ils veulent couper au-dessus du genou. Ils y seront sans doute forcés dans quelques mois. Des morceaux de son père disparaissent. Après l'opération, Xavier a imaginé le pied dans une coupelle en aluminium. C'était plus fort que lui. Il ne parvient pas à chasser cette image obscène : un pied défait de son corps. À cette occasion il a appris qu'il y a des incinérateurs dans les hôpitaux. Le pied brûle, morceau paternel, les flammes lèchent cette vieille peau inutile. Son père rétrécit. Est-ce une punition pour sa vie dissolue ? Xavier chasse cette idée. Elle pèse pourtant. Qu'il le veuille ou non.

— Tu m'as embringué dans tes affaires ! lâche sèchement le père sans bouger.

Le fils tourne la tête vers la voix d'outre-tombe qui vient de retentir dans la chambre. Le vieux ne prend même pas la peine de regarder son fils. Xavier est fatigué. Il ne supporte pas de voir son père dans cet état. Il l'a beaucoup admiré, il peut s'en rendre compte maintenant. Il ne s'énerve pas. Il demande pardon à Bernard-Hubert avant de le reprendre. Non, il ne l'a pas embringué dans ses affaires. Il s'excuse pourtant. Il aurait dû prévenir avant d'utiliser pour lui-même la réserve de vingt mille euros que Bernard-Hubert possédait. Xavier range des affaires qui traînent. Il nettoie. Péniblement son père se retourne et bougonne encore. Il est en faillite personnelle maintenant, ajoute-t-il. Xavier sourit. Non, il n'est pas en faillite. Pas d'inquiétude là-dessus. Xavier avait juste besoin d'un peu de liquidités. Si son père le veut, il les lui rend tout de suite, ses vingt mille euros. Le père ne dit rien. Xavier reprend des explications qu'il paraît lui avoir déjà données. Il gagne dix mille euros par mois. Dont mille deux cents d'allocations familiales, mille cinq cents de rente grâce aux abonnements de différents établissements à la Route des commerciaux. Et chaque jour il se bat pour obtenir les sept mille trois cents euros qu'il lui reste à trouver tous les mois. À raison de cinq cents euros en moyenne par contrat, il doit en trouver autour de quinze par mois. Soit quatre par semaine. Xavier explique qu'il a donc une marge de manœuvre. Que la situation n'a rien de terrible. Bien sûr il y a aussi quelques dettes et les imprévus justement. Comme l'histoire d'Agnès… Xavier fait retomber le silence comme pour dire que ses problèmes d'argent ne sont pas de son fait. Le père souffle, ne commente pas. Le silence est lourd.

La conversation s'arrêtera là. Les vingt mille euros ont disparu de la banque. Le père les reverra peut-être par petits bouts, remboursement après remboursement. Son fils s'occupe de lui. Il n'en rajoute pas. Xavier s'approche. Délicatement, il corrige la position de son père dans le lit. Bernard-Hubert, redevenu calme et gentil, voudrait que son fils arrive un peu plus tôt. Ils pourraient discuter, mais là il n'en peut plus, il doit dormir. Xavier acquiesce. Ils parleront demain de toute façon, avant qu'il ne parte. Le père ferme les yeux sans un sourire. Xavier voudrait passer sa main sur sa joue. Il voudrait étreindre son père. Il n'en fait rien. Le père ne serait peut-être pas à l'aise. Xavier pense à ses propres enfants qu'il câline. Brusquement Thomas, Anne et Benoît lui manquent. Arthur aussi, bien sûr, mais il est plus grand. Furieuse envie de prendre Anne dans ses bras, ou de se lancer dans une partie de baby-foot avec Thomas. Xavier fait son devoir d'enfant avant de faire celui de père. Il veut être un homme bien, même si l'avenir est tellement noir. Une chape retombe sur son humeur. Bon Dieu, l'argent, c'est parfois si facile à trouver. Aucun document ou témoignage n'explique l'ampleur exacte de ses dettes. Certains les disent abyssales, d'autres ne se prononcent pas, des amis affirment qu'il avait des problèmes mais remboursait toujours. Les déclarations de revenus font état de trop peu d'argent gagné pour faire vivre une famille entière. Xavier ne sait plus comment faire. Il a dépouillé son père, mais le remboursera. Personne ne peut plus lui prêter les sommes qu'il doit. Et après ?

Énième nuit d'insomnie. Dans le fauteuil du salon, Xavier zappe d'une chaîne à une autre. Il est en caleçon. Il se redresse péniblement, tend un bras, prend une cigarette, ouvre la baie vitrée qui donne sur une petite terrasse et fume. En bas il n'y a personne, à gauche les eaux noires de la Seine. Le froid qu'elles inspirent. Paris et ses lumières scintillantes à droite, plus loin la banlieue et sa mère endormie. Xavier a parlé à sa sœur tout à l'heure. Il lui a donné des nouvelles de leur père et elle a repris tranquillement son combat, guidée par la volonté du Saint-Esprit : la religion, la prière, Dieu, l'avènement certain et proche. Xavier ne voit-il pas le monde comme il est ? Est-il à ce point aveugle qu'il ne sent pas le Malin à l'ouvrage ? L'incompréhension la submerge mais elle ne s'énerve pas. Tout au contraire, elle plaisante. C'est tellement inimaginable pour elle ! Ne pas croire que Jésus nous envoie chaque jour les signes de son existence ! Xavier connaît les arguments. Lui aussi en plaisante. Leurs joutes verbales n'en sont pas moins intenses. Les démons sont là et lui reste dans la nuit sans plus croire en rien ! lâche Christine. Qu'est-ce que son âme va devenir ? Xavier corrige : il croit en quelque chose, mais ne sait pas en quoi. Il y a peut-être Dieu mais pas le folklore, la culpabilité, la morale. Ils se sont quittés sur cet échange et maintenant Xavier voudrait dormir mais sa cigarette ne l'apaise pas. Il se tourne vers l'écran de télévision. Les images se superposent. Son goût pour cet objet est modéré. Quand tout à coup il marque un temps d'arrêt. Il n'en revient pas. Il reconnaît quelqu'un. Une femme assez belle parle. Elle explique ce qu'elle fait, les clefs de sa réussite. Elle est millionnaire. C'est en cette qualité qu'elle est interrogée. En dessous une phrase indique son nom : Catherine G. Xavier s'agite. Son cœur s'est mis à battre rapidement. Il se souvient d'elle. La jeune fille de son adolescence. Catherine et ses baisers, Bréhat, les vacances, elle n'a pas beaucoup changé. Il écoute le reportage. Il écrase nerveusement sa cigarette. Catherine est devenue ce qu'il voudrait être, riche et un modèle de réussite. Il attrape son ordinateur portable.

Connexion Internet, la flèche se promène sur la page, raccourcis, images et publicités intempestives se succèdent. Les ordinateurs, ça le connaît aussi. Il a rêvé de fortune facile. Il a vu les autres grandir, grossir, revendre, avoir des idées et lui est resté dans son fauteuil. Adieu la Silicon Valley. Il clique, il sait où la chercher. Réseau social mondial, tout le monde se connaît, tout le monde se contacte. Onglets, profils, images, statuts, il arrive sur sa page à elle, on découvre sa photo. Catherine G. apparaît.

Millionnaire

Ils avaient quatorze ans quand ils se sont embrassés pour la première fois. Catherine est encore belle et Xavier s'est bien habillé. Il n'est pas rentré à Nantes. Il a prétexté que son père n'allait pas bien. Ce qui est à moitié un mensonge. Elle est sûre d'elle-même, mais célibataire. Xavier s'en étonne. C'est une longue histoire. Catherine n'a pas hésité à venir. Elle regarde cet homme qu'elle retrouve. Il raconte ce qu'il veut de sa vie. Elle est séduite par ce fantôme surgi du passé. Une bavette et une salade gisent sur la table. Autour d'eux le restaurant se vide.

C'est quand même incroyable, ce hasard. Qu'elle habite ici, à Levallois. Elle ne répond pas. Elle commande un café. Ils ne veulent pas vraiment se quitter. Ils ont deux existences entières à se dévoiler, Xavier ses enfants, ses voyages, son entreprise, ses idées pour l'avenir, elle, sa grande réussite. Xavier insiste : ils se ressemblent plus qu'il ne l'aurait imaginé. Catherine voit cela aussi. Par sous-entendus, il lui confie sa déception. Sa femme qui le trompe. Il n'aurait jamais pensé que cela soit possible. Il a pardonné mais depuis ce n'est plus la même chose, évidemment. Agnès n'a jamais réellement compris ce qu'il voulait faire. Elle manque d'ambition. Elle n'est pas son alter ego. Il l'a aimée, aujourd'hui il est attaché à elle, rien de plus. Xavier raconte juste ce qu'il faut, il a un plan, il manœuvre. Catherine est touchante, brillante.

Maintenant, ils sont seuls dans le restaurant. Les serveurs attendent qu'ils terminent. L'endroit est chic. On ne les dérange pas avant la dernière bouchée. Déjeuner du dimanche midi, ce soir Xavier doit repartir vers Nantes. Il a promis qu'il dormirait là-bas. Catherine ne commente pas. Elle n'est pas très à l'aise avec cette situation.

— Il ne faut pas, assure Xavier. Pour l'instant nous ne sommes que deux vieux camarades qui se retrouvent. Et puis… il n'y a pas si longtemps, Agnès voulait encore me quitter. Elle est allée voir un genre de gourou évangéliste. Non seulement elle y a dépensé notre argent, mais ses nouveaux amis l'incitaient à me quitter. J'étais nocif, paraît-il, rempli d'énergie noire… Ils lui ont fait croire que je battais Arthur parce que je lui ai mis une claque en quinze ans ! Le pire c'est que tout le monde a fini par croire ce qu'elle disait… j'étais devenu le Diable. Pour mettre un terme à tout ça, j'ai dû lui faire écrire une lettre d'excuses, que j'ai envoyée à tout le monde…

Catherine regarde Xavier elle est légèrement penchée vers lui, elle joue avec une de ses boucles d'oreilles.

— Je suis désolée de te demander ça, mais pourquoi tu restes avec elle alors ? Tu sembles si détaché, si agacé…

— La fidélité, la loyauté, les enfants, l'habitude, le manque de courage, je ne sais pas, prends ce que tu veux là-dedans… Je ne dis pas que je fais bien, mais Agnès connaît tout de moi, y compris les aspects les moins reluisants, c'est difficile de quitter quelqu'un comme ça…

Ce dimanche soir-là, Xavier ne rentre pas chez lui. Il n'appelle pas Agnès. Catherine se déshabille délicatement. Xavier l'embrasse. Ils font l'amour. Ils sont amants. Pendant la nuit ils discutent. Xavier se sent bien pour la première fois depuis longtemps, dit-il. Elle lui caresse lentement les cheveux. Ils font à nouveau l'amour. Le petit matin arrive. Il doit partir. Elle ne veut pas. C'est lundi. Il faut travailler. Ils peuvent prendre leur journée. Ils sont patrons, tous les deux. Ils font ce qu'ils veulent. Xavier est d'accord, il ne résiste pas. Il a une boule au ventre. Une angoisse monte. Que fait-il ? Toute la journée ils se prélassent au lit, mangent, boivent, sortent se promener près de la Seine. Si l'entreprise de Catherine tourne sans elle, ce n'est pas le cas de la Route des commerciaux. Xavier doit bosser pour gagner sa vie. Catherine l'interroge à propos de ses ambitions professionnelles. Il a joué de malchance, dit-il. Il devrait être millionnaire comme elle avec toutes les idées qu'il a eues ! Démonstration implacable de son talent d'entrepreneur. S'il n'a pas réussi ce n'est pas de sa faute. Catherine entend. Elle est accrochée à son bras. Elle l'embrasse dans le cou. Mais alors que lui manque-t-il ? Un investissement, pas forcément beaucoup, de quoi relancer la machine.

Xavier repart vers Nantes. Ils se quittent. Catherine est triste. Une relation a commencé. Ils s'envoient des SMS, des mails. Ils parlent par réseau social interposé. Ils sont discrets. Xavier et Catherine se découvrent, s'effeuillent. Il se laisse aller, il se confie au bon moment. Ça ne va pas, sa vie est lourde, Catherine comprend, elle est patiente, Xavier est cabossé, ça lui plaît, tout est dur pour lui. Il a l'envergure, il n'a pas réussi, ça arrive. Il a essayé et essayé encore. Ça la touche. Elle n'est pas très clairvoyante. Il lui ment à moitié. Il la manipule.

Aller-retour Nantes-Levallois-Perret. Xavier gare sa voiture. Il se jette sur le lit de Catherine. Il est épuisé et mal. Ils se voient depuis plusieurs mois maintenant. Il a besoin d'elle. Il veut un avenir. Elle a envie de l'aider. Elle a confiance. Elle a connu Xavier avant Agnès. Elle était la première. Il dit :

— Tu es la seule à savoir qui je suis vraiment. Mais la situation est inextricable.

Xavier le répète dans des formules toujours différentes. Comment pourrait-il quitter Agnès ? S'il part, elle n'a plus rien. Il tient le foyer. Il est enchaîné là-bas. Il ne peut pas abandonner ce navire aussi facilement. Il faudrait que ses affaires marchent beaucoup mieux. Catherine lui prend la main et se love délicatement dans ses bras.

Au téléphone, par SMS, après l'amour, Xavier parle de ses pensées morbides à Catherine. Il vaudrait mieux qu'il se jette sous un camion sur une autoroute, pendant un de ses voyages. Ça pourrait passer pour un accident. Agnès et les enfants toucheraient l'assurance-vie. Il y a plus d'un million à se faire, comme ça. Un million sur la mort de quelqu'un, ça peut donner envie de mourir. Si Agnès touchait cette somme, alors elle serait millionnaire comme Catherine. Sa maîtresse ne sourit pas. Elle est tombée amoureuse, elle n'y peut rien. Elle confond le bonheur et le soulagement de n'être plus seule avec sa fortune, sa maison de campagne, ses chevaux, ses vacances. Que peut-elle faire pour lui, pour eux ? Rien, Xavier repart, il ne veut pas rester là, il ne veut pas blesser la femme qu'il aime. Il veut faire une pause, organise le manque, envisage la séparation.

L'été, Xavier s'excuse et revient vers Catherine qui ne lui en veut pas. Il lui explique à quel point son père et les soucis financiers lui minent le moral et lui font perdre pied. Grande conversation à cœur ouvert. Xavier donne tout, dit tout, s'ouvre de tout. Catherine est fascinée par cet homme si intelligent, si honnête, doté d'une telle sensibilité. C'est un visionnaire, pense-t-elle. Il a de la force et pas de chance. Elle pourrait changer ça. Xavier est intarissable. Il revient plus fort, plus déterminé à leur inventer une vie nouvelle. Avec seulement cinquante mille euros, tout pourrait changer. Il pourrait transformer la Route des commerciaux en une petite bombe numérique. Il est arrivé un peu tôt avec son entreprise et même avant tout le monde. Aujourd'hui il y a de la place pour le service qu'il propose. Il a des idées précises pour faire grandir sa boîte, un plan d'investissement. Avec cinquante mille euros *tout* peut changer, dit-il. Catherine le regarde, elle est d'accord. Il sourit, il a même prévu un document écrit. C'est sérieux : Xavier veut s'associer à elle, elle pourrait être actionnaire. Non, elle refuse. Elle ne veut pas s'immiscer dans ses affaires. Mais cinquante mille euros, elle peut les lui prêter. Elle croit en lui. Elle croit en lui. Elle croit en lui. Xavier poursuit. Il est amoureux, elle sera comme un *business angel*. Un ange pour lui. Il fera les investissements nécessaires, et alors l'ascension de son entreprise deviendra irrésistible. Il pourra payer pour quitter Agnès, et leur amour sera éternel.

Araignée géante

Une toile se tisse dans l'obscurité. Catherine signe un chèque à son amant. Xavier respire enfin. Il paye ses dettes. Agnès le trouve plus en forme. Dans la famille tout le monde se détend, même si on ne sait pas pourquoi. Les enfants passent du temps avec leur père, tournoi de baby-foot, restaurant et cinéma. Xavier remercie Catherine qui est heureuse de l'avoir aidé. Il lui parle d'amour, continue ses aller-retours entre Paris et Nantes et veut faire des investissements. Catherine lui donne sa confiance. Xavier a de nouvelles idées, il est sûr que la fortune est juste là. Ils s'embrassent, se quittent, se retrouvent, Xavier lui envoie des textos, parfois à caractère sexuel. Il est un peu euphorique. C'est à ce moment-là qu'il écrit abondamment sur le forum Cité catholique. Il y provoque les contributeurs et sous différents pseudonymes pose des questions, cherche à convaincre de l'incohérence des textes bibliques, de l'impossibilité de l'existence des anges ou encore de l'absurdité scientifique des miracles.

Du côté de Versailles quelque chose se prépare. Xavier parle quotidiennement à sa sœur, c'est important. Il doit comprendre, même s'il s'est éloigné de son monde. Il ne se moque pas. Il s'agit de Geneviève. Elle a reçu un message de Jésus. Cela faisait longtemps que ce n'était pas arrivé. Il est temps, dit Christine. Xavier ne comprend pas. Il n'est pas très concentré. Il est temps de révéler au monde les événements de Saint-Christ-Briost. Xavier se souvient, nous aussi. C'était il y a trente ans. Bernard-Hubert venait de partir. Le Christ pleurait des larmes de sang. Une hostie était apparue entre les bras d'une statue de Jésus avant que celui-ci saigne et souffre. Le chanoine Ridolfi avait été témoin des événements et toute la famille s'était rendue sur place, plus tard. Xavier sait l'importance de ces événements aux yeux de Christine et de sa mère. Et Jésus qu'a-t-il demandé à maman ? interroge Xavier. Il veut que nous agissions, répond Christine En quelques clics elle envoie le texte de la nouvelle révélation du Christ dans la boîte mail de son frère. Xavier parcourt les mots du Seigneur sans même raccrocher.

Il Me faut vous dire ceci avec Beaucoup de Gravité, vous êtes arrivés à l'Heure OÙ JE DÉSIRE ME DÉVOILER au plus Grand Nombre, à la Totalité des hommes de ce Temps. Je vais donc Me faire DÈS MAINTENANT TONITRUANT. Je vais Me faire tout à fait bien Connaître, et Reconnaître, de ceux qui ne s'y attendent pas. Je vais donc Paraître au grand jour APRÈS AVOIR ÉTÉ « ENSEVELI » PAR LES MIENS ! ENSEVELI VIVANT dans la Tombe de l'oubli et de l'indifférence de TANT ! Mais il est grand grand Temps que Je Brise les Sceaux, que Je Rompe les Scellés, que Je fasse Rouler la pierre de Mon Tombeau Mystique qui en occulte l'Entrée et que Je jette sur tous les apostats Mon « Cela Suffit ». (...) Et il faut enfin que « La Toile » si bien nommée ! La Toile d'araignée, de l'ARAIGNÉE GÉANTE QUI ENSERRE LE MONDE soit complètement Détruite et Consumée. Je Veux maintenant Transformer Babel en une Toute Nouvelle Unité (...) Je vais Purifier toute la Terre, cela est bien certain car Je Viens sans plus tarder, mais Je vais commencer par le Net, le FILET qui L'ENSERRE et qui l'EMPÊCHE de *RESPIRER. Aussi Je vous demande de bien vouloir l'utiliser à très très très bon escient seulement, comme un Instrument qui M'appartient totalement et que vous pouvez utiliser au Service de MA VÉRITÉ. (...) Amen. Trois fois Amen. Bénis soient ceux qui sauront Reconnaître La Voix du Maître, et qui sauront en faire leur profit spirituel en toute Sagesse et Humilité. Amen. Votre Seigneur JÉSUS-CHRIST. Amen.*

Jésus l'affirme donc, la prochaine offensive de ses soldats passera par Internet ! Une nouvelle arme pour ceux qui croient en lui. Troublant message. Tout est là. Le réseau et la religion, la Toile comme propagation ultime du révélé. Jésus lui-même annonce que la Vérité doit sortir de ce magma de mensonges accumulés dans les tuyaux de la grande araignée. Serais-je donc son ennemi, moi qui n'utilise que cette source pour constituer ma vérité ? M'en voudra-t-il de vouloir donner vie à celui qui a disparu ? Par quel Démon suis-je possédé pour tenir tête au Seigneur lui-même ? Christine et Geneviève composent un PDF, il contient les photos du miracle de Saint-Christ-Briost, le texte descriptif du chanoine Ridolfi et des messages de Jésus reçus par Geneviève. Xavier prend-il part à cette divulgation numérique ? Impossible de le savoir. Cependant il continue d'être très actif sur le forum Cité catholique. Y a-t-il un lien ? Il y écrit chaque nuit, il traite de tous les sujets, ses théories sont multiples et volontiers contradictoires. Il passe des heures dans sa cave à les écrire, les penser, les documenter, comme s'il y avait en lui le retour d'une foi difforme, monstrueuse, sans spiritualité.

Pour moi, raison et foi vont ensemble, écrit Xavier en avril 2010. *Le débat est le suivant : y a-t-il un moment où la foi et la raison se trouvent en contradiction ? En tout cas, pour moi, pas au moment où l'on décide de croire qu'il existe un Créateur de l'Univers (continuum espace-temps, matière + énergie) : ce qui irait contre la raison, à mon avis, ce serait d'imaginer de la matière auto-créée à partir du néant… (Mais des athées peuvent peut-être avoir une explication excluant un Créateur ?)*

De retour dans sa famille, aspiré par ses préoccupations théologiques, apaisé par l'accalmie financière, Xavier n'a plus beaucoup d'intérêt pour Catherine. Aurait-il manipulé à ce point cette femme qu'après avoir obtenu son argent, il n'aurait plus envie d'elle ? Tromper Agnès, n'est-ce pas un truc de minable ? Est-il possédé ? Catherine discute. Ils se respectent, ils s'aiment, mais c'est ainsi, il ne peut pas abandonner les siens. Il ne peut pas tout foutre en l'air. Il ne la rejoindra pas. Il a peut-être cru sincèrement qu'il aurait le courage de tout plaquer. Non, Xavier ne veut plus la voir. Catherine ne comprend pas. Elle l'aime. Lui aussi, mais c'est trop difficile, dit-il. Toute cette vie avec Agnès, il croyait qu'il pourrait tirer un trait, c'est impossible. Il promet de la rembourser. Catherine n'y pense pas. Xavier insiste, il a cette nouvelle idée, les Cartes Cristal. La fortune à coup sûr. Son argent va servir, en partie, à lancer le projet. Oui, peut-être, répond Catherine, qui n'écoute pas. Elle a confiance. Elle l'aime encore. Elle ne veut pas le perdre. Il doit revenir vers elle. Xavier hésite. Son travail l'accapare, cette idée, les Cartes Cristal, le ramènera au top et là alors, quelque chose sera peut-être possible, mais pour le moment non, répète-t-il. Est-il honnête ? Catherine ne sait plus quoi dire. Et puis, ils ont encore coupé un morceau de son père, ajoute Xavier, c'est trop dur, tout ça. Catherine compatit. Il n'a pas l'esprit à l'amour ni à l'avenir. La mort rôde. Elle voudrait le revoir. Plus tard, toujours plus tard, répond Xavier. Il rompt.

Cartes Cristal

2010. Le trou est béant. Xavier est à la renverse. Il est seul. L'argent de Catherine s'est volatilisé. Il a pensé qu'en arrachant quelque chose à sa maîtresse il pourrait devenir elle, comme lorsqu'on mange le cœur de son ennemi pour s'approprier ses forces. C'est la nuit. Dans sa cave, il fume les pieds posés sur un carton, dans la pénombre, des dizaines d'autres caisses s'entassent. Ici gît son avenir. Il n'a pas réussi à vendre ses milliers de Cartes Cristal. L'idée était pourtant infaillible : carte d'abonnement et de réductions pour les commerciaux et les hôteliers qui les reçoivent. Il avait tout prévu, tout calculé, tout le monde devait y gagner. Le changement de TVA dans la restauration lui aurait été fatal. Il sourit, ironique. Cette fois-ci, c'est la faillite.

Depuis des semaines il ne dort plus. Les insomnies se superposent les unes aux autres. Il a de la fièvre. Il écoute des kilomètres de musique country, billet gratuit pour son rêve américain. Il refait ses calculs. Il pense à Catherine. Il aligne des chiffres. C'est presque faisable. Les Cartes Cristal, ça peut encore marcher. Il murmure ses certitudes comme des prières lancées dans la nuit. Maudite TVA !

Mais s'il avait vingt mille euros, alors peut-être... Il boit trop, ce n'est pas son genre. Il tourne dans son fauteuil au rythme de la guitare, il pense au cours de danse country qu'il a pris avec Agnès, pour la « sortir », pour arranger les choses, encore un échec.

La journée, Xavier conserve un niveau de jeu formidable. Il tient. Une crevasse immense se creuse entre le réel et la fiction qu'il raconte. Ses enfants ne se rendent compte de rien. Anne prépare les Journées mondiales de la jeunesse catholique en Espagne, Arthur et Thomas sont tout à leurs études et leurs amis, Benoît est avec sa mère... Xavier se fractionne, portrait en creux d'un être morcelé par ses pulsions. Dernière désillusion. Au fil des jours Agnès comprend que la situation s'est de nouveau dégradée. Xavier lui demande de lui faire confiance. Ils ne se touchent plus. Ils ne se voient plus. Agnès prie et demande qu'on prie pour son mari, pour qu'il retrouve la foi et des solutions. Les disputes n'en finissent jamais. Il n'a aucun moyen de les arrêter. Les enfants n'y prêtent plus attention. Xavier travaille pourtant, il part sur les routes et puis il y a son père toujours malade, dans la même ville que sa maîtresse. Il va d'hôtel en hôtel. Il cherche de nouvelles idées. Il n'est pas au bout du chemin, seulement sa monture est épuisée. Comme tout bon cow-boy, il sait qu'il ne lui reste plus qu'une chose à faire : une balle dans la tête et une caresse sur le flanc, pas nécessairement dans cet ordre. La carcasse de l'animal gît dans le désert. Il poursuit sa route, la selle en cuir sur son épaule alors que la nuit envahit tout. Dans sa cave, les chiffres s'amoncellent. Xavier est hypnotisé par son incapacité à réagir.

Jésus, Marie, Joseph, faites que vous existiez. Retour devant son écran d'ordinateur. Ses doigts glissent énergiquement sur les touches. Il a pris encore un nouveau pseudo pour intervenir sur le forum de discussion Cité catholique. Moins il trouve de solutions la journée, plus il écrit, questionne et analyse à l'infini les thèses théologiques des uns et des autres, la nuit. Au début il était encore cohérent, petit à petit il a perdu pied. Maintenant tout se mélange, l'argent, la religion, l'existence de Dieu, son enfance, l'Apocalypse, son ange gardien, la matière, l'antimatière, les miracles, Adam, Ève, les sacrifices, le bien, le mal, la *relativité* de la morale. Un démon grandi au fond de lui. *Pour moi, tout cela n'est qu'incohérences et contradictions*, écrit-il à propos de la Bible. *Et chacun, consciemment ou inconsciemment, élimine ces incohérences pour ne garder que ce qui l'arrange, au lieu de remettre tout en question !* Xavier voudrait que plus personne au monde ne croie en Dieu, mais ce n'est qu'une manière d'en finir avec le doute qui le torture. Sur le forum, il lui arrive de poser une question sous un pseudo et d'y répondre avec un autre. Il se scinde. Il cumule tous les problèmes psychiatriques du monde. Il porte l'ancien et le nouveau en lui, comme la Bible. Il est un personnage mythologique incarné dans la modernité. Les yeux rougis de fatigue, à bout de forces, il continue de pianoter sur son clavier. *Si l'homme n'avait pas de conscience, ne serait-il pas parfaitement heureux ?* écrit-il. *Pourquoi Dieu a-t-il doté l'homme de cette « fichue » conscience… ??? Pour l'enquiquiner ?* Il interpelle violemment des croyants sincères, pour leur demander des preuves de leur foi. On dirait un cri. Xavier maquille son intelligence. Il change de voix. Il s'infiltre. Il manipule. Il se dissout. Il trouve une justification à l'existence de Dieu : *L'énergie et la matière ont été créées par « quelque chose » qui existe mais qui n'est composé ni de matière, ni d'antimatière, ni d'énergie. Ce « quelque chose », immatériel et intemporel, peut être appelé « Dieu ».*

Il est en colère. Les fictions s'accumulent. Il n'arrive pas à les effacer. Sa foi, qu'il croyait morte, est en réalité un voile posé sur sa vie. Impossible de s'en défaire. Il ne croit plus en Dieu mais Dieu le hante. Il ne croit pas aux révélations de sa mère, mais il suit ses commandements. Il est en faillite personnelle, mais il se voit toujours riche. Ses nuits sont faites de longs cauchemars. Lorsqu'il se réveille, rien n'a changé. Impossible de fuir, si ce n'est par la mort. Il y pense. Voilà, il sait que le chaos est dans sa maison, il a volé, trompé, déçu. Les trompettes de l'apocalypse sonnent. Les quatre cavaliers apparaissent sous la forme de banques, d'huissiers, de maîtresse blessée et de famille trop lourde à porter. Xavier a tout organisé pour cela. Au bout du compte la pensée magique gagne. Cet homme, quarante ans plus tard, est en train de donner raison à sa mère. Elle voulait l'apocalypse, eh bien la voilà. C'est dans la vie de Xavier que tout explose. Il devait se tenir à la droite de Christ-Roi revenu sur terre : il sera l'antéchrist porteur de la destruction.

— Catherine je vais me tuer et tuer toute ma famille, il faut que tu m'aides, que tu me donnes encore de l'argent !

Xavier a besoin de liquidités pour respirer. Il revoit Catherine. Il souffre. Elle ne dit rien. Sa compassion atteint ses limites. Elle n'est pas dupe, mais comment se passer de lui ? Peut-être revient-il pour de bon ? Il sélectionne ce qu'il dit et ce qu'il cache. Ils se mettent au lit, encore une fois. Ils essayent, mais Xavier ne bande pas. Le manque d'argent, les angoisses et son père l'en empêchent. Ce n'est pas grave, souffle Catherine. Il l'embrasse et la caresse longuement. Il n'y a plus grand-chose entre eux. Xavier s'accroche, *loser* mégalomane, il tente le tout pour le tout. Il est ruiné comme il ne l'a jamais été, avoue-t-il. Il fait la liste de ses problèmes. Quatre mois de loyer impayés, les factures de l'école d'Arthur qui s'accumulent, sa voiture en panne, sa mère qui achète les cadeaux de Noël à sa place, il faudra rembourser, impossible de cotiser à l'URSSAF, aux ASSEDIC, les huissiers sonnent à la porte, il se voit expulsé de chez lui à la fin de l'hiver 2010. Même pour reprendre la route, payer l'essence et faire seulement son travail habituel, il n'a plus assez d'argent. Il lui demande son aide une dernière fois, après quoi il disparaîtra, pour toujours. Pourrait-elle lui prêter vingt-cinq mille euros ? Seulement vingt-cinq mille euros et il est sauvé ! Il le sait, ce n'est rien pour elle. Ça lui permettra de faire patienter ses débiteurs et de relancer les Cartes Cristal. Sûr que ça va être un carton, maintenant. Comme avec les cinquante mille euros ? ironise gentiment Catherine. Xavier ne se vexe pas. Il n'en a pas le loisir. Il plaide sa cause. Il a tout prévu. Il sait ce qu'il faut faire. C'est pour eux aussi, se retrouver, se donner une dernière chance. Il dit n'importe quoi. Elle doit lui faire confiance. Encore vingt-cinq mille euros, pleurniche-t-il.

Il retourne à Nantes. Il s'enferme dans sa cave au niveau de la terrasse. Il attend la réponse de sa maîtresse. Son souffle est saccadé, il est entouré de fantômes. Son corps se dérègle. Son père se disloque. Sa mère ne sort plus de son monde. Sa sœur le plaint. Catherine refuse. Elle ne lui donnera pas vingt-cinq mille euros supplémentaires. Sa patience a des limites. Son amour aussi. Il ne quittera jamais sa femme. Elle s'en remettra. Et puis, elle veut qu'il rembourse l'argent déjà donné. Il a fait n'importe quoi avec. Elle ne marche plus. Elle dirige une société, elle est entrepreneure, elle. Ça claque comme une humiliation. Ce qu'elle ne peut plus supporter, c'est de rester face à un dément qui dit tout et n'importe quoi. Elle se sent escroquée, tant financièrement que sentimentalement. Catherine veut être remboursée, oui mais de quoi ? Xavier termine la lecture de ce mail. Sa vue se brouille. Il est un peu ailleurs. Il tremble imperceptiblement. Quelqu'un en lui s'endort. Elle ne lui donnera pas son argent. Il passe à autre chose, clic, le mail disparaît. Il ne bouge plus. Il se sait supérieurement intelligent. Sa mégalomanie est un brouillard dans lequel il se perd. Il a tout analysé. Tout essayé. Tout calculé. Il a pensé à sa famille, sa mère, son père au seuil de la mort et à sa sœur. Il a pensé à Agnès, à ses enfants. Non, il n'y a objectivement aucune solution. Il ne pourra pas réussir, il ne pourra pas devenir celui qu'il devait être. Ce n'est pas une impasse, c'est une fin. Il n'y a plus rien à faire. Inutile de se retourner ou d'implorer le pardon. Jésus n'est pas là ou bien il le met à l'épreuve. C'est peut-être ça. Les questions se bousculent. Xavier se retrouve enfant, géant, vieux, sage. Il plonge au-delà de la dépression dans ces limbes où l'ego justifie enfin toute chose. Le voilà dans un inframonde, il sait tout, il voit tout, il comprend tout.

Je vous avoue que, pour ma part, je ne crois nullement en ce concept de « Bien en soi », et encore moins en un « Mal en soi », écrit-il cette nuit là. *Je suis persuadé que chacun a sa conception du bien et du mal et que ceux-ci sont donc relatifs et non pas des « absolus ». Je crois qu'aucun exemple ne peut être trouvé d'un acte qui soit considéré comme « mal » par la totalité de l'humanité présente et passée ! Le fait de tuer un autre humain encore moins que le reste : lapidation de femmes adultères, peine de mort légale dans des pays civilisés, jeux du cirque chez les Romains, bûchers de l'Inquisition, attentats islamistes ou de l'IRA, cannibalisme, shoah, guerres… (Estimation à la louche : ne me demandez pas de sources statistiques, 99 % des gens qui ont tué un autre être humain l'ont fait… en pensant bien faire, en trouvant cela parfaitement normal et justifié !!!)*

Golem

Au commencement Dieu créa le ciel et la terre ; la terre était informe et en désordre, les ténèbres étaient sur la surface de l'abîme et l'esprit divin planait sur les eaux ; Dieu dit : que la lumière soit et la lumière fut ; Dieu voyant que la lumière était bonne, la sépara d'avec les ténèbres ; Dieu nomma la lumière jour et les ténèbres nuit. Il fut soir, il fut matin, un jour.

Xavier est un Golem, cet homme d'argile qu'un rabbin anime, une nuit de tempête. La créature est debout et terrible. Le kabbaliste qui veut faire naître un tel dément inscrit sur le front d'un colosse d'argile les lettres hébraïques : *EMET(H)*, אמת, vérité. Ainsi l'inanimé se meut. Être vengeur et incomplet, car sorti de terre, il en possède la force. Il peut protéger et détruire. Il porte la parole qui l'a créé. Puissance du Verbe. Du mot advient le réel, la vérité. Il suffit d'énoncer et de tracer les lettres pour donner la vie.

Xavier est une fiction, et c'est ainsi que j'explore son existence. J'accepte les règles du jeu qu'il a lui-même énoncées. Je mens, je triche, je rapporte des faits et je raconte les creux. Je dis tout ce que je sais. Ses mots sont les miens. Sa voix hante la mienne. Pour Geneviève et Christine, le fils, le frère, est innocent. Comme je les comprends. Xavier n'était pas déprimé, disent-elles. Elles le connaissaient, quand même ! Ce qu'on raconte sur l'argent n'est pas vrai. Sa situation allait se remettre parfaitement en ordre, affirment-elles sur leur blog. La force de leur conviction est touchante. On pourrait presque les croire s'il n'y avait autant d'indices contraires. On voudrait suivre le raisonnement qui les amène à sauver Xavier et sa famille, mais il nous a laissé trop de traces, pour qui veut regarder, étudier, lire, mettre en lien. C'est partiel, à n'en pas douter, chaque élément n'en est pas moins terrible.

Milliers d'heures, milliers de kilomètres à rouler dans sa voiture, loin de l'Amérique et de ses rêves. Xavier est exsangue. Il agit comme guidé par une force extérieure. Il est venu sur cette terre pour démontrer le pouvoir de son créateur. Geneviève l'a mis au monde pour prouver la force de Dieu. Il devait participer à l'*avènement*. Preuve silencieuse de l'accession à un niveau de conscience inédit. Pourquoi s'arrêter maintenant ? Xavier continue de parler, de rire même, de faire l'amour parfois, mais il ne vit plus. Golem, il marche par la volonté d'un autre. Monstre capable de tout, qui se tient sur la brèche du monde. Il est allé si loin dans le désir d'être qu'il s'efface maintenant, épuisé de ne pas y parvenir. Il ne s'incarne pas. Il est un jouet ancestral. Il va tuer, *massacrer* comme l'écriront certains journaux. Ces mots s'égrènent encore sur le grand réseau. Balles dans la tête. Balles dans le cœur. Sa disparition ne date pas de ce moment-là. Il s'est déjà retranché.

Il n'y a là rien d'angoissant ni de triste dans la position des athées : cela ressemble au repos le plus absolu, comme un sommeil sans rêve, écrit-il sur Cité catholique. *La non-existence : quelle joie ! Plus de soucis, plus de maux, plus de joies non plus, ok, et alors ? Puisqu'il n'y a plus rien, il n'y a pas non plus de manque ! La paix totale ! (C'est peut-être cela le Paradis, en fin de compte !) Il n'y a pas à s'angoisser toute sa vie en se demandant si on sera expédié au Paradis ou en Enfer, et à chercher à quoi ça peut bien ressembler (...). En quoi le « néant » est-il « négatif » ? Mes chiens vont retourner au « néant » : et alors ? En souffriront-ils ? Certainement pas. En quoi la vie (terrestre) serait-elle « désespérante » sans l'espoir du Paradis... ou la peur de l'Enfer ? »*

À force de raisonner à l'infini, dans quel bastion intérieur Xavier s'est-il réfugié ? Sous quelle loi vit-il, s'il se moque du néant et s'imagine même y prendre son pied ? Xavier suffoque. C'est à ça que je pense. Nuit après nuit dans sa cave-bureau, kilomètre après kilomètre dans sa voiture-bureau, il étouffe. Il a tout essayé. La vie lui échappe. Il commence à se construire un autre monde. Le Golem veut vivre pour de vrai, échapper au contrôle. Colosse au pied d'argile, il peut écraser le monde sur son passage et vaciller à la première pluie. Que c'est doux de croire à la liberté. Et s'il s'était trompé depuis le début ? Marche arrière : s'il était possédé, s'il était le Diable ? Le moteur vrombit, Xavier sourit, la voiture fait un saut en avant, elle transperce l'obscurité, le Golem se jette dans l'inconnu.

— *À votre place, je demanderais beaucoup de prières pour moi, et sans doute aussi pour votre mère, car c'est peut-être une manière qu'a trouvée Satan pour l'attaquer*, commente un internaute sur le forum.

— *Entendez-vous par là que les « révélations privées » sont toujours l'œuvre de Satan ? Soyez très libre dans votre réponse : après avoir cru pendant des décennies que ces révélations étaient divines, je suis convaincu actuellement qu'elles ne sont que des effets « cérébraux »...*

— *Oups ! Non, au contraire ! Je pense que si votre maman fait du bien, Satan doit rechercher tous les moyens de ridiculiser son action et de l'empêcher de faire le bien. Avouez que, dans cette optique, vous êtes une cible privilégiée ! Non ?*

— *Pas mal vu ! Réponse cohérente, bravo ! Mais que feriez-vous à ma place : messages divins depuis 1972 (j'avais 11 ans et j'en ai donc 49 actuellement) annonçant l'Avertissement, les trois jours de ténèbres avant l'Avènement du Christ-Roi… ??? Prendriez-vous votre mère pour une sainte, une messagère, une âme privilégiée… ou une « dérangée mentale » ?…*

Janvier 2011, Bernard-Hubert Dupont de Ligonnès rend à Dieu son dernier souffle. Enfer ou Paradis, son âme ne pèse pas lourd, son corps n'a pas tenu. On ne pouvait plus en couper aucun morceau. Pour Xavier, c'est un soulagement. L'agonie insupportable prend fin. À l'enterrement, tout le monde est là. Xavier est admirable. Il conduit à l'aller. La famille pleure. C'est ce qui se fait. Il parle peu. Ses enfants lui apportent leur soutien, bien qu'ils aient mal connu leur grand-père. Xavier est ému. Il croise des visages. La mollesse de mains anonymes, lors des funérailles ! C'est glacial. Accolades indifférentes, regards amicaux, certains comptent, Agnès tient son homme par le bras.

Ils rentrent. La route défile. Les enfants sur leurs téléphones portables. Agnès rêveuse. Xavier ouvre sa fenêtre pour fumer. Personne n'ose rien lui dire. Nantes, Boulevard Schuman, tout le monde descend. Mois de janvier un peu frais. Xavier termine sa cigarette. Tout ça est à lui. Chaque membre de sa famille comme une partie de son corps. Cette maison où il a passé des années et celle à Miami qu'il n'a jamais possédée. Il écrase sa cigarette. Quelques prostituées apparaissent au bout de la rue. Agnès prie pour elles. Il ferme la porte. Personne ne lui fait de remarque lorsqu'il descend dans sa cave.

Xavier est l'inachevé, l'inaccompli. Sur son front brille la vérité, *EMET(H)*, un des noms de Dieu, mais ironie de l'hébreu, si on supprime la première lettre de ce mot, alors il ne reste plus que *MET*, la mort. L'homme retourne à la poussière. L'histoire doit se terminer. Ce soir-là, Xavier sent confusément que la différence entre vie et trépas n'est pas sûre. Après tout, peut-être est-il cette main de Dieu qui doit agir pour que déferle l'apocalypse.

Il fut soir, il fut matin ; l'homme succédant à l'homme, de son père Xavier reçut en héritage une carabine 22 long rifle.

L'éternel

Je feuillette la Bible. Elle m'accompagne depuis le début. Je peux le dire maintenant, elle n'a servi à rien. J.-C. a échoué. Je suis seul et il fait sombre ici. Aucune protection n'aurait pu prévenir le tour qu'ont pris les événements. S'il y a un démon, il est bien là, à côté de moi ou, pire, à l'intérieur. Je ne le crains pas. J'ai pu l'apprivoiser, je ferai avec pour les siècles des siècles…

J'ai pris une décision. Ce n'est pas le vide, plutôt un bouillonnement. Je reviens sur chaque détail. Le plus dur, c'est de ne pouvoir en parler à personne. Longuement, je me suis persuadé qu'Agnès aurait pu être d'accord. Il vaut mieux ne compter que sur moi. Ce n'est pas un jeu de hasard. Je souffre à chaque instant. Quelle différence verront-ils ? Ils passeront d'un état à un autre. Je porterai pour eux le poids de la culpabilité. Il n'y a pas de place pour la honte. Je vaux mieux que ça. J'ai réfléchi trop longtemps. C'est le moment, voilà tout. J'ai tenu aussi loin que je pouvais. Je crois que nous avons vécu le temps qui nous était attribué. Je me contrefous de l'avis d'autres que moi-même. Je pense raisonnablement que leur vie à venir serait pire ici-bas. C'est une analyse objective. J'ai l'expérience, l'intelligence.

Le Paradis promis à leur innocence est préférable quels que soient les termes de l'équation. L'Enfer est ici. Ne le voyons-nous pas ?

Vendredi. Les ronds-points s'enchaînent toujours pareil. Le Castorama d'Orvault fera bien l'affaire. Tout le monde s'agglutine dans ces endroits qui n'ont aucun sens. Si Jésus devait envoyer sa colère, ce serait bien contre ces zones commerciales éphémères. Annonces publicitaires pour un produit ménager révolutionnaire, agression sonore, les rayons se succèdent et je me perds un peu. Je préfère ne pas me renseigner. Plâtre, béton, j'y suis, prise rapide, lequel choisir ? Je n'ai jamais fait ça avant, du béton. Sac de gravats, il me faut une bêche. Une pelle oui, un genre de pelle, c'est bien ça aussi, une houe lorraine, ce sera plus facile pour gratter. À la caisse, un homme portugais essaye de faire sourire la jeune fille qui s'occupe de lui. Ça ne marche pas tellement. Mon tour, je ne commente pas. Je sors ma carte bleue. Ils retrouveront ça. Ils sauront qu'il y avait un plan, que ce n'était pas un hasard, que ça n'a pas été fait n'importe comment et certains chercheront du sens. Il y en a. C'est peut-être dû à mon intelligence. 16 h 19, je suis en retard. 73,85 euros. Je tape mon code. Aucune difficulté pour retenir ce genre de chose, les chiffres. Ce que je ne comprends toujours pas, c'est pourquoi ce que j'ai entrepris n'a pas fonctionné. Lorsque je mets à plat les équations, les idées, tout était réuni pour faire fortune. Le facteur humain a toujours joué contre moi.

Il faut que je récupère les garçons. Je préviens Gabriel que nous aurons un peu de retard. Déposer les outils, éviter les commentaires, ne pas multiplier les mensonges. Je passerai directement par le jardin. Je me gare et décharge. Je range tout sous la terrasse. La terre y est dure, ça ne sera pas facile avec mon mal de dos. Agnès sort, elle me regarde, je lui souris.

— J'ai prévu des travaux sous la terrasse, c'est dégueulasse, on peut rien stocker. Je vais faire une petite dalle de béton. Tu peux prévenir les garçons, on doit y aller. Et dis à Thomas de prendre la carabine et les munitions.

Agnès aime quand *ses* hommes font des choses ensemble. Je ne suis plus très sûr qu'elle m'aime. Je la regarde se déplacer dans la maison. Je sais quel geste elle va faire avant même qu'elle bouge. Nous nous sommes sincèrement aimés. J'ai tout tenté pour que nous restions unis, pour que notre mariage soit éternel, mais nous avons dérapé, nous avons dévié de notre route. Nous ne nous séparerons jamais. C'est certain maintenant. Ça me rend heureux que nous restions ensemble jusqu'au bout. J'aurais aimé pouvoir le lui dire. Cet autre monde qui nous attend, elle y sera heureuse avec les enfants, et moi, tant pis si je n'y vais pas. Ce monde de lumière et de chaleur auquel ils croient. Il est simplement rationnel de penser qu'ils y seront tous mieux puisqu'ici je ne peux plus rien pour eux.

Au centre de tir, l'instructeur me rappelle une nouvelle fois que tirer avec le silencieux réduit la précision. Je le sais. Il est là toute l'année et c'est un bon prof, inutile de me le mettre à dos. Gabriel est ravi d'accompagner mes fils Thomas et Benoît pour leur initiation. Pistolet à air comprimé, tir à dix mètres. Sérieux, les garçons s'installent sur les lignes de tir. Le bras bien tendu, ils visent, maîtrisent leur respiration et écoutent l'instructeur. Ils sont assez doués et font mouche. On ne s'ennuie pas. Combien de cartouches y passent ? Nous y restons deux heures. Lorsque nous sortons le soleil est couché. Gabriel s'en va après une accolade, mon ami de toujours. Agnès nous attend.

Dans la voiture les commentaires vont bon train. Thomas et Benoît veulent recommencer. Ils sont mordus. Je suis venu ici avant de tout planifier. Les avoir avec moi écarte tous soupçons potentiels sur les raisons de mon récent intérêt pour le tir. Avoir le goût des armes à feu est toujours suspect. Encore une preuve de la bêtise des gens. Jugement hâtif, ras des pâquerettes. Comment serait notre société si tout le monde réfléchissait un peu plus ?

Ce soir nous mangerons et puis je descendrai dans mon bureau – ma cave ! J'écrirai à ma sœur et j'écouterai peut-être Dolly. C'est ce que je regretterai le plus, la country. Les États-Unis, quel rêve ! On ne pourra pas dire que je n'ai pas essayé. Là aussi, que m'a-t-il manqué ?

Agnès me reproche encore quelque chose, un problème d'argent certainement. Nous n'en verrons jamais le bout et je suis fatigué. Je peux le reconnaître. Je suis fatigué, mais je porte tout ici. Je subviens à leurs besoins depuis tellement d'années. La source est tarie. Si je ne suis plus là que leur reste-t-il ? Ce n'est pas Agnès qui va trouver ce qu'il faut pour les faire vivre. Les enfants ne sont pas prêts. Moi, au moins, j'ai pu croire pendant presque cinquante ans que mes rêves allaient devenir réalité. Maintenant je sais bien que ça n'arrivera plus. Je ne veux pas leur infliger cette désillusion. J'ai tout planifié, je sais ce que je fais. Le réel a été plus fort que moi et quand je parle de réel, je veux dire les banques, la finance, le business, l'URSSAF, l'État qui ne nous permet rien.

Samedi. Mon histoire est parfaite. Si ça se trouve, tout le monde y croira. J'aimerais ça, que l'on soit encore vivants, unis, heureux, dans la tête de ceux qui nous aiment. Ce serait le hold-up parfait. Éviter une dernière fois les souffrances de tout le monde. Comme je le fais depuis plus de vingt ans maintenant. Il fait beau. Achat de timbres. Sur un bout de comptoir, je prends un café. J'ai les idées bien claires. Comment faire disparaître toute une famille en dissuadant les recherches : nous partirons aux États-Unis, c'est ce qu'il y a de plus crédible. À Miami, Gérard m'avait parlé d'un couple un peu étrange. Il était persuadé qu'ils étaient sous protection, témoins dans un procès. C'est parfait pour nous. Disparaître au cœur d'une histoire policière, film d'espionnage à grand budget. Si nous n'avons pas pu vivre le rêve américain, nous pourrons toujours le raconter. Nos histoires se superposeront à celle des studios d'Hollywood. La maison de Nantes sera nettoyée façon disparition totale. Nous ne serons plus là. Et peut-être que ce sera vrai. Après tout.

Ce monde est sordide, il est sans espoir. Jardiland. On a inventé ça. Encore que je sois admiratif de celui qui a réussi à créer le supermarché de la nature. Bonne idée. Bon raisonnement. Bonne étude de la nature humaine. De son obstination à détruire la planète tout en achetant des plantes pour son balcon. Il ne me faut pas tant de chaux vive. Juste assez pour qu'on ne les retrouve jamais. Ça chasse l'odeur, conserve l'intégrité des matières organiques, si la chaux n'est pas en contact avec celles-ci. Voilà, un sac de dix kilos fera l'affaire. Il faut que je commence les travaux, sans quoi les trous ne seront jamais prêts.

Dimanche. Plus un bruit. Benoît a dû rentrer de chez son copain. Il est allé à la messe avec sa mère et Anne, sans doute. La maison est calme. Je suis épuisé. Je pourrais dormir toute la journée. Je dois penser à tout. L'affaire doit être parfaite. C'est étrange, ce plaisir que je prends à organiser notre disparition. Comme l'espoir d'une nouvelle vie. Je dois déterminer deux cercles. Celui des très proches à qui je dirai tout mais demanderai un silence absolu. Puis, ceux à qui je raconterai une autre histoire, et qui n'en seront pas surpris. Déménagement en Australie où j'ai trouvé un poste. J'ai toujours dit ça. Amérique ou Australie. L'un et l'autre, dans la mort, ça ne pose aucun problème, ubiquité des esprits, âmes voyageuses. À ma mère, à ma sœur, à quelques amis, je parlerai du programme de protection des témoins. Exfiltration quelque part aux États-Unis. Elles me croiront, pourquoi ne le feraient-elles pas, ne suis-je pas leur Messie ? N'y a-t-il pas toujours une raison supérieure ? Et puis mon destin n'est pas accompli, alors jamais elles ne pourront admettre que tout s'arrête comme ça. Elles ne l'accepteront pas et, à travers elles, nous vivrons. Elles ont la foi pour nous tous. Cela me touche et je les aime pour cela. Je les aime car elles sont plus fortes que moi. Croire encore à leur histoire, faire que leur fiction religieuse prime toujours sur notre quotidien bassement réel. La vérité, elles la détiennent.

Je dois penser à écrire les lettres pour justifier des futures absences des enfants et d'Agnès. Thomas descend m'embrasser, il repart pour Angers. Tout doit paraître normal. Tout à l'heure, pourtant, de grandes décisions seront prises. Je le serre dans mes bras. Nous nous reverrons bientôt. Lui pense déjà à plus tard, à ne pas être en retard, à rapporter la robe à son amie. Je le regarde, j'imagine ses rêves qui ne se réaliseront pas. Je remonte avec lui à la surface de la maison. Tout le monde est là et s'agite. Je les observe. Je les aime. Mon cœur bat pour eux. Je propose d'aller ensemble au restaurant. Au Charolais ! Quelle importance maintenant, dépenser encore de l'argent ou non ? Agnès me sourit, elle est ravie de mon initiative.

Nous tous autour de la table. Reproduction moderne de la Cène. Ça ne manque pas d'ironie. Agnès sirote un martini. Je me demande si elle ne boit pas un peu plus ces temps-ci. Moi, oui, c'est certain, c'est prémédité. Je ne suis peut-être pas encore alcoolique, mais la boisson me fait du bien. C'est un peu pathétique. Les enfants prennent des jus d'orange. Les serveurs apportent nos viandes. Arthur, Anne, Benoît, je les regarde, je ne suis pas triste. Leurs visages s'animent. Je dois m'en souvenir. Je m'en souviendrai. Ce sera ma pénitence. Me revoilà catholique. Je le suis encore. Je ne peux pas me mentir à ce point. Discussion calme, les garçons sont taciturnes. Le petit, mon petit, tout sera bientôt fini. Anne est impatiente de se rendre à Madrid pour les JMJ. Agnès se demande si elle ne l'y accompagnerait pas. À voir la tête de ma fille, pas difficile de comprendre que l'idée ne lui plaît pas tellement.

Retour en voiture, je dois m'organiser, il ne doit y avoir trace de rien. Si des membres des services secrets américains entraient chez nous, ils ne laisseraient aucun indice. Ils amèneraient des corps et les enterreraient à la place de la famille. C'est faisable. Nous serions devenus des fantômes. Nous arrivons, je me gare, j'éteins les phares. En marchant vers la maison Agnès glisse sa main dans la mienne. L'impliquer aurait pu être possible. Elle aurait peut-être accepté. Mais elle aime la vie. Je ne sais pas le dire autrement. Si elle avait été impliquée, elle aurait pu facilement profiter du repas pour verser les somnifères dans les verres de jus de fruits des enfants. Maintenant il faudra qu'ils acceptent de boire ce que je leur donnerai.

Nous rentrons. La famille s'éparpille dans la maison, le nez sur les écrans des téléphones portables. Je descends à la cave. Je tourne un peu en rond. Je commence l'écriture des lettres de départ à l'attention des uns et des autres. Ils ne les recevront pas tout de suite. Ai-je pensé à tout ? Demain matin, qui va s'inquiéter ? Le travail d'Arthur, les écoles, le bureau d'Agnès. Je vais envoyer un message à Christine, pas la peine de se rappeler trop vite ensuite.

On était au cinoche en famille, et au restaurant ensuite : dimanche soir, et on rentre juste donc je t'ai envoyé un petit truc pour te demander si c'était trop tard pour le téléphone et puis là je vois que tu es sur ton répondeur. Mais… J'ai été surpris, tu me parles de Bertram, qui est dans ses préparatifs pour l'avion !? Ah ?! donc… Je croyais qu'il venait d'arriver !… Alors j'étais un peu surpris. Voilà, je t'embrasse… Si c'est pas trop tard, tu me rebipes, ou tu m'envoies un petit SMS et je te rappelle, là je vais coucher les enfants, dire bonsoir à tout le monde. À tout de suite !… Peut-être…

Lorsque je monte, Benoît dort déjà ou presque. Je le cajole une seconde et lui souris. Je lui demande s'il a fait sa prière. Il me regarde avec ses grands yeux. Je lui tends le verre de lait, il en prend une petite gorgée et fait une grimace, le somnifère laisse un goût. J'ai pris ceux d'Agnès. Benoît n'en veut pas plus. Je pose le verre. Il ne dit pas un mot. Je m'attarde un peu. Je me penche sur lui et sens son odeur, je l'embrasse. Il restera en moi. Son Dieu le sauvera. Il croit tellement fort. Il est insouciant. Il gardera pour lui cette vie si joyeuse qu'il a eue.

Je vais voir Anne. Elle traîne dans sa chambre et parle sans doute avec ses copines. Je lui apporte un verre d'eau, j'y ai mis de la fleur d'oranger et les somnifères. J'en ai mis assez. Elle boit. Je la regarde. Je ne sais pas quoi lui dire. Je pense qu'elle sera heureuse. Je lui souhaite de faire de beaux rêves. Elle me sourit et m'embrasse. Je la prends dans mes bras. Je l'aime infiniment. Elle est une partie de moi. Je n'arriverai peut-être pas à me lever demain ou, pire, je cesserai peut-être de respirer. Tout est en place. Il faudra creuser. Je passe la main sur son visage. Il faut qu'elle dorme bien vite et que tout se termine.

Arthur est plus sauvage, il est un peu surpris que je lui apporte à boire. Je lui dis qu'avec tout ce qu'on a mangé, c'est bien de s'hydrater un peu. Il n'en demande pas plus, il engloutit le verre de lait comme son frère. Pas de commentaires sur le goût, pas d'effusions entre nous, il est un peu grand pour ça. Il est sur son téléphone. Il connaît beaucoup de monde. Je voudrais lui dire quelque chose de spécial, je ne trouve pas mes mots. Il m'échappe. Peut-être faut-il l'accepter tel qu'il est. Nous ne sommes pas reliés par le sang. Nos incompréhensions sont à la hauteur de l'amour que je lui porte.

Je vais embrasser Agnès. Elle se prépare pour dormir. Elle a envoyé un mot à une amie espagnole. Peut-être pourrait-elle aider Anne quand elle sera à Madrid ? C'est une bonne idée. Je n'insiste pas. Je redescends. Je m'enferme à la cave. Je n'entends plus les bruits des uns et des autres. Ils doivent déjà dormir. Quoi de plus beau que de mourir dans son sommeil. Ils passeront d'un rêve à un autre. D'un paradis à un autre. Il n'est plus l'heure de se questionner, de revenir en arrière. Il faut regarder devant, écrire notre histoire, être précis et plus intelligent que ceux qui voudront imaginer je ne sais quoi. Nous avons eu une belle vie. Elle fut meilleure que celles de la plupart des gens. Je refuse d'en perdre le contrôle. Je reconnais que cette dernière année, tout a dérapé. Ce soir je remets les choses à l'endroit.

3 heures du matin. Plus de deux heures que je me torture. Mais la bonne décision, c'est celle-là : la soustraction. C'est le moment. Je ne dois pas manquer de courage. Les chiens sont dehors. Ils ne me dérangeront pas. Je sais comment les choses vont se dérouler. Agnès et les enfants passent dans un autre monde. Ils ont choisi de croire au Paradis, à la vie éternelle. Je ne peux pas affirmer que ce soit vrai. Je veux croire qu'ils ont raison. Personne ne saura qu'ils

sont morts. Comment le prouver ? Parlera-t-on de cette histoire ? Je serai connu, peut-être. Cette famille qui a disparu entièrement… nous sommes où nous voulons être.

La nuit, tout fait plus de bruit. Les pas résonnent, les placards se ferment plus violemment. Effacer toute trace. Ne rien laisser derrière. La petite tête de Benoît n'est pas très lourde. Je l'entoure d'un coussin, puis je la recouvre d'un sac solide qui retiendra le liquide. Il est prêt. Je dois commencer. Je n'ai pas peur, ce n'est pas ça, mais la vie va changer complètement. Pour le mieux. Il se redresse. Je suspends mon geste. Je pointe la carabine sur sa poitrine. Je tire. Deux balles. Il retombe en arrière. J'enchaîne. Trois balles dans la tête. Le sac est étanche. Ça marche. Le silencieux ajusté sur l'arme étouffe le bruit. Il est parti. Le voyage a commencé. Je le dépose dans le plastique prévu. Je referme tout de suite, rien ne doit apparaître. Les draps sont tachés. C'est une contrariété. Je les retire. Le matelas est intact.

Étendu dans la pénombre, Arthur est dans un état léthargique. Je lui mets le sac sur la tête. Je ne regarde pas. Il n'est pas là. Je l'ai aimé si fort. Je ne ferme pas les yeux. Deux balles dans la tête. Deux, pour être sûr, pour ne pas laisser croire qu'ils se seraient suicidés. Ils ne pourraient alors pas accéder à l'au-delà. Ils risqueraient d'errer au purgatoire. Je ne veux pour eux aucune souffrance. Pourvu que tout cela existe. Les deux corps sont côte à côte. Aucune trace. Les draps sont en boule dans le couloir.

Je savais que pour Anne tout serait plus dur. C'est dans ma tête que je tire. Son visage disparaît sous le plastique noir. Coup de scotch. Elle est inerte. Elle m'en voudrait de décider pour elle. Mais quelle différence ? Elle rejoint les anges. Deux balles dans la tête. C'est terminé. Ce n'est pas difficile de tirer. Ça ne fait pas de bruit.

La cible est là. Je ne vois rien, le sac la dissimule entièrement. Je tiens, malgré la vague de chagrin.

Agnès, deux balles dans la tête. Elle ne me fait aucun reproche. Je le sais. Elle me suit quoi que je fasse. Enfin, pas sans reproche, il est vrai. Nous étions si désunis tout en étant ensemble. Elle est plus lourde que les enfants. Elle aurait voulu vivre, mais la mort ne lui fait pas peur. Elle sera dans la foule face à son Dieu. Elle est une de ces âmes qui savent trouver leur chemin. Elle a bien navigué, su prendre son plaisir et faire son repentir. Elle est quand même ma partie lumineuse. Maintenant que je la porte, que je sens tout son corps sur mon épaule, je peux affirmer que je l'ai aimée. Qui a dit que les monstres ne ressentaient rien ? Ce n'est pas normal, tout ça. J'ai pris une décision. Nous avons un plan.

Leurs quatre corps dans la cuisine. Je voudrais voyager avec eux. Je le ferai. À ma manière. Personne ne retrouvera rien. Sur le carrelage, du liquide a coulé. Il fallait s'y attendre. Je nettoierai plus tard. Il faut creuser maintenant. Ils ne sont pas morts puisque je respire encore. Je les emmène avec moi. N'ayez crainte, ils sont vivants, au moins dans les histoires qu'on racontera. Les lettres sont terminées. Je les enverrai bientôt à ma sœur et ma mère, à Gabriel aussi, vieil ami, vieux frère, à d'autres peut-être. Je pense à Claudia. Quelle aurait été ma vie si j'étais devenu protestant ?

J'ai refermé les sacs de multiples manières. Rien ne pourra plus entrer ou sortir. Sarcophages ancestraux. Par terre, le liquide a disparu. J'ai relevé les chaises de la cuisine, plus rien ne peut arriver désormais. Chacun part avec son objet sur sa poitrine. Colombe et chapelet, statue de la Vierge. Il y a une grande pureté dans ce voyage. Je me suis sacrifié. J'ai bien fait. Je ne suis pas apaisé. La question du Bien et du Mal est réglée depuis longtemps. Il n'y a ici que du bien et du mal, les deux mélangés, celui qui prétendrait le contraire serait un imbécile. Je porterai le malheur, que Dieu existe ou non, ils sont sauvés. Qui pourra comprendre ça ? Même s'il n'y a rien après, si c'est le vide, le néant, ils échappent aux turpitudes de notre monde. L'Enfer est ici même pour moi qui n'y crois pas.

Une balle dans un chien, deux balles dans l'autre chien. Je les caresse. Le voisinage n'a rien entendu. Le temps m'appartient.

Lundi.

— Bonjour, je suis Xavier Dupont de Ligonnès, je vous appelle pour vous dire que ma femme sera absente aujourd'hui, elle souffre d'une gastroentérite. (...) Oui, c'est désagréable. Je vous prie de prévenir qui de droit. (...) Merci beaucoup, bonne journée.

— Bonjour, je suis le papa d'Arthur, j'appelle pour vous prévenir qu'Arthur a eu un accident de scooter, il ne pourra donc pas être là aujourd'hui ni demain sans doute. (...) Non, rien de grave, mais mieux vaut prévenir.

— Bonjour, j'appelle pour prévenir qu'Anne et Benoît sont tombés malades ce week-end, une grippe familiale sans doute. Ils ne viendront donc pas en classe. (...) Merci beaucoup. Bonne journée.

J'appellerai Christine tout à l'heure, il faut que je creuse maintenant. Les trous ne se feront pas tout seuls et puis la terre à déplacer, le béton à faire, rien n'est simple, mais c'est pour le mieux. Ils doivent reposer en paix et pour longtemps. Ils protégeront la maison. Leurs âmes sont bienfaitrices. Je veux le croire. S'il y a un démon ici, c'est moi. L'Antéchrist. Comment ne pas penser à ça ? Que je suis le contraire absolu de ce que ma mère voulait ou bien encore que le Démon a gagné la bataille. Si j'y croyais, tout ça aurait un sens. Mais même cette perte de foi, n'est-ce pas un tour du Malin ? Les premiers coups de pelle sont difficiles. La terrasse est trop basse, cela va me prendre des heures. J'ai déjà des douleurs dans le dos.

Thomas est vivant, il est toujours aussi gentil. Il ne parle pas beaucoup ce soir. C'est bien qu'on dîne ensemble maintenant qu'il n'habite plus avec nous, qu'on partage quelque chose même si nous restons muets. Je finis par lui mettre un somnifère dans son verre. Je n'ai pas eu le temps de bien doser. L'effet est un peu rapide. Ça ne va pas. Il pâlit et sort du restaurant. Je le rejoins. Il se sent mal mais ne veut pas rentrer tout de suite. Je le prends dans mes bras. Je le serre fort. Nous terminons le repas, tout le monde nous remarque, rien ne se passera ce soir. Dans la voiture, il s'endort complètement. Ce n'est pas comme ça qu'il faut faire. Demain, je m'organiserai différemment.

Mardi. Les trous sont pratiquement terminés. Personne n'a pu me voir. Mais quelle galère ! Je me lave les mains longuement. Toutes mes actions durent indéfiniment. Je me vois ralentir et comme voler très légèrement au-dessus du sol, en apnée aussi. Ils doivent vivre encore. Agnès achète en ligne un diable pour porter des objets trop lourds et puis elle poste une photo sur Facebook. Agnès est avec moi aujourd'hui. Elle est bien là, bien vivante, qui pourra dire le contraire ? Pour le grand réseau cette histoire que je raconte est vraie. J'utilise sa carte bleue et son profil Facebook, pourtant c'est elle qui fait tout ça.

— Allô, Thomas ? Oui, c'est papa. Alors rien de grave, mais ta mère a eu un accident de vélo et elle est dans un léger coma. Rien de grave, mais c'est bien si tu viens ce soir. Tu pourras la voir au plus tôt demain matin, non ?

Les corps sont dans leurs trous. Recouverts de terre. Je dois faire le béton. Je ne peux pas lâcher. Je suis au bout de ce voyage. Il n'y a plus traces de rien. Il est tard. Thomas est rentré. Je l'ai rassuré au sujet de sa mère. Il a bu son verre. Je ne pouvais pas attendre trop longtemps. On allait regarder un film ensemble. J'ai prétexté que tout le monde dormait. Lui-même n'a pas pu résister à la dose. Deux balles dans la tête. J'ai fabriqué le même sarcophage. Le plastique a tenu et rien n'a coulé. Je l'ai transporté dans son trou à lui. Il a rejoint ses frères, sa sœur et sa mère. C'est à mon tour maintenant. Je ne regrette rien. Ça n'aurait aucun sens. Ils vivent, et mieux dans ces histoires que je raconte et dans la leur. Aux États-Unis, en Australie et au Paradis, dématérialisation des corps. Maintenant, ils connaissent la vérité de l'au-delà. Reviendront-ils pour me la dire ?

Mercredi. Le jour se lève. Tout de suite, je pense à eux. Leurs âmes me regardent, peut-être qu'elles me pardonnent. Tout est accompli. L'apocalypse. Le flux de mes pensées a retrouvé sa vitesse. Je dois terminer l'histoire. Par l'interstice des volets j'aperçois deux amies d'Anne qui passent la chercher. Il faudra que je mette un mot sur la porte pour les éloigner : ils sont malades, même information que pour l'école. Cohérence du récit. Je boucle. Courrier pour les établissements scolaires, règlement des cantines et du loyer. Tout doit être fait. Assis dans la cuisine, je regarde les téléphones portables de chacun. Si un ami envoie un message je dois répondre, trouver la parade pour que personne ne s'inquiète. Il me faut du temps pour vider, nettoyer, déménager. Je pars, je disparais, moi aussi. Chemin de croix personnel. Je veux bien être le Démon. Prendre ma part du fardeau. C'est ce que je fais depuis le début. Ma mère avait raison, c'est le chaos.

Jeudi. Des heures que je vide tout, dans cette maison. Je suis épuisé. Je me suis surpris à prier, tout à l'heure, comme un réflexe, en vidant les chambres des enfants. Nous partons précipitamment. Je ne peux pas tout prendre. Je les emmène avec moi. Ils sont immortels, désormais. Ils ne souffrent plus. Je règle les affaires. Je fais don de mes entreprises, qu'elles continuent de vivre. Je donne ce que je n'ai pas, ce que je n'ai pas réussi à faire fructifier. Je me déleste de tout. Je m'endors et me réveille sur place. J'ai envie de vomir parfois. J'ai pris la voiture, je roule seulement la nuit. Nantes, endroit calme. Mon coffre est plein de tout ce dont je veux me débarrasser. Un seul voyage ne sera pas suffisant. Je pose tout par terre, ou bien je jette en contrebas, dans la flotte. Mes ordinateurs seront vite recyclés par les habitants de la cité voisine. Je regarde mes emails. L'ami à qui j'ai légué mes entreprises ne répond pas.

Plein jour. Je ne dois pas rester ici. Il faut partir. Notre nouvelle histoire continue de s'écrire. Il faut encore passer chez Arthur. Et recommencer, déménager, jeter, etc. Les amies d'Anne passent à nouveau. Sur son téléphone, elles laissent des SMS, je réponds à sa place. « Je suis malade, à plus, les filles… » Quelque chose comme ça. On ne doit pas nous pister. Personne ne nous trouvera. Je pense à tout. Aux cautions, aux affaires courantes, aux abonnements, je maîtrise notre vie. Aucun hasard, face aux forces que j'affronte, il n'y a pas de place pour ça. J'use de toute mon intelligence. Malgré la fatigue et la faim.

Vendredi. J'éloigne la petite amie d'Arthur. Elle est jeune, elle comprendra. Elle se fera une nouvelle vie. Les absences sont passagères. À ceux que j'aime j'ai raconté dans leur lettre notre histoire aux États-Unis. Oui, nous partons. Depuis des années, je récoltais des informations sur les réseaux de drogue en France, j'ai enfin obtenu l'exfiltration vers les États-Unis. La DEA s'occupe de nous. Nous aurons une vie là-bas dans ce paradis américain dont nous rêvions tant. Mon travail quotidien a payé. Les risques que j'ai pris pour trouver ces informations sont récompensés. Les Américains sont exigeants, mais ce que j'ai à leur offrir vaut de l'or. Il y aura un procès, je témoignerai et, d'ici là, ils nous font disparaître. Toute notre famille, dans cette grande maison avec piscine à Miami. Quelle ironie, nous y retournons enfin.

Déménagement d'Arthur. Vu par un voisin. Rien d'anormal. Pas d'alarme. Pas tellement d'affaires, tout est bouclé de ce côté. Dernier message pour mes employeurs versaillais pour qui j'étais client mystère dans les restaurants et les hôtels. Grâce à eux, j'ai tenu plus longtemps que prévu. Ils m'ont bien aidé, ceux-là. Il fait tellement nuit. Je ne veux allumer aucune lampe. La maison est lourde. Il me semble qu'elle s'écroule lentement sur mes épaules. Je dois garder la tête froide. Il n'y a plus rien ici. Combien de fois ai-je fait le ménage dans la maison ? Plus aucune trace. Plus aucune trace. Plus aucune trace.

Samedi. J'ai enfin pris un vrai repas depuis tous ces jours, avec du vin. Ça donne un peu de courage. Maintenant, les lettres doivent s'acheminer vers leurs destinataires. Oui, ce départ est incroyable, mais croyez-nous ! Je sais qu'ils nous protégeront jusqu'au bout. Ils ne préviendront personne avant que ce ne soit indispensable à leur sécurité. Je suis fatigué maintenant. Tout ce travail. Mais c'est terminé. Je laisse la maison vide et des instructions. Gabriel et Hervé viendront s'occuper des dernières bricoles. Dès lundi, Christine recevra les lettres, les cartes bleues, sauf celles que j'utiliserai. Ma sœur, je pense à toi. Comme je regretterai de ne plus te parler chaque jour.

Mais nous poursuivrons nos échanges d'une autre manière. De celle que personne ne peut comprendre.

Je dors. Je n'ai plus que ça à faire dans cette maison. Je parle encore à tout le monde. Je me repasse le plan dans la tête. Chaque recoin de notre vie doit être vidé, expurgé, résolu, payé, résilié. Sauf ce qui s'arrêtera de soi. Nous sommes prêts. Le grand saut. Une nuit et la liberté.

Dimanche, lundi, mardi, mercredi, jeudi, vendredi… Dans la voiture. La route défile. Je pense à mon histoire. Ce passé que je laisse. Impossible de ne pas revoir le film défiler dans ma tête. Cow-boy solitaire, j'aurai assez aimé. Je ne suis pas seul dans cette voiture. Je pars travailler. Comme si tout était normal. Hôtels, restaurants. Je tiens mon rôle. Ce dernier voyage fait partie de notre plan de disparition américain. Dans quelques instants, il n'y aura plus rien. Pas même moi.

Je ne peux pas rouler sans m'arrêter. Je dois dormir. Je dois manger. Je donnerai de faux noms. Je vais m'effacer progressivement. Combien de temps tout cela prendra-t-il ? Quelle histoire racontera-t-on ? Je sens une agitation inconfortable. Les visages me reviennent en mémoire. Pas seulement Agnès, les enfants, mais ceux du passé, ma mère, ma sœur, mon père.

La Rochelle, Rochefort, Blagnac. Direction le sud-est. Nous avons été plutôt heureux là-bas. Je roule et je sème des marques. Je dois brouiller notre image. Je bois trop. Tout cela sera bientôt fini. Mes femmes, toutes celles que j'ai aimées. Si j'étais parti avec Claudia. Si j'avais tout plaqué pour Catherine. Je ne dois pas commencer avec les regrets. Ce serait un poison désagréable. Je n'ai jamais eu qu'une seule famille. Agnès et les enfants. Pourvu que Dieu ait leurs âmes. Maman et Christine doivent avoir reçu mes messages, maintenant. Elles me croient, je le sais. Aussi parce que cette histoire est vraie. Elles savent qu'on ne meurt pas. Elles savent qu'on ne fait que disparaître et renaître. Nous cheminons jusqu'à notre Paradis. Moi, je me sacrifie pour que la résurrection ait lieu.

Qui je vois, qui je baise, ce que je mange et où je dors n'a plus aucune importance. Je peux rencontrer n'importe qui. Je ne m'appelle plus Xavier Dupont de Ligonnès mais Xavier Ligonne, Xavier Laurent et ce n'est pas fini. Ça me remplit d'une joie mauvaise. Je ne culpabilise de rien. C'est un risque que j'ai pris. Le pari d'un autre monde. Arles, c'est beau. Je pourrais rendre visite à Ludivine, se souvient-elle de moi ? Moi, je me souviens d'elle. Comme j'aimerais toutes les revoir. Ai-je été important ? Seigneur, aide-moi, si tu existes, tu dois me sortir de là. Je dois échapper à la loi humaine pour ne me soumettre qu'à la tienne. Tu dois exister pour que nous ayons une vie meilleure et pour toujours.

Hôtel cinq étoiles, je mange bien, la patronne est jolie. Combien de temps mettront-ils à entrer dans la maison ? Ils chercheront et ne trouveront rien. Nous sommes à Miami. Ils nous suivront jusque-là et nous perdront. Je suis plus fort que cette vie-là, que cette réalité-là. C'est un fait, pas la peine de jouer au faux modeste. Ils ne nous retrouveront jamais. Le programme de la DEA existe depuis tellement d'années. Une fois que nous serons sur le bateau, il n'y aura plus aucun risque.

J'efface nos dernières traces numériques. Les photos. C'est triste mais nécessaire. Dernière pièce du puzzle américain. J'envoie un message à l'ami qui a finalement accepté de reprendre mes entreprises. C'est en réalité impossible, trop dangereux, eu égard à mon statut de témoin capital dans un procès américain. Il comprendra, j'en suis sûr. J'écris d'autres mails. Je maîtrise encore la situation. Je sens que je ne suis plus là. Je regarde mes mains et je fume. Il y a trop de pistes et elles sont trop imbriquées. Jamais ils n'auront la méthode pour nous confondre, pour se lancer à notre poursuite. Sur Internet, je remarque un message du frère d'Agnès. Il s'inquiète de ne pas nous trouver. Nous nous entendions plutôt bien. Il ne nous reverra plus. Nous ne serons pas tristes. Agnès et les enfants sont protégés désormais de ces sentiments terrestres.

14-15 avril 2011. Roquebrune-sur-Argens. Hôtel Formule 1. Famille peu argentée, en vacances quand même. Nous passons inaperçus. Qu'est-ce que je fais, à ce moment-là ? Mille petites choses. Je ne peux pas voir Ludivine, trop risqué. Cette fuite, c'est la garantie de notre autre vie. Il n'y a pas à dire, je suis grisé par cette nouvelle liberté. Je jongle avec les cartes bleues. À quel moment tout cela s'arrêtera-t-il et comment ferai-je pour payer ? Je trouverai. Ce n'est qu'un problème matériel. Ça m'est complètement égal. De temps en temps, je rallume les téléphones portables. Surprise, aujourd'hui un policier nous a appelés, Agnès et moi. Il nous cherche. Nous devons prendre contact avec lui. Voilà la fin de cette fuite. Désormais une enquête policière va commencer. Ils vont se lancer à nos trousses. Interroger tout le monde. Il y aura peut-être des articles dans la presse : « Une famille a disparu. Tous les membres sont introuvables. » Tous les membres sont avec moi. Il ne faut pas croire, ce n'est pas difficile de s'effacer.

Mon cœur bat trop vite. Je respire mal. Je suis un peu absent. Comme si je n'avais plus rien à penser. Ils me cherchent. J'abandonne ma voiture. Je prends un peu d'argent. Je pense à la caméra qui me filme sans doute. Je garde avec moi la carabine de mon père. C'est la seule chose qu'ils ne doivent pas trouver. Tout pourrait trop facilement s'expliquer avec ça. Je retire trente euros, pas de quoi fuir longtemps. Je me retourne, nous partons. Échangeur, circulation, je n'ai pas de temps à perdre. Je tiens fermement le fusil de mon père. Je quitte l'asphalte pour les cailloux et la garrigue. Je ne sais pas combien de temps ça me prend pour parvenir sous les trois grandes croix qui dominent la vallée. Elles sont immenses et noires. Je connais bien l'endroit. Je pourrais me tuer, personne ne me retrouverait. Je sens mon père si près de moi. Je tiens son fusil, je l'arme et le pointe dans le vide. Je ne peux pas mourir. Qui raconterait cette histoire ?

J'ouvre les bras et le fusil de mon père se fracasse à cent mètres en contrebas. Endroit inaccessible. Que peuvent-ils contre la détermination ? Je ne suis pas mort. Personne n'est mort. Et s'il y a cinq cadavres c'est pour donner le change. Je me laisserai pousser la barbe et je marcherai. Je n'ai plus rien. Je deviendrai celui qui n'existe pas et qui se trouve partout. On me verra, on ne nous oubliera pas ou très lentement. Avril sera notre mois. Ce monde m'a appartenu. J'ai été Messie, millionnaire, père de famille et amant infernal. Je n'aurais pu rêver mieux. Je marche.

Il y aura une autre vie. J'aurai une autre vie. Je ne suis pas fait pour mourir, je ne crois en rien. Ils sont en moi. J'ai une responsabilité plus grande encore. Nous sommes peut-être à Miami ou dans le Massachusetts. Personne ne pourra le dire. Je ne suis pas mort, que tout le monde le sache. Ce qui sera écrit, comme ici, est une version de moi. Il y en aura de nombreuses. Regardez Jésus, tout à la fois Messie, prophète, révolutionnaire ou schizophrène, selon le point de vue.

Aujourd'hui, ma barbe a poussé. C'est plus prudent. Je me suis installé contre un coin de mur chaud dans une ville du fin fond de l'Espagne. Il y fait beau. Pour vivre, je trouve des solutions. Je n'ai plus de nom. Je sais où dormir. Il y a ici de grandes villes construites pour rien. L'immobilier s'est effondré. Personne n'habite là, sauf moi. Je déambule des heures dans les rues désertes. Parfois je vais au marché. Je me contente de l'essentiel. Nous n'avons besoin de rien, seulement de ne pas être trouvés.

S'il y a des gens pour lire cette histoire, qu'ils sachent que je ne suis pas heureux, mais qu'eux le sont. Je vis encore, je suis partout et pour l'éternité.

Composition et mise en pages
Nord Compo à Villeneuve-d'Ascq

FSC
www.fsc.org
MIXTE
Papier issu de
sources responsables
FSC® C003309

L'éditeur de cet ouvrage s'engage dans une démarche de certification FSC® qui contribue à la préservation des forêts pour les générations futures.

Pour en savoir plus :
www.editis.com/engagement-rse/

Imprimé en France par CPI
en octobre 2020

N° d'édition : 61219/01 – N° d'impression : 3040871